THORSTEN PILZ
Weite Sicht

Thorsten Pilz

Weite Sicht

Roman

Lübbe

Dieser Titel ist auch als E-Book erschienen

Die Bastei Lübbe AG verfolgt eine nachhaltige Buchproduktion. Wir verwenden Papiere aus nachhaltiger Forstwirtschaft und verzichten darauf, Bücher einzeln in Folie zu verpacken. Wir stellen unsere Bücher in Deutschland und Europa (EU) her und arbeiten mit den Druckereien kontinuierlich an einer positiven Ökobilanz.

Originalausgabe

Die zitierten Textauszüge stammen aus
»Peter und Rosa« von Tania Blixen.
Übertragung aus dem Dänischen von Thyra Dohrenburg

Copyright © 2023 by Bastei Lübbe AG, Köln

Textredaktion: Katharina Rottenbacher, Berlin
Umschlaggestaltung: © Barbara Thoben
Umschlagmotiv: © T.S. Harris/Bridgeman Images
Satz: hanseatenSatz-bremen, Bremen
Gesetzt aus der Aldus
Druck und Einband: GGP Media GmbH, Pößneck

Printed in Germany
ISBN 978-3-7857-2837-6

5 4 3 2 1

Sie finden uns im Internet unter luebbe.de
Bitte beachten Sie auch: lesejury.de

Für meine Mutter, Brigitte, Käte, Gerlinde, Eleonore, Marianne, Barbara, Heike und all die anderen

TAG 0

Auf dem Bildschirm flimmerten bunte Diagramme und Sinuskurven. So wie die Aktienkurse, die Friedrich früher, als es nicht gut um sein Depot stand, mit einer Mischung aus Spannung, Sorge und leichtem Grusel auf dem Computer verfolgt hatte: grüne abgeflachte Kurven, blaue durchgezogene Linien, Nullwachstum. Dazu, wie zur akustischen Bestätigung, ein hoher Pfeifton. Alarm. Zumindest das war anders, dachte Charlotte.

Sie starrte auf den grauen Respirator, der beständig versucht hatte, Luft in Friedrichs schwache Lunge zu pumpen. Ein letztes Mal streichelte Charlotte seine Hand. Langsam versuchte sie aufzustehen, aber ihre Beine hingen wie Eisenstangen an ihr und folgten nur widerwillig ihrem Befehl. Vorsichtig schob sie den Stuhl beiseite, auf dem sie die letzten sieben Stunden steif verharrt hatte. Sieben Stunden, in denen sie immer wieder in Friedrichs Gesicht geschaut hatte, seinem Atem gefolgt war. Ein Atem, der langsam zu einem schnarrenden Rasseln geworden und schließlich ganz verstummt war. Sieben Stunden, in denen das gemeinsame Leben sich ihrer zu vergewissern schien. Zumindest fühlte es sich für Charlotte so an. Als würde Friedrich sie bitten oder gar ermahnen, die gemeinsamen Jahre nicht zu vergessen.

Fünfzig gemeinsame Jahre.

Fast ein ganzes Leben.

Charlotte atmete tief aus. Als sie den Luftzug spürte, kam es ihr so vor, als würde sie jetzt erst wieder selbstständig atmen. Als habe sie es nicht übers Herz gebracht, dem sterbenden Friedrich ihr eigenes Weiterleben entgegenzuhalten.

»Mein Beileid, Frau Holtgreve.«

Ohne eine Reaktion abzuwarten, schaltete die Ärztin das Beatmungsgerät ab, löste die Schläuche und entsorgte die Spritzen. Bevor sie das Zimmer verließ, drehte sie sich noch einmal um.

»Lassen Sie sich gerne Zeit.« Leise schloss sie die Tür hinter sich.

»Lass dir Zeit.« Mit diesen Worten hatte ihre Mutter Charlotte und die beiden anderen Kinder Johannes und Gesine immer beruhigt. Wenn Dinge nicht so vorangingen, wie sie sollten, berufliche Erfolge auf sich warten ließen, Liebesgeschichten unglücklich endeten. »Lass dir Zeit.«

Hier, im dreizehnten Stock des Altonaer Krankenhauses, hatte Charlotte einen guten Blick auf die Hafenanlagen, die vom Sonnenuntergang dieses Sommerabends in ein orangeblaues Licht getaucht wurden. Was wohl in den vielen Containern steckte und wohin diese dann schließlich gebracht würden – immer wieder fragte sie sich das, wenn sie in der Nähe des Hafens war. Als Kind hatte sie ihren Vater stundenlang bekniet, mit ihr die Containerbrücken zu beobachten. Einfach so. »›Kräne gucken‹ konntest du lange vor ›Mama‹ oder ›Papa‹ sagen«, sagte ihr Vater und lachte. Immer wenn er nach Hause gehen wollte, waren Charlotte neue Fragen eingefallen: Wieso bleiben Bananen so lange grün? Was passiert, wenn man über den Äquator fährt? Ihr Vater hatte auf alle Fragen Antworten gehabt. Ob sie richtig oder falsch gewesen waren, spielte für sie keine Rolle. Hauptsache, sie konnte weiter den Kränen dabei zusehen, wie diese, einer geheimen Choreografie folgend, elegant und effizient zugleich ihre Arbeit verrichteten. »Lass dir Zeit«, flüsterte Charlotte und sah ihr müdes Gesicht schemenhaft in der offenbar länger nicht geputzten Fensterscheibe. Mit einem leisen Knacken öffnete sich hinter ihr die Zimmertür.

»Mutter ...« Franziskas Stimme beendete die Stille. »Es tut mir so leid.« Langsam drehte sich Charlotte zu ihr um.

Franziska blieb vor dem Bett stehen und gab ihrem toten Vater einen Kuss auf die Stirn. Dann konnte sie ihre Tränen nicht mehr zurückhalten. Es war kein lautes Schluchzen. Ein kaum wahrnehmbares Wimmern war Franziskas Art, Abschied zu nehmen.

Charlotte betrachtete ihre Tochter vom Fenster aus. Die mittellangen schwarzen Haare zum Pferdeschwanz zusammengerafft, der dank Pilates und Intervallfasten makellose dreiundvierzigjährige Körper steckte in einem dunkelblauen Kostüm. Charlotte vermutete Chanel oder Prada. Dazu passende beige Pumps. Perfekt platziertes Understatement. Kontrolliert, wachsam. Charlotte mochte Franziskas Energie, ihren Optimismus, ihr Selbstbewusstsein. Letzteres auf jeden Fall ein Erbstück ihres Vaters. Sie war Friedrichs Liebling gewesen, immer schon. Der Zweitgeborenen, seinem *Mädchen*, ließ er vieles durchgehen. Wenn sie sich zum gemeinschaftlichen Abendessen nicht abmeldete, nahm er das ohne jede Diskussion hin. Als sie mit ihren Freundinnen nach Südfrankreich trampen wollte, fand Friedrich das trotz ihrer fünfzehn Jahre originell. Charlotte war erst beruhigt, als Franziska das Geld für ein Bahnticket von ihr angenommen hatte. Das Kind soll seine Erfahrungen machen, hatte Friedrich immer gesagt. Er sei da schließlich nicht anders gewesen.

Matthias war anders. Gleich nach einem mittelmäßigen Abitur ließ er Hamburg hinter sich. Reiste in den Oman und nach Tansania, studierte in München und Aix-en-Provence. Hauptsache, weit weg von zu Hause. Weg von einem Vater, dem er es noch nie recht machen konnte. Schon als Kind nicht, wenn Matthias bei Dauerregen Stunden im Garten verbrachte, um die Geschwindigkeit von Schnecken zu untersuchen, oder später, als er seinen Vater in selbst gestrickten Pullovern und mit selbst geschnittenen Haaren überraschte. Matthias bot Friedrich immer wieder die perfekte Angriffsfläche für Stichelein, Streit und Wutausbrüche. Am Anfang hatte er darunter gelitten, hielt dagegen. Irgendwann war es ihm egal. Für seinen Vater war das die größtmögliche Provokation. Matthias empfand es damals als Triumph. Ein Triumph, der jedoch selbst in seinen Augen über die Jahre immer schaler geworden war.

»Ich dachte, er sei auf dem Wege der Besserung?« Franziska schaute ihre Mutter mit glasigen Augen an. Charlotte schüttelte den Kopf, ging auf sie zu und strich ihr sanft über den Kopf. So verharrten sie kurz, bis Franziska ihren Stuhl vom Bett abrückte und sich selbst durchs Haar fuhr, so als habe Charlotte die Dinge dort oben gerade durcheinandergebracht.

»Matthias habe ich noch nicht erreicht. Versuchst du es heute Abend, bitte?« Die Frage ihrer Tochter kam Charlotte wie ein Befehl vor. Sie nickte kurz. Franziska hatte sich wieder im Griff oder versuchte es zumindest. Charlotte sah, wie sie mit zitternden Fingern ihr Handy aus der Handtasche zog.

»Fünf Anrufe in Abwesenheit. Ich muss mal kurz …«

Sie schnäuzte in ihr Taschentuch und rauschte aus dem Krankenzimmer. Charlotte kam sich plötzlich verloren vor, hier zwischen Stille und Tod. Ein letztes Mal streichelte sie Friedrichs inzwischen kühle Wange, bedankte sich beim Personal und verließ die Station. Im Fahrstuhl fiel ihr noch einmal der Satz der Ärztin ein.

»Lassen Sie sich Zeit.«

—

Als Charlotte ihr Fahrrad aufschloss, musste sie an den Tod ihrer Mutter denken. In einem Pflegeheim war Anna gestorben, unweit des alten Pfarrhauses. Eines Morgens war sie nicht mehr aufgewacht. Sie habe nicht gelitten, war sich der Arzt sicher. Sechsundneunzig lange Jahre hatte Anna Klindworth gelebt. Wenn sie nur ein paar der guten Gene ihrer Mutter geerbt hätte, überschlug Charlotte im Kopf, blieben ihr noch zwanzig Jahre, vielleicht ein paar mehr.

Zum ersten Mal an diesem Tag kamen ihr die Tränen. Charlotte war sich nicht sicher, worüber sie weinte. Über Friedrichs Tod, die Erinnerungen an ihre Mutter oder über die verrinnende Zeit, die ihr noch blieb. Zwei Mädchen, die gerade singend neben Charlotte ihre Fahrräder abschlossen, holten sie in die Gegenwart zurück. Die beiden schauten sie an und verstummten abrupt. Erst als sie sich einige Meter entfernt hatten, sangen sie weiter. Charlotte blickte ihnen hinterher, holte ihr Handy hervor und wählte Matthias' Nummer.

»Friedrich ist tot.«

Am anderen Ende blieb es still. Lediglich das aufgeregte Summen von Fliegen oder anderen Insekten drang an ihr Ohr.

»Matthias, dein Vater ist tot.«

Charlotte hörte ein leises Schnaufen, als würde ihr Matthias auf diese Weise mitteilen, dass sie gerade störe. Sie fragte sich, ob er den Schreibtisch verlassen hatte und vor das kleine provisorische Container-Büro aus dunkelgrünem Wellblech getreten war, um den Anruf entgegenzunehmen. Als müsse er Forschungsergebnisse und Familienangelegenheiten strikt voneinander trennen. Vor zwei Monaten hatte Matthias ihr Bilder aus Peru geschickt, sodass Charlotte jetzt einen kleinen Eindruck von seinem Leben auf der anderen Hälfte der Welt hatte. Was sie auf den Fotos gesehen hatte, war ihr unfassbar trostlos vorgekommen. Die schroffe Landschaft voller Sand und Stein, die spärliche Vegetation, ihr Sohn in offenbar viel zu weit gewordenen Hosen, sein Blick, wie er verloren in die Sonne blinzelte.

»Wie geht es *dir*, Mutter?«, fragte er schließlich mit tonloser Stimme.

»Gestern hatte er einen dritten Herzinfarkt. Davon hat er sich nicht mehr erholt. Dabei war er eigentlich auf dem Weg der Besserung. Aber offenbar war es doch zu viel für sein Herz.« Charlotte presste die Lippen zusammen. Sie spürte, würde sie weiterreden, kämen ihr die Tränen. Das wollte sie nicht, nicht am Telefon.

»Das wäre dann das erste Mal, dass sein Herz überfordert gewesen wäre.«

Charlotte wünschte sich, ihm wäre etwas anderes eingefallen. Etwas Tröstendes, wenn schon nicht für seinen Vater, dann wenigstens für sie. Aber so einfach war das nicht.

»Weiß Franziska schon Bescheid?«, fragte er schließlich.

»Ja, sie war im Krankenhaus.«

»Gut.«

Charlotte atmete tief ein, so als brauche sie für die nächsten Worte einen Vorrat an Luft.

»Kommst du?«

Sie spürte, wie ihre Stimme zu kippen drohte, und ärgerte sich. Sie musste diese Frage stellen, egal, wie seine Antwort ausfiel.

»Natürlich komme ich, Mutter. Ich schreib dir, wann ich in Hamburg lande.«

»Danke«, sagte Charlotte mit leiser Stimme und legte auf.

Erschöpft kam sie in der Walderseestraße an. Vermutlich kurz hinter der Autobahnbrücke war sie durch Glasscherben gefahren. Sie hatte keine Ahnung, wo genau es passiert war. Immerhin war sie froh, auf Unannehmlichkeiten dieser Art vorbereitet zu sein. Seit ihrer Schulzeit hatte sie neben einer kleinen Luftpumpe stets ein paar Gummiflicken in der Tasche. Sie brauchte lediglich eine Wasserquelle, um das Loch im Schlauch ausfindig zu machen und abzudichten. »Das ist doch Kinderkram, dass du das immer mit dir rumschleppst«, hatte Friedrich sich lustig gemacht. Bis er auf einer Fahrradtour durch die verregneten schottischen Highlands einmal sehr von Charlottes Kinderkram profitiert hatte und beide noch gerade vor Anbruch der Dunkelheit rechtzeitig in ihrer Unterkunft angekommen waren.

Während Charlotte das braune Gartentor öffnete, um das Fahrrad hinter dem Haus abzustellen, fiel ihr ein, dass das Flickzeug ihr bereits lange vor den schottischen Highlands – und vor Friedrich – gute Dienste geleistet hatte: an einem sonnigen Tag, ähnlich warm wie heute, in Klampenborg, direkt am Öresund, vor mehr als fünfzig Jahren.

Charlotte schloss die massive Eingangstür hinter sich und legte den Schlüssel in die kleine Glasschale auf der Kommode. Sie horchte in das dunkle Haus hinein. Still, dachte sie, war es hier schon lange. Als müsste sie diesen Gedanken schnell vertreiben, ging sie durch den langen Flur, durchquerte erst Wohn- und Esszimmer, dann die Bibliothek und öffnete schließlich die Tür hinaus in den Garten. Sie ließ sich auf die rot gestrichene Bank unter der alten Linde fallen und spürte, wie die Abendsonne sie immer noch wärmte, auch wenn inzwischen ein leichter Wind vom Wasser aufgezogen war. Kurz erreichten sie Gedanken über die bevorstehende Beerdigung, dringende Telefonate, einige unerledigte Rechnungen auf Friedrichs Schreibtisch, den tropfenden Wasserhahn in der Gästetoilette. Da saß sie also in ihrer schwarzen Kombination. 173 cm, schlank mit guten Haltungsnoten, einem passablen Nervenkostüm und leicht erhöhten Cholesterinwerten: Charlotte Holtgreve, geborene Klindworth, 71 Jahre alt, Pastorentochter, Oberstudienrätin im Ruhestand, 48 Jahre verheiratet, 2 Kinder, 2 Enkelkinder.

»Lass dir Zeit.« Sie flüsterte das Mantra ihrer Kindheit, als traue sie ihm selbst nicht so ganz.

—

Charlotte stellte den Wasserkocher an, füllte den Filter mit einigen Blättern schwarzen Tees und schnitt eine Zitrone auf. Ein, zwei Spritzer genügten ihr. »Danach ist jede Müdigkeit wie weggeflogen«, hatte sie ihrer Freundin Sabine oft erklärt. »Ach, weißt du«, hatte diese geantwortet, »manchmal bin ich einfach gerne müde.« Lächelnd blickte Charlotte aus dem Küchenfenster auf die Walderseestraße. Gepflegte Vorgärten, noch prachtvollere Grünanlagen hinter den Häusern. Auf dem Fußgängerweg schob eine junge Frau einen Kinderwagen, ein Mann ging eine Runde mit seinem Hund. Vorstadtidylle, seit mehr als vierzig Jahren. Nach dem Tod von Friedrichs Eltern waren sie hier eingezogen. Friedrich hatte gestrahlt, als Charlotte endlich ihren Widerstand aufgegeben hatte. In der Wohnung unweit der Landungsbrücken hatte er sich nie wohl gefühlt. Trotz der hundertzwanzig Quadratmeter war sie ihm nicht geräumig genug. Die Nachbarschaft nannte er »zwielichtig« und fand diesen Ausdruck noch höflich gewählt. Charlotte dagegen mochte das laute, quirlige Viertel. Hier probierte sie zum ersten Mal die süßen portugiesischen Küchlein aus Blätterteig und entdeckte Piri Piri, mit denen sie fortan gerne ihre Fleischgerichte bedachte. Vergiftete, fand Friedrich. Veredelte, sagte Charlotte. Die verwinkelten Straßen erinnerten sie an die Gegend rund um die Christophoruskirche in Altona, wo sie aufgewachsen war. Von hier aus konnte sie zu Fuß zu der Schule gehen, an der sie als Referendarin arbeitete. Matthias war in der Nähe, im alten Hafenkrankenhaus, auf die Welt gekommen.

»Der arme Wurm, die Gegend ist doch nichts für Kinder«, klagten die Schwiegereltern.

Als Charlotte zwei Jahre später erneut schwanger war, gab sie ihren Widerstand auf. Innerhalb weniger Wochen waren Friedrichs Eltern gestorben. Hans an einem schweren Schlaganfall, Marie an gebrochenem Herzen. Ein Leben ohne ihren Mann war ihr wohl unerträglich gewesen. Charlotte hatte Friedrich noch nie so verschlossen und niedergeschlagen erlebt wie in jener Zeit. Nachts wachte er schweißgebadet auf, manchmal weinte er sogar, wenn er sich unbeobachtet fühlte. Die Trauer über den Tod seiner Eltern, die ungewisse Zukunft der Reederei, die nun in seinen Händen lag, berührten ihn mehr, als er zugeben wollte. Viele Monate sah Charlotte ihn durch sein fest gefügtes Leben taumeln. Sie wusste, dass es Friedrichs Herzenswunsch war, in das Haus seiner Eltern zurückzukehren. Dorthin zurück, wo er zu dem wurde, der er war.

»Lass uns hier leben«, hatte sie irgendwann beiläufig zu Friedrich gesagt, als sie gerade das Schlafzimmer seiner Eltern ausräumten. Friedrich hatte den Karton mit den alten Blusen seiner Mutter wieder auf den Boden gestellt, Charlotte an sich gezogen und sie umarmt.

»Danke«, flüsterte er und ließ seinen Tränen freien Lauf.

Ein lautes Scheppern riss Charlotte aus ihren Gedanken. Sie erschrak. Die offene Terrassentür. Dann war es still. Auf Zehenspitzen verließ sie die Küche.

»Scheiße. Der schöne Mantel.«

Charlotte entspannte sich. Gesine, sagte sie leise zu sich. Im Esszimmer saß ihre Schwester auf dem Boden und betrachtete den eingerissenen Stoff.

»Hast du deinen Schlüssel vergessen?«

Gesine schaute sie verwundert an.

»Du bist ja da.« Sie versuchte aufzustehen, rutschte aber auf ihrem Mantel aus und fiel erneut hin.

»Aua ...« Sie sah ihre Schwester an, während sie sich das Knie massierte. »Wie geht es Friedrich? Du warst doch bei ihm.«

Charlotte schluckte und schüttelte den Kopf. Mit einem Satz war Gesine auf den Beinen und steuerte auf ihre Schwester zu. Doch dann hielt irgendetwas ihre Arme zurück. Als erhielte sie die dringende Botschaft, ihre Schwester nicht zu umarmen. Nicht jetzt, kam es Charlotte vor. Wie so oft. Stattdessen atmete sie den typischen Duft ihrer Schwester ein: Jil Sander, das Parfum, und Tangueray, der Gin.

»Was ist passiert, es ging ihm doch besser«, flüsterte Gesine mit belegter Stimme direkt in Charlottes Ohr.

»Ich mach uns einen Tee, den wollte ich sowieso gerade aufsetzen«, entschied sie und ging zurück in die Küche.

»Lieber einen Rotwein«, rief ihr Gesine nach.

Dramatisch drapiert lag sie im Sessel, als Charlotte Tee und Rotwein auf den Tisch stellte. Ihr Rock war hochgerutscht, am rechten Oberschenkel glänzten drei faustgroße blaue Flecken. Charlotte betrachtete ihre Schwester. Sechs Jahre jünger als sie, dunkelblonde gelockte Haare, die wenigen Kilo Übergewicht in feine Stoffe gesteckt, war Gesine immer noch eine Erscheinung. Auch wenn es momentan nicht den Eindruck machte.

»Er ist friedlich eingeschlafen.«

Charlotte wunderte sich selbst über ihren Tonfall, der besser in eine Nachrichtensendung gepasst hätte als in dieses Wohnzimmer. Gesine straffte ihren Körper und zog Rock und Bluse zurecht. Dann begann sie zu weinen.

»Ich habe ihn so gemocht, Charlotte. Er war ...« Sie versteckte ihr Gesicht in ihren Händen.

Jede andere Person hätte Charlotte in einem solchen Moment in den Arm genommen und versucht zu trösten. Gesine hingegen hatte sich den körperlichen Zuwendungen ihrer älteren Schwester nie besonders zugänglich erwiesen. Egal, worum es ging. Fiel Gesine als Kind vom Pferd, durften alle sie streicheln und aufmuntern, hatte sie Liebeskummer, genoss sie jede Aufmerksamkeit. Nur Charlottes schwesterlicher Umarmung und Aufmunterung entzog sie sich. Auch später hielt sie körperlichen Abstand, sobald sie nur den geringsten Anlass sah, dass Charlotte sie trösten wollte. Einmal hatte sie Johannes gefragt, ob er sich einen Reim darauf machen könne, warum Gesine sich eher vom Briefträger als von ihr trösten lassen würde. Ihr Bruder hatte gelächelt und Charlotte so lange umarmt, dass es ihr schon unangenehm war. Schlauer wurde sie dadurch auch nicht.

Charlotte entschied sich, erst einmal abzuwarten, und rutschte in ihrem Sessel wieder nach hinten.

»Was hast du da?« Sie zeigte auf Gesines Oberschenkel.

»Du meinst ... ach so ... ich habe auf der Kellertreppe die letzten fünf Stufen auf einmal genommen.« Gesine versuchte ein Lächeln. »Vielleicht sollte man nicht versuchen, auf High Heels den Sonntagsbraten zu transportieren. Immerhin, die Lammschulter war dann zart.«

»Ah ...« Charlotte stand auf. Gesines Ausführungen über Kellertreppen und Lammschultern hatten dafür gesorgt, dass ihr Magen sich meldete. Als sie mit Käse und Brot ins Wohnzimmer zurückkehrte, war Gesine eingeschlafen. Charlotte holte eine Decke aus der schweren Holztruhe neben dem Kamin und deckte Gesine damit zu.

—

»*Utsira: Süd 6 bis 7, vorübergehend abnehmend 5 und westdrehend, See 4 Meter. Viking: Süd 6 bis 7, vorübergehend etwas abnehmend und westdrehend, später Süd um 8, orkanartige Böen, zeitweise diesig, See 5 Meter. Skagerrak: Südwest 5 bis 6, zeitweise etwas abnehmend, See 3 Meter. Sie hörten den Seewetterbericht.*«

Sorgfältig trug Sabine Lührs die letzten Ziffern in ihr Büchlein ein und schaltete das Radio aus. Die Straßenlaterne vor dem Fenster schickte ein wenig Licht in ihre Küche. Der Seewetterbericht, kurz nach Mitternacht. Sabines allabendliches Ritual. Sie legte das kleine Heft mit den fernen Orten und den vielen Zahlen zurück in die grüne Dose aus Emaille, dann kamen ihr die Tränen. Der Grund dafür lag auf der Anrichte. Der Brief ihres Vermieters. Kündigung wegen Eigenbedarfs. Ein paar schmale, juristisch abgesicherte Zeilen. Mit der Bitte um Verständnis. Und den besten Grüßen. Sabine konnte es nicht fassen.

»Mein Jan …« Sie flüsterte die Worte ins Dunkel und ihre Augen füllten sich erneut. Mehr als zwanzig Jahre war ihr Mann jetzt tot, für Sabine aber blieb er das Zentrum ihres Lebens, der Gravitationspunkt ihrer Welt, einer in Rotklinker gefassten Welt auf fünfundfünfzig Quadratmetern. Wann immer es ein Problem gab, fragte sie den unsichtbaren Jan, was jetzt zu tun war. Wann immer sie nicht weiterwusste, hoffte sie auf seinen Beistand. Hilfe von ihrem Engel. Ein Engel mit breiter Brust und zarter Seele.

In ihrer Verzweiflung hatte sie Charlotte anrufen wollen. Doch dann fiel ihr ein, dass sie sicherlich bei Friedrich im Krankenhaus war. Ausgeschlossen also, sie jetzt mit ihren Angelegenheiten zu behelligen. Also meldete sie sich bei Johannes, Charlottes Bruder.

»Ich komme sofort«, sagte er mit leiser Stimme. Dreißig Minuten später saß er neben ihr auf dem weißen Küchenstuhl.

»Das wird schon, mach dir keine Sorgen. Willst du nicht noch einmal mit deinem Vermieter reden? Ihr kennt euch doch so lange.«

Er nahm Sabines Hand und streichelte sie sanft. Nun betrachteten sie gemeinsam beides, das kalt verfasste Kündigungsschreiben und das Foto von Jan, das über dem Tisch hing, Sabines Lieblingsbild. Jan, wie er nach seiner letzten Fahrt breitbeinig an der Reling stand, seinen tätowierten Oberarm leicht nach vorne geschoben. Mit beiden Händen klammerte er sich an das kalte Stahl, so als sei er damit verwachsen, während ihm am Kai eine strahlende Sabine zuwinkte. Wenn man ganz genau hinschaut, dachte Johannes, blieb Jans Gesichtsausdruck allerdings merkwürdig verschwommen. Freude, Gleichgültigkeit, Sorge, alles konnte man darin sehen. Aber das spielte an diesem Mittag, der in den Nachmittag überging und vom

Abend abgelöst wurde, keine Rolle. Gegen 22 Uhr machte sich Johannes schließlich auf den Weg. Durch seinen Kopf schwirrten bereits mögliche Lösungen für das plötzlich aufgetretene Problem. Irgendwann hatte Charlotte angerufen und beide über Friedrichs Tod informiert. Johannes wusste, dass seine Schwester die nächsten Stunden für sich brauchte. Er würde sie morgen zu einem Spaziergang abholen. Dann war Zeit genug.

Gleich halb eins. Sabine wischte sich die letzten Tränen aus dem Gesicht und holte aus dem Eisfach die Flasche mit dem Aquavit. Das erste Glas trank sie auf Jan, das zweite aufs Leben. So wie immer.

—

Bernhard hatte Gesine irgendwann unsanft ins Auto geschoben. Obwohl beide nur fünfhundert Meter entfernt wohnten, war an einen Ausnüchterungsspaziergang nicht mehr zu denken. Bernhards starrer Blick kommentierte Gesines körperlichen Zustand ausreichend. Charlotte schaute den beiden hinterher, schloss die Haustür und ging zurück ins Wohnzimmer. Auf dem anthrazitfarbenen Teppich schimmerte ihr etwas Grünliches entgegen, ein schlichter goldener Ring mit eingefasstem Smaragd. Eine Rarität, mutmaßte Charlotte. Bernhard musste ihn Gesine erst kürzlich geschenkt haben. Sie jedenfalls hatte den Ring noch nie an ihrer Schwester gesehen. Jetzt entdeckte sie eine Gravur. »Auf ewig« stand dort in geschwungener Schrift. Offenbar hatte Bernhard doch Sinn für Romantik. Charlotte legte den Ring auf das Sideboard. Dann fiel ihr Blick auf ihre rechte Hand und den goldenen, schmalen Ehering. Friedrich hatte seinen, nachdem er ihn zweimal verloren hatte, nicht mehr ersetzen lassen. Sie hingegen trug noch das Original. Der Ring gehörte schließlich zu ihr und ihrem Leben. Wie Friedrich. Ein kalter Schauer erfasste sie. Langsam setzte Charlotte einen Fuß vor den anderen und zog sich am Geländer in den ersten Stock. Die in Öl gefasste Ahnengalerie der Holtgreves an der Wand verfolgte ihren schleppenden Gang ohne jedes Mitleid. Charlotte war dankbar für das Knarzen des alten Holzes. Es hallte lauter als ihr Schluchzen.

Sie zögerte, bevor sie den Türgriff hinunterdrückte. Hier war sie also wieder: Friedrichs Zimmer, sein Refugium, Sperrgebiet für sie, seit vielen Jahren. Die Bettdecke: noch halb zurückgeschlagen. Auf der Kommode neben der Tür: eine Vase mit vertrockneten Rosen. Die Luft im Zimmer: abgestanden.

Das letzte Mal hatte sie das Zimmer vor einer Woche betreten, als ein dumpfes Geräusch sie früh am Morgen weckte. Sie fand Friedrich vor seinem Bett, zusammengekrümmt, nur noch schwach atmend. Sie rief den Notarzt, verstaute ein paar Dinge in einer kleinen Reisetasche und fuhr mit ihm ins Krankenhaus.

Charlotte überlegte kurz, das Fenster zu öffnen, die Rosen zu entsorgen und das Bett zu machen. Aber sie spürte, wie ihr die Tränen erneut über die Wangen liefen, schloss die Tür und ging auf das Zimmer am Ende des Flurs zu.

Die kleine Lampe, die sie an das Geländer gesteckt hatte, erleuchtete den Balkon. Charlotte griff nach Zigaretten und Streichhölzern. Beides hatte sie in einem der Blumenkästen versteckt, in die sie die Clematis gepflanzt hatte. Obwohl sie davon ausgegangen war, dass Friedrich auch ihr Zimmer noch nicht einmal mehr heimlich aufsuchte, war sie vorsichtig geblieben. Rauchen galt für ihn als proletarisches Laster und hatte deshalb in seinem Haus nichts zu suchen. Selbst wenn sie Gäste hatten, ließ er sich nicht erweichen. Wenn dann doch einmal jemand seiner Sucht nachgeben musste, wurde er von Friedrich auf die Terrasse geschickt, auch im Winter.

Der Rauch füllte ihre Lunge. Tak-tak-tak. Aufdringlich wie ein Presslufthammer berührte ihre linke Fußspitze immer wieder den Boden. Tak-tak-tak. Sie drehte sich um, ihre Augen schwirrten durchs Zimmer, blieben an dem Aquarell mit Seerosen hängen, das über ihrem Bett hing, flogen weiter zu der grauen Kommode, auf die sie nachlässig ihr Nachthemd geworfen hatte. Aber ihre Augen fanden nicht, was Charlotte plötzlich suchte. Also stand sie auf, ging ins Zimmer, riss die Schubladen der Kommode auf. Hier lag ihre schwarze Stola nicht. Sie atmete tief aus, dann steuerte sie auf den Kleiderschrank zu. Doch auch in der oberen Kiste mit den Schals und Mützen suchte sie vergebens. Sie spürte, wie ihr Schweißperlen übers Gesicht liefen, da, wo vorher Tränen gewesen waren. Dann ertastete ihre Hand etwas Rechteckiges. Es fühlte sich an wie ein Schuhkarton, nur größer. Ihre Schatzkammer. So hatte sie die Kiste immer genannt. Vor Jahrzehnten hatte darin eine silberfarbene Tischlampe für die Bibliothek gesteckt. Dekorativ zwar, aber letztlich unbrauchbar, das matte Licht erleuchtete nur den eigenen Radius. Charlotte hatte die Lampe irgendwann entsorgt, den mit rotem Samt bespannten Karton aber behalten. Schnell nahm sie den Deckel ab und wischte sich den Schweiß von der Stirn. Ganz oben fand sie alte Reiseprospekte aus Australien, dazu nie verschickte Postkarten von der Oper in Sydney und dem Great Barrier Reef. Fünfzehn oder zwanzig Jahre mochte das her sein. Die letzte gemeinsame Reise mit Friedrich. Charlotte entdeckte selbst gemalte Bilder von Franziska und Matthias' alten gelben Wollschal. Sie wickelte ihn lose um ihren Hals und lächelte. Vielleicht freute Matthias sich darüber, wenn er jetzt kam. Sie grub tiefer und hielt plötzlich einen Stadtplan von Kopenhagen in der Hand. Aus den frühen Siebzigerjahren. Ihr Besuch bei den Frederiksens. Bei Bente. Das Wiedersehen. Charlotte spürte ein leichtes Ziehen in der Brust. Ein Ziehen, von dem sie nicht wusste, ob es schmerzte oder befreite. Oder beides. Ganz unten im Karton fand sie schließlich ein Buch. »Kamingeschichten« von Tania Blixen. Bentes Abschiedsgeschenk. Aber das wussten beide damals noch nicht.

»Lies mal, ist toll. Du magst doch gut erzählte Geschichten.« Charlotte hatte Bentes Stimme plötzlich wieder im Ohr, als sie ihr das Buch kurz vor den Sommerferien in die Hand gedrückt hatte. Im Freibad, unter dem Ahornbaum. Nach den Ferien war Bente nicht mehr in die Schule gekommen.

Charlotte stellte den Karton auf den Balkonboden. Aus ihrer Hose kramte sie ein Taschentuch hervor und wischte über den Staubfilm, der das Taschenbuch bedeckte. Die kleine Lampe drehte sie so, dass ihr Licht auf die *Kamingeschichten* fiel.

Reisen!
Tanzen!
Leben!

Bente

Charlotte hatte die Widmung längst vergessen, wie so vieles, was damals passiert war. Bevor sie sich entschieden hatte, mit Friedrich zu leben.

Fünfzig gemeinsame Jahre.

Fast ein ganzes Leben.

Charlotte zog den gelben Schal ein wenig enger und begann zu lesen.

TAG 1

Charlotte spürte die Sonnenstrahlen auf ihrem Gesicht, das Wasser plätscherte sanft gegen das Kajak. Sonst war es um sie herum still. Ein paar Jogger liefen bereits am Ufer entlang und nutzten die Gunst der kühlen, frühen Stunde. Eine Entenfamilie zog an ihr vorbei. Ein neugieriges Junges kam sogar ganz nah an das Boot heran, drehte dann aber wieder ab. Charlotte ließ die rechte Hand durch das Wasser ziehen, langsam, immer vor und zurück. Dann legte sie die kühlen Finger auf ihr Gesicht und atmete tief aus.

Bereits um kurz nach halb sechs hatte sie ihr Auto vor dem Ruderclub an der Alster geparkt. Dreimal hatte sie versucht, Schlaf zu finden, vergeblich. So viele Geschichten hatten sie wach gehalten. Geschichten aus ihrem Leben, Geschichten aus Bentes Buch. Wahre, erfundene. Irgendwann hatte sie sich schließlich auf den Weg gemacht. Sie wusste, dass sie im Sommer selbst um diese Uhrzeit nicht die Erste sein würde.

»Moin, Charlotte. Na, auch aussem Bett gefallen?«, brummte ihr Jörn Wuhlisch entgegen.

Sein Bedürfnis nach Small Talk war morgens nur in Spurenelementen vorhanden, wusste sie und war ihm an diesem Morgen dafür besonders dankbar. Wuhlisch ging in den Schuppen und kam wenig später mit Charlottes rotem Kajak und einem Doppelpaddel zurück.

»Brauchst du Hilfe?«

»Danke dir, geht schon.«

Im Vereinsheim tauschte Charlotte Rock und Bluse gegen eine kurze Hose und ein weites T-Shirt. Darüber zog sie sich noch einen wärmenden Kapuzenpulli, ließ dann das Kajak ins Wasser gleiten und setzte sich hinein. Nach ein paar kräftigen Schlägen drosselte sie das Tempo und ließ sich treiben. Vereinzelte Ruderer zogen ihre Bahnen, in der Ferne sah sie noch ein paar weitere Boote. Ansonsten hatte sie die große Wasserfläche für sich. Seit Friedrichs erstem Herzinfarkt war Charlotte nicht mehr hier gewesen. Jetzt merkte sie, wie sehr ihr diese morgendlichen Ausflüge gefehlt hatten. Sie schipperte ein paar Minuten weiter und bog dann in einen schmalen Arm der Alster ab. Hier war niemand. Sie holte das Paddel aus dem Wasser und ließ sich treiben.

Wieder flogen die Gedanken in ihrem Kopf hin und her. Von einer gerissenen Perlenkette in einer der Geschichten, die sie gestern auf ihrem Balkon gelesen hatte, hin zu Friedrichs immer leiser werdendem Atem. Von Gesines goldenem Ring auf dem Teppich in ihrem Salon zu dem alten Pfarrhaus unweit der Elbe, in dem sie aufgewachsen war. Irgendwann hatte ihre Mutter die Tonkübel rund um die Kirche mit Winterjasmin bepflanzt. So haben wir es auch im Winter hell, hatte Anna ihren Kindern erklärt. Und genauso war es Charlotte immer vorgekommen. Die gelben Blüten sah sie auch an grauen Wintertagen, lange bevor sie den Kirchplatz betreten hatte. Hier bist du zu Hause, schienen sie ihr zu sagen und leiteten sie sicher zurück. Sie fragte sich, wer oder was sie künftig sicher nach Hause bringen würde, jetzt, wo Friedrich nicht mehr lebte und sie vor ihrem eigenen Haus keinen Winterjasmin gepflanzt hatte. Und was *Zuhause* überhaupt von jetzt an für sie bedeuten würde. Charlotte spürte, wie schwer ihr Kopf plötzlich wurde, griff nach dem Paddel und machte ein paar Schläge. Das Wasser spritzte rechts und links vom Boot, ein paar Tropfen kühlten ihr Gesicht.

In der elften Klasse hatte sie einen Sommerkurs belegt und sich anschließend ihr erstes Kajak gekauft. Zunächst hatte sie jede freie Minute auf dem Wasser verbracht. Als sie dann irgendwann selbst unterrichtete, hatte sie es geschafft, ein Mal pro Woche vor der Arbeit aufs Wasser zu gehen. Friedrich kümmerte sich an diesen Tagen um Matthias und Franziska. Obwohl sie wusste, dass er dieser Abmachung ohne jede Begeisterung nachkam, stellte er sie nie infrage. Diese Stunden gehörten ihr. Entspannt und fröhlich kam sie anschließend in die Schule und fühlte sich in der Lage, allen Widrigkeiten, die der Tag möglicherweise mit sich bringen würde, zu trotzen. Auch nach ihrer Pensionierung hielt Charlotte daran fest, steigerte die wöchentliche Dosis sogar. Im Sommer war sie fast täglich hier unterwegs. Manchmal begleitete sie eine Freundin, manchmal verabredete sie sich mit Johannes. Auch er hatte hier eine Kiste deponiert, wie er sein Kajak immer nannte. Aber die meiste Zeit war sie allein unterwegs.

Charlotte spürte, wie sie ruhiger wurde. Sie paddelte ein wenig weiter, fuhr durch einen Tunnel und bog noch zweimal ab. Sie war bereits weit Richtung Osten vorangekommen, hier war die Alster nicht viel mehr als ein schmaler Kanal. Auf dem Radweg neben dem Ufer sah sie Kinder in kurzen Hosen und mit Ranzen und Männer in Anzug und mit Fahrradhelm. Auf dem Weg in die Schule oder ins Büro.

Charlotte strich sich über den Oberarm. Gut für Muskeln und Nerven, antwortete sie stets auf die Frage, warum sie so gern auf dem Wasser war. Was die Nerven anging, war sie sich an diesem Morgen nicht ganz sicher.

Ein dumpfer Stoß riss sie aus ihren Gedanken. Ihr Kajak war gegen die Böschung getrieben und hatte sich in den tiefen Zweigen eines Baumes verkantet. Charlotte nahm das Paddel, um sich vom Ufer abzustoßen. Doch die Zweige gaben nicht nach und schoben sie zurück. Sie setzte sich aufrecht hin, versuchte die Balance zu halten und brach mit beiden Händen ein paar Äste ab. Langsam glitten sie ins Wasser. Erneut nahm sie das Paddel, um voranzukommen. Diesmal funktionierte es. Ein Mal drehte sich das Kajak noch um die eigene Achse, dann hatte Charlotte auch ihren Oberkörper wieder ins Lot gebracht. Sie entspannte sich. Gleichmäßig lief das Paddel jetzt durch das Wasser.

TAG 2

»*Se lige her*, schau, hier.«

Mogens schob mit der linken Hand die Zeitung über den Tisch. In der rechten hielt er den Kaffeebecher. Er schaute Bente erwartungsvoll an. Unsicher, ob sie ihn überhaupt gehört hatte.

Bente starrte auf ihr Handy. Las Textnachrichten, tippte mit beiden Daumen ihre Antworten. Ihre Finger tanzten über die glatte Oberfläche. Mogens lächelte und fragte sich, wer von den beiden eigentlich der *Digital Native* war. Er, der siebenundzwanzigjährige Medizinstudent, oder seine zweiundsiebzig Jahre alte Tante.

»Alles okay?« Keine Reaktion.

»*Bente, er du okay?*« Mogens' tiefe Stimme zeigte nun Wirkung. Bente blickte auf und nickte.

»Schlechte Nachrichten?«

Bente schüttelte den Kopf.

»Sind die Ergebnisse da?«

»Sie brauchen noch mehr Untersuchungen. Ich soll noch mal nach Kopenhagen kommen«, antwortete Bente und sah wieder auf das Display.

»Aha, okay. Wann?«

»*Snart*. Bald.« Bente legte ihr Handy auf den Küchentisch. »So, was war nun mit der Zeitung?«

Mogens stellte seinen Becher in die Spüle. »*Vi ses senere. Bis später.*« Als er sich zum Gehen wandte, erinnerte er sich daran, dass er seiner Tante noch eine Antwort schuldig war. »Ich glaube, den kanntest du, oder?«

Mogens verließ die Küche. Wenige Sekunden später hörte Bente, wie die Wohnungstür ins Schloss fiel. Sie überflog die kurze Meldung im Wirtschaftsteil.

»*Hamburger Reeder Friedrich Holtgreve gestorben ... Komplikationen nach Herzinfarkt ... 76 Jahre ... Wirtschaftssenator würdigt Lebensleistung* ...«

Bente legte die Zeitung aus der Hand und ging ins Arbeitszimmer. Sie öffnete die unterste Schublade des Schreibtisches. Als sie sich hinhockte, spürte sie ein Ziehen im Rücken.

»*For Pokker da også,* Mist.« Sie hatten heute Morgen vergessen, ihre Übungen zu machen. Ihr einstmals zäher Körper kannte keine Gnade mehr. Ganz unten in der Schublade fand sie schließlich, wonach sie gesucht hatte. Das Fotoalbum. *Hamburg 1970.*

—

Charlotte stand vor dem zweistöckigen Haus, dessen eine Seiten- und die komplette Rückfront vollständig verglast waren. »Schneewittchens Sarg« nannte Gesine es manchmal im Scherz, wenn Bernhard es nicht hörte. Hier hatte sich sein Architektenherz schließlich einmal ganz ausleben können. Das Haus war inmitten der Backsteinvillen im Stindeweg auf alle Fälle ein Blickfang. Egal, wie man dazu stand.

Charlotte umfasste den Ring in ihrer Jackentasche und klingelte. Nichts geschah. Sie sah auf die Uhr. Gesine war zwar keine Frühaufsteherin wie sie, aber um halb zehn dann normalerweise doch schon auf den Beinen. Andererseits hatte Charlotte ihren Besuch nicht angekündigt, was sie gewöhnlich immer tat. Sie brachte andere ungern in Verlegenheit und, das war ihr mindestens genauso wichtig, sich selbst auch nicht. Charlotte klingelte erneut. Wieder nichts. Sie überlegte gerade, Gesine eine Nachricht zu schicken, als aus dem Haus ein ohrenbetäubender Lärm drang: auf Beton fallendes Glas, versetzt mit durchdringenden Schreien. Charlotte wurde unruhig. Was ging da vor? Sie klingelte noch mal und war kurz davor, die Polizei zu rufen, als Bernhard die Tür aufriss, Charlotte anstarrte und an ihr vorbei zum Auto rannte. Auf dem schmalen Fußweg drehte er sich noch einmal um, hielt kurz inne, so als würde Charlottes überraschendes Auftauchen ihn zwingen, sich zusammenzureißen, und brüllte dann der in der Haustür erschienenen Gesine entgegen: »Ich hoffe, das ist dir eine Lehre! Komm endlich zur Besinnung, du ... du ...«

Bernhards Gesicht war rot vor Wut. Doch die Explosion blieb aus. Er stieg in seinen Wagen und fuhr davon. Einige Sekunden herrschte Stille, die beiden Schwestern schauten sich an, dann ergriff Charlotte die Initiative, bugsierte Gesine ins Haus und schloss die Tür. Charlotte kam es vor, als stünden sie beide in einem Meer aus zerborstenem Glas und Porzellan.

»Was ist passiert?«

Langsam löste sich Gesine aus ihrem Schockzustand und zuckte mit den Schultern. Charlotte signalisierte ihr mit einer hochgezogenen Augenbraue, dass sie sich mit dieser Antwort nicht zufriedengeben würde. Mit den Füßen schob sie notdürftig die Scherben zur Seite, bahnte sich den Weg zu ihrer Schwester und parkte sie schließlich im Wohnzimmer. Hier sah es kaum besser aus. Immerhin, das Sofa schien Gesine und Bernhard verschont zu haben. Charlotte drückte sie in die Kissen und setzte sich daneben.

»Mir war dieses Geschirr schon lange über.« Gesines alter Trick, wenn es unangenehm wurde: Ironie.

Eine leichte Ginfahne zog zu Charlotte herüber. Erst jetzt sah sie, dass ihre Schwester blutete. Ein feiner Riss oberhalb der Augenbraue, auch ihr linkes Auge schien gerötet. Charlotte starrte sie an, wartete auf eine Erklärung. Doch Gesine schwieg. In ihrer Handtasche fand Charlotte ein Taschentuch, steckte es ihrer Schwester in die Hand, stand auf und ging in den ersten Stock. Sie wusste, wo der Verbandskasten war. Wenige Minuten später hatte sie Gesine verarztet.

»Er hat dich geschlagen?« Charlotte ärgerte sich, dass ihr dieser Satz als Frage herausrutschte. Das Resultat war schließlich eindeutig. Gesine kamen die Tränen.

Charlotte dachte an die blauen Flecken an Gesines rechtem Bein, als sie vorgestern nicht mehr ganz nüchtern in ihrem Sessel gelegen hatte.

»Es ist alles meine Schuld«, jammerte Gesine und wischte sich die Tränen weg. »Ich kann Bernhard auch verstehen, ich bin wirklich eine blöde Kuh. Er hatte mich gebeten, seine Unterlagen für einen Architektenwettbewerb bei der Post abzugeben. Und ich dummes Huhn habe es vergessen.«

Charlotte schaute sie verständnislos an. »Du hast vergessen, Unterlagen bei der Post abzugeben, und deshalb hat Bernhard dich geschlagen?«

Gesine schüttelte den Kopf. »Nein, nein, ich ... nach Friedrichs Tod war ich ... und dann habe ich den Umschlag wieder geöffnet, weil ich nicht mehr wusste, was er hier auf dem Tisch sollte. Na ja, dann ist eine Flasche Rotwein umgekippt ...« Sie unterstrich die letzten Worte mit einer dramatisch ausladenden Handbewegung. »Was lässt er sie auch hier liegen? Bin ich seine Sekretärin?«

Fast war Charlotte erleichtert, dass sich ihre Schwester so schnell gefangen hatte, aber ganz schlau wurde sie aus der Sache nicht. »Warum hast du überhaupt den Umschlag geöffnet? Hat dich die Bewerbung interessiert?«

Gesine schüttelte den Kopf. »Ich hatte es wohl einfach vergessen, keine Ahnung.«

Charlotte fixierte ihre Schwester.

»Lass gut sein. Keine Belehrungen. Nicht jetzt. Nicht von dir.« Gesines Blick hatte plötzlich etwas Kaltes, während ihr Mund ein Lächeln produzierte: schmal, kühl, keinen Widerspruch duldend. Charlotte kannte diese Reaktion bei ihrer Schwester. Immer wenn sich Gesine in die Ecke gedrängt fühlte oder einfach keine Lust auf weitere Diskussionen hatte, knipste sie dieses Lächeln an. Automatisch. Charlotte fand das gleichermaßen verletzend und faszinierend.

»Was haben wir denn da bloß angerichtet?« Gesine versuchte offenbar, die Stimmung wieder in den Griff zu bekommen. Ihr flackernder Blick fiel auf die beträchtlichen Verwüstungen in Flur und Wohnzimmer.

»Ich ruf gleich ...«, sie stockte, »na ... Maya an, sie soll das wegmachen. Da wird sie sich freuen, wenn sie sich noch ein wenig dazuverdienen kann.«

Wieder schien sie plötzlich ganz woanders zu sein. Doch dann wurde ihr Blick wieder fester.

»Sag mal, Charlotte, was wolltest du eigentlich so früh hier?«

Charlotte öffnete ihre Handtasche, holte den Ring hervor und überreichte ihn Gesine. »Das ist doch deiner, oder?«

Gesine riss ihr das Schmuckstück aus der Hand.

»Danke. Du bist ein Schatz. Ich hatte ihn schon überall gesucht.« Sie betrachtete den Ring von allen Seiten. Ihre Augen strahlten. »Er ist etwas ganz Besonderes.«

Der Vorfall im Stindeweg beschäftigte Charlotte den ganzen Tag. Auf dem Markt, beim Spaziergang mit Sabine, am Flughafen, als sie auf Matthias' Ankunft wartete, und auch jetzt, beim Abendessen mit den Kindern. Sie hatte Franziska und Matthias erzählt, was vorgefallen war. Bernhards Schläge, Gesines blaue Flecken, diese merkwürdige Geschichte mit dem Umschlag, ihre Alkoholfahne so früh am Tag, der anscheinend unkontrollierte Ausschlag ihrer Stimmungen in die eine wie die andere Richtung, das alles irritierte Charlotte. Und das, obwohl Gesines Fähigkeit zu großer emotionaler Virtuosität, wie es ihr Vater einmal genannt hatte, die Familie eigentlich nicht mehr überraschte.

Und da war noch etwas anderes. Den ganzen Tag hatte Charlotte gegrübelt, was sie so erschütterte. Aber ihre Gedanken waren dabei so widerstrebend, dass sie sich nicht so leicht einfangen ließen.

Erst hier, an ihrem Esszimmertisch, bekam sie ein klareres Bild. Während sich Franziska und Matthias zögernd Neuigkeiten aus Hamburg und Peru erzählten, bevor sie begannen, das sichere Terrain der Familiengeschichten zu betreten, und ihre Mutter in Ruhe ließen, kam ihr die Erkenntnis, die sie so sehr überraschte, dass ihre Hand bebte, als sie nach der Teetasse griff. Die Kinder verstummten, als die Tasse laut auf dem Unterteller klapperte. Als Charlotte in die angestrengt mitfühlenden Gesichter blickte, schenkte sie den beiden ein kurzes Lächeln und nahm einen großen Schluck.

Es war Gesines Suche nach Worten gewesen, die Charlotte irritierte. Worte, die das beschrieben, was ihr geschehen war. Einfache Worte, die man doch eigentlich gar nicht suchen musste. Die aber offenbar durchs Gesines Kopf flogen, ohne jede Orientierung, ohne jeden Halt.

Charlotte spürte, wie sich etwas in ihr zusammenzog und ihre Brust beschwerte. Langsam presste sie die Lippen zusammen.

—

»Gesine hätte eine große Tragödin abgegeben. Eine Mischung aus Medea und Lady Macbeth.«

Franziska öffnete den obersten Knopf ihrer Bluse, streifte die Schuhe ab, streckte die Beine aus und nahm sich noch ein Stückchen von dem geräucherten Lachs. Matthias zwinkerte seiner Schwester zu, als er sah, dass Charlotte ihrem Gespräch wieder zu folgen schien.

»Und Eliza Doolittle«, stieg Matthias sofort mit ein. »Es grünt so grün, wenn Spaniens Blüten blühen.«

»Gesine ist eben anders als Johannes und du, Mutter«, stellte Franziska nüchtern fest.

»Ich glaube, nach Johannes und Charlotte waren die lieben Großeltern einfach erschöpft und haben die Erziehung ihrer Kinder komplett eingestellt.«

»Ach komm, Matthias. Etwas Pflegeleichteres als Johannes und Charlotte konnte ihnen doch nun wirklich nicht passieren.« Franziska sah jetzt ihre Mutter an. »Eure Erziehung lief doch so nebenbei, oder?«

Charlotte wusste, dass ihre Tochter recht hatte. In den aufgeklärten Pastorenhaushalt fügten sich Johannes und Charlotte als Kinder problemlos ein. Die Abholzung des Regenwaldes im Amazonas, Charlottes Erfolge bei den Bundesjugendspielen: Für ihre Eltern hatte alles einen ähnlichen Stellenwert. »Es gibt Schlimmeres.« So hatten Heinrich und Anna ihre Kinder immer getröstet, wenn eine Klassenarbeit danebenging oder sich erster Liebeskummer eingestellt hatte. Für Drama war kein Platz. Bis Gesine auf die Welt kam. Der Nachzügler, das Nesthäkchen, die selbst ernannte Prinzessin.

»Gesine war ein Unfall. Hat Omama mir selbst einmal gebeichtet. Und die gerechte Strafe dafür, dass für die Erziehung von Kindern doch noch ein wenig mehr nötig ist als nur Gottvertrauen.« Matthias lachte erneut. »Letzteres ist natürlich nur meine Interpretation.«

»Wie schön, dass sich dein Expertentum beim Thema Kinder auch in Südamerika nicht verflüchtigt hat. Und alles ohne eigene Anschauungsobjekte. Respekt.« Franziska nickte ihrem Bruder freundlich zu. »Oder habe ich etwas verpasst?«

Matthias schüttelte den Kopf. Franziska nickte zufrieden. Das Thema war damit für sie erledigt.

»Mutter, weißt du schon, wann die Beerdigung ist?«

»Nächsten Freitag.«

»Warum so spät?«

»Ich finde, jeder, der will, sollte zu Friedrichs Beerdigung kommen können. Du weißt, einige Freunde haben eine lange Anreise.«

Noch am Sterbebett hatte sie Friedrich versprochen, seine engsten Freunde einzuladen. Und mit der Beisetzung zumindest so lange zu warten, bis für sie die theoretische Möglichkeit bestand, an seinem Grab zu erscheinen. Auch nach dem Verkauf der Reederei hatte Friedrich den Kontakt zu vielen seiner ehemaligen Geschäftspartner gehalten, verteilt über die ganze Welt. Seine Expertise, sein Rat galten noch. Immer wieder kamen Anfragen. Er strahlte, wenn er Charlotte davon berichtete. Und obwohl er sich längst mit Konferenzen per Skype oder Messengerdiensten angefreundet hatte, setzte er sich doch am liebsten weiterhin ins Flugzeug und pflegte das persönliche Gespräch. Mindestens zweimal im Jahr packte er seine Koffer. Zuletzt war er nach Auckland und Murmansk geflogen. Auch wenn er jedes Mal müder und angeschlagener von den anstrengenden Reisen zurückkehrte, machte er sofort Pläne für den nächsten Trip. In Murmansk hatte ihn schließlich der erste Herzinfarkt ereilt.

Charlotte war da schon lange nicht mehr dabei. Für diese Art des Reisens hatte sie wenig übrig. Zu wenig Kultur und Ruhe, zu viel Alkohol und Testosteron. Ihr fielen wieder die Postkarten aus Sydney und vom Great Barrier Reef ein, die sie vorgestern aus dem alten Karton gezogen hatte, Erinnerungen an ihre letzte gemeinsame Reise mit Friedrich nach Australien. An der Gold Coast hatten sie beide mit großer Begeisterung angefangen zu schnorcheln. Wie glücklich und beseelt sie jedes Mal aus dem Wasser kamen. Stundenlang erzählten sie sich abends von ihren Entdeckungen, den tropischen Fischschwärmen, die an ihnen vorbeigezogen waren, und von den bunten Korallen, an denen sie sich nicht sattsehen konnten. Und dann kamen die letzten beiden Tage ihrer Reise in St. Kilda und alles wurde anders. Plötzlich verloren die Korallen ihren Glanz und die Fische jede Exotik. In St. Kilda schnorchelten Friedrich und Charlotte nicht mehr. Sie hatten nie darüber gesprochen, was dort eigentlich genau vorgefallen war. Jedenfalls zog es Friedrich nach dieser Reise vor, fremde Strände und ferne Metropolen allein zu entdecken. Charlotte hatte nicht gefragt, ob sie ihn begleiten könnte. Und irgendwann wollte sie auch nicht mehr.

»Morgen bespreche ich mit Pastor Bargfrede die Einzelheiten. Friedrich hatte alles bis ins Kleinste geplant.«

»Das sieht ihm ähnlich.«

Bei Matthias' ironischer Bemerkung wurde Charlotte klar, dass sie jetzt allein sein wollte. Franziska sprang auf und nahm ihre Mutter in den Arm. »Das muss sich doch alles ziemlich komisch anfühlen, oder? In diesem großen Haus? Ohne Papa?«

Charlotte nickte. »Sabine zieht übrigens ein.«

»Aha, und warum?« Franziska zog die Stirn in Falten.

Charlotte bewegte sich Richtung Haustür, damit ihre Kinder nicht das Gefühl bekämen, sie würde sich jetzt auf längere Diskussionen einlassen.

»Warum? Weil ihr gekündigt wurde. Weil hier ein paar Zimmer freistehen, wie ihr wisst. Und weil sie meine Freundin ist. Deshalb.« Sie lächelte ihre beiden Kinder an.

»Ach, dann ist es nur vorübergehend. Also, bis Sabine wieder etwas Eigenes gefunden hat?« Franziska klang erleichtert.

»Keine Ahnung. Sie zieht jetzt erst mal ein. Wie lange sie bleibt, sehen wir dann.«

»Aber Vater ist gerade erst ...«

»Lass sie doch«, unterbrach Matthias und streichelte Charlottes Arm. »Ich finde das gut, Mutter. Dann bist du nicht so allein ...«

Schnell schüttelte Charlotte Matthias' Hand ab.

»Sabine sucht eine Unterkunft, mehr nicht ...«

... und das Alleinsein macht mir längst keine Angst mehr, wollte sie noch ergänzen, ließ es dann aber. Stimmte das überhaupt? Löste jetzt ein Alleinsein ein anderes ab, eine Stille die nächste?

Sie hatte genug von bohrenden Fragen und Gesten falsch

gemeinter Fürsorge. Sie wusste, dass sie ungerecht war und ihre Kinder sicherlich die besten Absichten hatten. Aber auf genau die konnte sie jetzt gut verzichten.

TAG 5

»Hej Lotte. Ich bin's.«

»Was? ... Wer?« Die Stimme hatte Charlotte schon einmal gehört, aber das schien Ewigkeiten her. Dann spürte sie, wie ihr das Blut ins Hirn schoss. Bente? Konnte das sein? Wie viele Jahre hatte sie diese Stimme nicht mehr gehört? Dreißig Jahre? Vierzig Jahre? Noch länger?

Lotte. Niemand durfte Charlotte so nennen. Bente war das egal gewesen, von Anfang an. »Charlotte? Ich nenn dich Lotte, okay?« Damit war die Sache für Bente erledigt. Damals, vor fünfzig Jahren, als sie in Charlottes Klasse kam, ein Jahr vor dem Abitur.

»Das ist Bente Frederiksen aus Kopenhagen. Sie ist mit ihren Eltern im Sommer nach Hamburg gekommen. Seid nett zu ihr.« Mit diesen steifen Sätzen hatte Charlottes Biologielehrer Bente Frederiksen vorgestellt, bevor er sich wieder der mendelschen Vererbungslehre widmete. Bente winkte fröhlich ins Klassenzimmer. »Hej. Wo kann ich mich bitte setzen?« Sie lief schnurstracks auf den freien Platz neben Charlotte zu, stellte ihre Tasche auf den Tisch und strahlte Charlotte an. »Okay?« Ohne eine Antwort abzuwarten, setzte sie sich und gab Charlotte die Hand. »Hej, ich bin Bente. Alles klar?« Charlotte hatte diesen Tag nie vergessen.

»Lotte, alles klar?« Bentes kraftvolles Lachen am Telefon riss Charlotte aus ihren Erinnerungen.

»Bente? Mein Gott ...« Sie schaute auf die Uhr. Gleich zehn. Sie war froh, dass Matthias noch schlief. So musste er nicht mitansehen, wie seine Mutter plötzlich durch ein Zeit-Raum-Kontinuum trudelte. Ihre Hände schwitzten, das Telefon drohte ihr aus der Hand zu gleiten. Sie nahm Daumen und Zeigefinger und kniff sich ins Ohrläppchen, ein alter Trick, um sich ins Hier und Jetzt zurückzuholen. Aber selbst das gelang nicht so ganz.

»Ich komme am Freitag nach Hamburg und will dich sehen, Lotte.«

»Oh, das ist schön, aber Freitag ...«

Der Abschied von Friedrich und das Wiedersehen mit Bente, an einem Tag? Charlotte fehlte im Moment die Vorstellungskraft, wie sie beides bewältigen könnte. Sie hielt sich an der Lehne eines Stuhles fest.

»Freitag ist nicht so gut.«

»Warum? Lässt dich Friedrich nicht raus?« Bente lachte.

»Friedrich ist gestorben. Übermorgen ist seine Beerdigung.«

»Oh, Lotte, das tut mir sehr leid, ich bin ein Idiot. *Undskyld.* Entschuldigung.«

»Wie lange bist du denn in Hamburg?«

»Nur Freitag, auf dem Weg nach Kopenhagen.«

»Ah.« Charlotte versuchte, ihre frei fliegenden Gedanken einzufangen. »Weißt du was? Komm zur Beerdigung. Du kanntest Friedrich doch auch. Er hätte sich sicher gefreut.«

Für einen kurzen Moment herrschte Stille.

»Okay, Lotte, wenn du meinst.«

»Der Waldfriedhof in Nienstedten, um drei.«

Charlotte beendete das Gespräch und starrte den Hörer an. Sie kniff sich noch mal ins Ohrläppchen, aber sie spürte immer noch nichts.

TAG 6

Zwanzig prall gefüllte Umzugskartons, daneben blaue Säcke für die Altkleidersammlung. Sabine sah sich in ihrer Wohnung um.

»Jans Seemannskluft bringst du aber nicht mit«, hatte Charlotte lachend gesagt, nur halb als Scherz gemeint. Sie wusste, dass ihre Freundin einige Kleidungsstücke von Jan aufbewahrte. Noch immer hingen seine Hosen neben ihren Röcken im Kleiderschrank, lagen dunkelblaue Troyer neben lachsfarbenen Pullovern.

An den Wänden schimmerte die Raufasertapete weiß, wo Bilder gehangen hatten. Ein paar von ihnen sollten mit ins neue Zimmer.

»Oh, Landschaftskitsch!«, hatte Friedrich gerufen, als er Sabine für ein Konzert in der Musikhalle abholen wollte und im Flur wartete. Der Kitsch blieb hier, aber die Bilder von Jan und ihr kamen mit. Auch das Ölgemälde von der Kirche in Altenwerder. *Ihrer* Kirche, wie Sabine immer sagte.

Ihr graute davor, sich von lieb gewonnenen Dingen zu trennen. Dingen ihres Lebens, Dingen voller Erinnerung. Mehr noch graute ihr allerdings vor den Blicken Charlottes, wenn sie sah, wie ihre Freundin das Zimmer einrichten würde, vollgestellt mit ihren Möbeln und Bildern. Sabine hatte Charlottes Geschmack schon immer bewundert. Sie selbst hatte dieses

Händchen fürs Schöne, Wohnliche, Warme nicht, musste sie sich eingestehen.

Dafür hatte sie andere Qualitäten. Sie ging ins Badezimmer und betrachtete sich wohlwollend im Spiegel. Ja, sie fand sich zu dick. Zumindest etwas. Dann fuhr sie sich mit der Hand über ihren Busen. Sie wusste, dass Männer ihre Brüste immer noch gerne berührten. Zumindest hatten sie ihr das oft genug gesagt. Sabine lächelte. In diesem weiß-blau gepunkteten Kleid, fand sie, sahen sie ganz besonders schön aus.

Sie fuhr sich noch einmal durchs Haar und legte dann den rosafarbenen Lippenstift auf. Vier Stunden hatte sie Zeit, bis Johannes mit einem kleinen Transporter und drei jungen Helfern aus der Kirchengemeinde kam, um die Kisten in die Walderseestraße zu bringen.

Vier Stunden.

Das würde reichen.

—

»Musste das ausgerechnet heute sein? Hätte Sabine damit nicht bis nach der Beerdigung warten können?«

Franziska verdrehte die Augen. Im ersten Stock war Sabines Einzug unüberhörbar in vollem Gang. Entweder hatten die Jugendlichen, die Sabine und Johannes halfen, das Gewicht des Buffetschranks unterschätzt, oder Sabine konnte sich nicht entscheiden, wo er künftig stehen sollte. Das Ergebnis war auf alle Fälle ein permanentes Geschiebe und Geruckel, das für Franziska, Matthias und Charlotte unten im Esszimmer den Klangteppich für ihren Nachmittagskaffee abgab.

Charlotte machte der Lärm nichts aus, im Gegenteil: Sie war dankbar für die Geräuschkulisse, die Sabines Einzug verursachte. So drangen nicht nur Franziskas und Matthias' Fragen, Wünsche und gut gemeinten Ratschläge gedämpfter an ihr Ohr, auch ihre eigenen Gedanken über Friedrichs Beerdigung, Bentes Besuch und alles, was jetzt kommen und von dem sie nicht wusste, wie es aussehen würde, wurden übertönt.

Charlotte beobachtete ihren Sohn. Unentwegt knibbelte Matthias an seinen Fingern. An einigen Stellen zeigten sich bereits dunkelrote Risse, an anderen begann es sogar zu bluten. Sie musste zugeben, dass sie nicht wusste, wie es ihm wirklich ging. Natürlich war vor allem sie immer noch seine Verbindung nach Hamburg. Der Grund, warum er sich, zumindest ab und zu, noch meldete. Aber wie er in der peruanischen Wüste lebte, ob seine Forschungen ihn ausfüllten und, ja, ob er glücklich war, wusste sie nicht. Dafür waren ihre Telefongespräche immer zu kurz, zu unverbindlich und, wie Charlotte jetzt ahnte, zu unaufrichtig. Sie sah noch mal auf seine malträtierten Hände. Charlotte fragte sich, ob all das Ferne, diese spürbare Distanz auch ihre Schuld war, nachlässig und verschludert im Lauf der Jahre. Doch sie verwarf den Gedanken wieder. Sie wollte sich kein schlechtes Gewissen einreden lassen, auch nicht von sich selbst. Sie ahnte, wenn sie damit erst einmal anfangen würde, bräuchte sie ein ganzes Arsenal an massiven Buffetschränken, um die inneren Stimmen zu dämpfen.

»Mutter, ich weiß, das passt jetzt vielleicht nicht hierhin, aber wie ist Papas Nachlass eigentlich geregelt?«

Franziska meinte offenbar, gegen den Krach aus dem ersten Stock anschreien zu müssen. Doch gerade in diesem Moment drang kein Laut nach unten, nicht einmal die Stimmen von

Sabine, Johannes und ihren Helfern waren zu hören. Allein Franziskas Frage füllte den Raum. »Verzeih, Mutter ...« Sie starrte auf ihre Schuhe.

»Nein, ist schon gut«, sagte Charlotte und blickte ihre Kinder abwechselnd an. So schaffte sie es, ein Lächeln zu unterdrücken. Die Situation hatte etwas Absurdes, denn in diesem Moment startete oben die nächste, lautstark dirigierte Umräumaktion.

»Vor Jahren haben euer Vater und ich ein Testament gemacht.« Sie zog die Schultern hoch. »Das war's.«

»Berlin?«, fragte Franziska. Während ihre Mutter nickte, sah sie an Matthias' Stirnfalten, dass er nicht verstand. »Das heißt: Mutter und Vater setzen sich für den Fall des Todes des anderen als Alleinerben ein«, erklärte sie.

Matthias nickte. »Klingt vernünftig – und ganz nach Vater ...«

Charlotte sah, wie Franziska die Tränen in die Augen traten, und war froh, dass sich der Panzer ihrer oft so kontrollierten Tochter zumindest einen Moment lang öffnete. Zumindest Friedrich war dazu in der Lage, auch noch nach seinem Tod.

»Habt ihr schon gehört?«, fragte Franziska, nachdem sie ihr Taschentuch wieder in die Hose gesteckt hatte. »Theresa Nonnenmacher hat Krebs. Sieht nicht gut aus.«

»Gesines bessere Hälfte in der Kulturstiftung?«, fragte Matthias.

Charlotte und Franziska nickten.

Plötzlich war es still geworden. Charlotte, Franziska und Matthias hingen ihren eigenen Gedanken nach. Als seien sie alle gefangen in einem Kokon aus Tod, Krankheit und Leid, am Vortag von Friedrichs Beerdigung.

Ein dumpfes Geräusch aus dem ersten Stock durchbrach

erneut die Ruhe. Dann hörten sie Sabines Stimme am Treppenabsatz. »Jetzt steht er perfekt. Vielen Dank.«

»Halleluja«, rief Franziska erschöpft, während im Flur das Telefon klingelte.

»Ich gehe schon«, rief Sabine. Man hörte ihr die Erleichterung über den offenbar perfekten neuen Standort des Buffetschranks an. Mit einem Lächeln betrat sie das Zimmer. »Charlotte, für dich. Ein Notar. Weyer?«

»Beyer. Danke.« Charlotte stand auf und folgte Sabine in den Flur.

Als sie wenige Minuten später in den Salon zurückkehrte, waren Franziska und Matthias damit beschäftigt, den Tisch abzuräumen.

»Beyer will mit mir über das Testament reden«, sagte Charlotte tonlos in das Geklapper hinein. »Offenbar war Friedrich erst vor wenigen Wochen bei ihm.«

TAG 7

Sanft, fast schwebend legte sich das Orgelspiel über die Trauergemeinde. Noch immer strömten Menschen zu »So nimm denn meine Hände« in die Barockkirche, um Friedrich Sebastian Holtgreve die letzte Ehre zu erweisen. Charlotte, die zwischen Matthias und Franziska in der ersten Reihe Platz genommen hatte, drehte sich um. Sie sah Friedrichs Weggefährten aus der Zeit, als man sich regelmäßig im Old Commercial Room am Michel traf, sogar zwei ehemalige Wirtschaftssenatoren hatten sich eingefunden. Einige betagte Schulfreunde und die gesamte Führungsspitze der Hanseatischen Kulturstiftung, deren großzügiger Förderer Friedrich gewesen war. Sie lächelte Michael aus Sydney, Guillermo aus Buenos Aires und Gennadi aus St. Petersburg zu. Alle drei hatten die zum Teil strapaziöse Anreise auf sich genommen, um sich von ihrem langjährigen Freund zu verabschieden. Friedrich wäre glücklich gewesen, dachte Charlotte. Und stolz, unfassbar stolz. Sie sah sein strahlendes Gesicht vor sich. Seine schmalen Lippen, die wachen Augen.

Charlotte hatte diese Kirche immer gemocht. Schlichte Holzbänke und weiße Streben führten das Auge zum Kanzelaltar, in den das Letzte Abendmahl als Ölgemälde eingefügt war. Wunderschön, ohne zu protzen. Andächtig, ohne Frömmelei. Hier hatten sie geheiratet, hier waren Franziska und Matthias getauft worden. Ein vertrauter Ort.

Sie erinnerte sich, dass Johannes vor vielen Jahren versucht hatte, in diese Kirchengemeinde zu wechseln, er aber schließlich Pastor Bargfrede den Vortritt lassen musste. Einige Zeit später hatte Charlotte erfahren, dass Friedrich dabei möglicherweise seine Finger mit im Spiel gehabt hatte. Sie lächelte ihrem Bruder zu, der auf der anderen Seite des Ganges saß. Neben ihm Sabine, Bernhard und Gesine. Ihre Schwester trug immer noch die große, schwarz umrandete Sonnenbrille. Charlotte hoffte, dass der Grund dafür ihre Trauer war, die sie nicht so offensichtlich kundtun wollte, und nicht die Folgen einer erneuten Auseinandersetzung mit Bernhard. Noch einmal drehte sich Charlotte um. Weitere Trauergäste kamen und suchten sich in den hinteren Bänken einen Platz. Dann erblickte sie eine große Frau in einem schlichten schwarzen Kleid, verziert mit einer goldenen Brosche. Eine schwarze Stola, locker um den Hals geworfen, in der linken Hand ein großer schwarzer Hut: Bente. Da ist sie also, dachte Charlotte und spürte, wie ihr Herz ein wenig schneller schlug. Einige Männer verfolgten mit großem Interesse, wie sich Bente ihren Weg bahnte. Eine schlanke, attraktive Frau. Sie lächelte Charlotte zu. Dann setzte sie sich.

Die letzten Orgeltöne waren verklungen, Pastor Bargfrede trat aus dem Hinterraum. Er nickte Charlotte und ihrer Familie zu und wandte sich dann an die Trauergemeinde.

—

Langsam verließen die Trauergäste den Friedhof. Erste Autos auf dem anliegenden Parkplatz wurden gestartet. Ein paar Wolken hatten sich vor die wärmende Sonne geschoben. Charlotte, Franziska, Matthias und Johannes standen vor dem ausgehobenen Grab. Alle schwiegen. Charlotte war dankbar für diesen stillen Moment, den anderen ging es offenbar genauso.

Franziska trocknete sich noch einmal die Augen, warf einen letzten Blick auf den Sarg. Dann ging sie langsam den schmalen Kiesweg entlang, der zum Ausgang führte. Dort wartete bereits Holger mit den Kindern. Matthias folgte ihr ein paar Momente später, holte seine Schwester bald ein und legte den Arm um sie. Charlotte nickte ihrem Bruder zu. Dann machten auch sie sich auf den Weg. Hand in Hand.

Charlotte würde sich später genau an diesen Moment erinnern. Als sie sich für eine kurze Zeit sicher, kraftvoll und geborgen fühlte. Als sie dachte, sie werde alles, was nun kommen würde, bewältigen können. Irgendwie.

—

Franziska und Johannes waren längst gegangen, als Charlotte den Portwein aus der Anrichte holte. Ein Kopke Colheta. Jahrgang 1980. Ein Mitbringsel aus dem Norden Portugals und noch fast unberührt. Sie füllte die Gläser.

»Danke ...« Charlotte schluckte. »Ohne euch ...« Sie spürte, dass ihr die Tränen kamen. Zitternd erhob sie ihr Glas.

»Auf dich«, sagte Matthias, »und Papa.«

Auch seine Augen wurden jetzt feucht. Er ging auf seine Mutter zu und legte die Hand auf ihre Schulter. So steif standen sie beide für einen kurzen Moment, bis Charlotte ihn in die Arme nahm. Eng umschlungen hielten sie einander fest. Charlotte sah aus den Augenwinkeln, wie Sabine sie beobachtete. Auch ihr liefen Tränen über die Wangen. Langsam streckte Charlotte ihren Arm aus und zog Sabine mit in ihren kleinen Trauerkreis. Auch wenn die Gründe für ihre Trauer unterschiedlich waren, spürte sie die Wärme und Nähe der anderen. Und die Kraft, die von ihnen ausging.

Irgendwann, in die Stille hinein, klingelte es. Nur langsam lösten die drei sich voneinander. Matthias ging zur Tür, um nachzusehen. Mit rot unterlaufenen Augen stand Gesine vor der Tür, neben sich eine Reisetasche. Ihr Blick sagte, dass sie vergessen hatte, dass das Haus gerade mehr Menschen beherbergte als in den vielen Jahren zuvor.

»Entschuldigt ... ich ...« Sie griff nach ihrer Tasche, als wolle sie sofort wieder umkehren.

Charlotte tauschte mit ihren beiden Mitbewohnern einen kurzen Blick. Leise stiegen sie die Treppe hinauf, während Charlotte ihre Schwester sachte ins Wohnzimmer schob. Dann standen die beiden zwischen Tisch und Durchgang an der Stelle, an der sich noch vor wenigen Augenblicken Charlotte, Sabine und Matthias still im Arm gehalten hatten. Charlotte spürte diese Nähe auch jetzt noch wie einen wärmenden Mantel. Einen Mantel, den sie nicht so bald wieder abstreifen wollte. Ihr rechter Arm suchte Gesines Schulter. Vergeblich, auch weil ihre Schwester einen Schritt zurücktrat. Für einen kurzen Moment wusste Charlotte nicht, wohin mit ihren Händen, bis sie sie schließlich ineinanderlegte. Nun würden sie ihr wieder gehorchen.

»Wasser?« Charlotte schaute ihre Schwester an.

»Whiskey?«, flüsterte Gesine. »Und Wasser.«

Während Charlotte sich daranmachte, Gesines Getränkewünsche zu erfüllen, ließ sich ihre Schwester in den dunkelbraunen Ledersessel fallen. Charlotte stellte die Gläser auf dem hölzernen Beistelltischchen ab.

»Kann ich heute Nacht hierbleiben?« Gesine berührte die Wunde über ihrem Augenlid und zuckte zusammen.

»Natürlich.« Charlotte stand wieder auf. Nachdem sie die Wunde gesäubert und mit einem neuen Pflaster versehen hatte, nahm sie ihre Schwester an die Hand und zog sie aus dem Sessel.

»Komm mit.« Charlotte griff nach Gesines Reisetasche und ging voraus.

Franziskas ehemaliges Kinderzimmer hatte Friedrich zu seinem Arbeitsbereich umgestaltet. Hier hatte er oft bis weit in die Nacht hinein gesessen, seine Post beantwortet oder gelesen. Vor ein paar Jahren stand dann plötzlich ein Sofa in der Ecke, breit genug, um darauf zu übernachten. Zwar wunderte sich Charlotte darüber, dass Friedrich häufig dort schlief, obwohl sein Bett nur wenige Schritte entfernt war. Aber wie bei so vielen anderen Dingen hatte sie auch hier irgendwann aufgehört, Fragen zu stellen.

»Die freien Betten sind alle belegt«, sagte Charlotte.

Gesine nickte und zog ein Nachthemd aus ihrer Reisetasche. Nach wenigen Minuten hatte Charlotte das Laken glatt gezogen, das Kissen aufgeschüttelt und die Decke zurückgeschlagen. Sie überlegte einen Moment. Dann streichelte sie kurz Gesines Arm. »Gute Nacht.«

»Danke, Charlotte.« Gesine betrachtete die Stelle, an der ihre Schwester sie berührt hatte. Charlotte spürte einen leisen Stich und wünschte sich mit Sabine und Matthias ins Wohnzimmer zurück. Langsam ging sie zur Tür.

»Charlotte?« Gesine saß jetzt auf der Bettkante. »Was macht die Dänin plötzlich wieder hier?«

Charlotte verharrte einen Moment, dann drehte sie sich um. »Schlaf gut«, sagte sie lächelnd. Dann schloss sie die Tür.

TAG 8

Ein böiger Wind empfing Charlotte, als sie um kurz nach sieben ihr Auto parkte und ausstieg. Sie knöpfte ihre Strickjacke zu und nahm den Schal vom Beifahrersitz. Die flachen braunen Halbschuhe knirschten auf den Kieseln. Sie verzog das Gesicht. Seit Kindertagen verursachte ihr dieses Geräusch Unwohlsein. Mal bekam sie Kopfschmerzen, mal zog sich ihr Magen zusammen, sie hatte keine Ahnung warum. Angefangen hatte alles vor vielen Jahren bei den regelmäßigen Sonntagsspaziergängen ihrer Kindheit. Nach Gottesdienst und Mittagsschlaf begab sich die ganze Familie in die Natur. Begleitet vom munteren Geplapper des Nesthäkchens Gesine, Vater Heinrichs schier unendlichem Liederfundus und Mutter Annas Vorliebe für botanische Rätselfragen, war diese Familientradition für Charlotte eine der schönsten Erinnerungen an ihre Kindheit. Aber wann immer sie über Kieswege marschierten, wurde ihr übel. Da konnte auch Heinrichs Bewegungsspiel nichts mehr ausrichten, das er immer dann startete, wenn Charlotte plötzlich blass und still wurde, einem der Kinder die Füße schwer wurden oder schlicht die Lust auf Wald und Wiese schlagartig nachließ.

»Ein Hut, ein Stock, ein Regenschirm ...«, fing Charlotte an zu singen. Sie spürte ein leichtes Hämmern im Kopf. Einmal war sie deswegen sogar zu einem Arzt gegangen. Aber außer leicht erhöhten Säurewerten im Magen konnte er nichts feststellen. Als er merkte, dass sich Charlotte mit dieser Antwort nicht zufriedengeben würde, legte er die Krankenakte beiseite und schaute sie freundlich an.

»Der eine kann kein Leder anfassen, die andere kein nasses Holz. Sie können darüber natürlich mit einem Psychologen sprechen, ob das möglicherweise Ursachen in der Kindheit hat, oder eine Konfrontationstherapie beginnen ... müssen Sie aber nicht.«

Charlotte beschloss, diese kleine Unpässlichkeit, wie sie es nannte, zu ignorieren. Und Kieswege so gut es ging zu vermeiden.

Friedrichs Grab war unverändert, Blumen und Gestecke säumten die gesamte Fläche. Der Regen der vergangenen Nacht hatte die Kränze an einigen Stellen mit Erde bedeckt. Charlotte kniete sich hin und zog ein paar Trauerschleifen auseinander. Dann setzte sie sich auf die Holzbank unter der großen Buche. Als sie gestern gemeinsam mit Franziska, Matthias und Johannes am Grab gestanden hatte, hatte sie bereits beschlossen, heute früh wiederzukommen. Um in Ruhe Abschied zu nehmen. Von Friedrich. Von ihrer gemeinsamen Zeit und dem langen gemeinsamen Leben.

An einem Freitag, kurz vor Weihnachten, hatte es begonnen. Im »Imperial«, einem Club auf St. Pauli. Vor achtundvierzig Jahren. Alexander hatte Charlotte endlich überreden können, mit ihm tanzen zu gehen. Doch nicht nur Alexander hatte ein Auge auf die immer ein wenig in sich gekehrte Pastorentochter geworfen, die ihn in Mathematik immer abschreiben ließ. An diesem Freitag war auch Friedrich, Alexanders älterer Bruder, mit Freunden ins »Impi« gekommen. Schon nach kurzer Zeit hatte Friedrich das Interesse an seiner Clique verloren.

Lieber spendierte er Charlotte ein paar Cola mit Schuss und zog sie auf die Tanzfläche. Schließlich bestand er darauf, sie nach Hause zu bringen. Charlotte hatte sich lachend auf alles eingelassen. Es schmeichelte ihr, dass sich der groß gewachsene Mann mit der ausdrucksstarken Nase und dem dunkelbraunen Haar für sie interessierte. Als Friedrich sie jedoch zum Abschied küssen wollte, hatte sie den Kopf geschüttelt, sich seiner Umarmung entzogen und war im Haus verschwunden. Friedrich hatte das damals imponiert. Und angespornt. Das wusste Charlotte von Alexander, der schnell kapituliert hatte. Gegen Friedrich hatte er keine Chance. Sein fünf Jahre älterer Bruder studierte an der Universität und arbeitete bereits nebenbei in der Reederei. Er war der Stolz der Familie und Erbe des Familienunternehmens. Diesen Kampf hatte Alexander schon vor Jahren aufgegeben.

Zum ersten Mal seit langer Zeit dachte Charlotte wieder an Alexander, ihren treuen Kameraden in der Oberstufe. Mit ihm hatte sie sämtliche Museen der Stadt durchstreift oder an Lesungen in rauchigen Kneipen im Univiertel teilgenommen. Von der gemeinsamen Vorliebe für französische Filme ganz zu schweigen. Achtmal hatten sie »Außer Atem« gesehen. Und obwohl Alexander sich manchmal an der Coolness Jean-Paul Belmondos versuchte und Charlotte wie Jean Seberg rauchte: Hamburg war nicht Paris und die beiden nicht Michel und Patricia. Und doch, kam es Charlotte jetzt hier an Friedrichs Grab in den Sinn: Hatte sie Alexander nicht damals auch verraten, so wie Jean Seberg Jean-Paul Belmondo, als sie den Avancen seines Bruders nachgab?

Alexander war nach dem Abitur an die Kunstakademie nach Düsseldorf gegangen, begleitet vom Unverständnis seines Bruders und den Schecks seines Vaters. Lange hielt er es dort nicht aus. Er zog erst nach Los Angeles und dann weiter nach Tokio. Aber das erlebten seine Eltern nicht mehr. Auf der Beerdigung seiner Mutter hatte Charlotte Alexander das letzte Mal gesehen. Rastlos, fahrig und traurig hatte er auf Charlotte gewirkt. In den wenigen Jahren schien ihm jede Freude abhandengekommen zu sein. Charlotte hatte nie erfahren, was eigentlich passiert war. In diesem Punkt waren Friedrich und Alexander wirklich vom selben Schlag. »Nur nicht so gefühlig werden.« Dieses Mantra ihres Vaters hatten beide verinnerlicht. Alexander meldete sich vor allem, wenn er Geld brauchte. Ohne mit der Wimper zu zucken und ohne jede weitere Kommunikation überwies Friedrich jedes Mal die gewünschte Summe. Charlotte schien es, als seien die Ausgaben für Alexander nur ein weiterer Posten in Friedrichs monatlicher Buchhaltung. Wie der Kauf von Containern und die Rechnungen der Spediteure.

Alexander starb mit fünfunddreißig Jahren bei einem Motorradunfall in Japan. Die genauen Umstände konnten nicht ermittelt werden, obwohl Charlotte mit der deutschen Botschaft in Tokio korrespondierte. Friedrich hatte ihren Bemühungen keinerlei Interesse geschenkt. Immerhin, Alexanders Überreste ließ er nach Hamburg überführen und beugte sich schließlich auch Charlottes Wunsch, diese im Familiengrab beizusetzen.

Charlotte holte den Schal aus ihrer Tasche und band ihn sich um den Hals. Sie fröstelte ein wenig, die Sonne täuschte Wärme vor.

Schon früh hatten ihre Leben begonnen auseinanderzudriften, kaum spürbar und überdeckt vom Alltag. Erst später fand sie Anzeichen, Hinweise dafür. Als Friedrich Tag und Nacht in seinem Büro verbrachte, weil die Konkurrenz in

Südostasien billiger produzierte und immer weniger Containerschiffe den Hamburger Hafen ansteuerten. Friedrich kämpfte. Sein Vater hatte ihm die Reederei vermacht, weil er wusste, dass sie bei seinem Sohn in guten Händen war. Dieses Vertrauen wollte Friedrich nicht enttäuschen. Schon gar nicht nach dem Tod seines Vaters. Er wollte nicht derjenige der Familie Holtgreve sein, der die Traditionsreederei aus dem Hamburger Handelsregister streichen lassen musste. Das hatte er sich geschworen. Dass er diesen Schritt dreißig Jahre später dennoch tun würde, aus guten Gründen und mit noch besserem Gewinn, hatte er zu diesem Zeitpunkt natürlich noch nicht gewusst.

Während sich Friedrich in den späten Siebzigerjahren gegen die drohende Insolvenz stemmte, kämpfte Charlotte gegen andere Gegner. Die Schulbehörde, zum Beispiel, die sich lange Zeit sperrte, Charlotte zur Direktorin des Maximilianeums zu ernennen. Die jüngste in der Geschichte dieser traditionsreichen Bildungseinrichtung – und die erste Frau. Die mit Reformeifer und Beharrlichkeit die verkrusteten Strukturen aufbrechen wollte. Charlotte erinnerte sich an eine Konferenz, in der sie irgendwann aufgestanden war, ihren grasgrünen Rock glatt strich und sich mit Vehemenz dafür einsetzte, auch an ihrer Schule Projektwochen einzuführen. »Die Schüler sollen lernen, welche Gemeinsamkeiten Platons Polis und Max Webers bürokratische Gesellschaft haben, aber nicht, wie man die perfekte Belichtungszeit eines Stilllebens errechnet«, bellte ihr Direktor Klaussner entgegen und fixierte sekundenlang ihren grünen Rock. »Haben wir uns verstanden, Frau Wiese?« Ein leises Raunen zog durch den Konferenzraum. Charlotte wartete einen Moment und fuhr dann ungerührt fort: »Es geht mir nicht darum, mit den Traditionen unserer Schule zu brechen. Wir müssen vielmehr dafür sorgen, dass unsere Traditionen auch morgen noch etwas wert sind. Sonst werden Traditionen schnell schale Erinnerungen an eine vermeintlich bessere Zeit.« Charlotte hatte kämpferisch in die Runde genickt und sich wieder gesetzt.

Die Projektwochen wurden schließlich eingeführt, wenn auch zunächst nur für die unteren Jahrgänge. Charlotte lächelte bei dem Gedanken an ihren geliebten grünen Rock und Klaussners versteinertes Gesicht.

Sie wusste, dass sie damals nicht die erste Wahl gewesen war, nachdem Klaussner in den Ruhestand gegangen war. Auch nicht die zweite. Aber nachdem der erste Kandidat einer Privatschule den Vorzug gab und der zweite nach einem halben Jahr entnervt die Stelle hinschmiss, führte kein Weg mehr an ihr vorbei. Zu Charlottes Pensionierung vor acht Jahren war die Aula nach ihr benannt worden. Mehr Ehre war kaum möglich.

Ihr stärkster und hartnäckigster Gegner war allerdings ihr schlechtes Gewissen. Matthias und Franziska waren tagsüber oft allein, die Erziehung übernahmen zum großen Teil Charlottes Eltern. Sie wusste die beiden bei Anna und Heinrich in guten Händen. Und dennoch spürte sie einen Stich, wenn die Kinder ihr erklärten, wie viel sie bei den Großeltern über die griechische Antike gelernt hatten, oder wenn sie ihr von Annas Apfelkuchen vorschwärmten. Von den Klavierstunden, dem Voltigierunterricht und den Segeltörns mit Onkel Johannes ganz abgesehen.

Charlotte stand auf, um sich die Beine zu vertreten. Ging an den vielen Gräbern vorbei, einige gepflegt und versorgt, andere vergessen und verwaist. Hinter allen verbargen sich Hunderte Leben und Tausende Lebensgeschichten. Charlotte dachte an die, die sie am besten kannte, vermeintlich am besten. Denn auch ihre Geschichte, ihr Leben mit Friedrich offenbarte Fragen, die sie sich selbst nicht beantworten konnte. Warum waren sie sich nicht wieder nähergekommen, als die ersten großen Schlachten erfolgreich geschlagen waren? Als Friedrich die Reederei modernisiert und zukunftssicher gemacht hatte und die Lokalpresse ihn als Vorbild für eine neue Reedergeneration pries? Und Charlotte ihren größten Kritikern bewiesen hatte, dass man eine Schule, zumal eine mit dieser Geschichte, auch als junge Frau und zweifache Mutter leiten und gestalten konnte? Bei Familie und Freunden galten sie beide als erfolgreiches Paar, als gutes Team, das viel Bewunderung und auch ein wenig Neid hervorrief.

Friedrich nahm das alles mit Stolz zur Kenntnis. Doch Charlotte wusste, dass ihn regelmäßig Horrorszenarien übermannten, in denen Matthias im Drogensumpf versank und Franziska auf St. Pauli verendete oder umgekehrt. Weil Charlotte und er als fürsorgliche Eltern ausfielen, besonders Charlotte. Friedrichs Eltern befeuerten diese Gedanken, da zumindest sie sich eine traditionellere Version von Partnerschaft bei ihrem Sohn und seiner Frau vorgestellt hatten. Friedrich konfrontierte Charlotte mit seinen offenen Wünschen und ihren vermeintlichen Pflichten. Doch da war es längst zu spät für diese Art von Diskussion. Charlotte war hin- und hergerissen, vertröstete, hielt ihn hin. Irgendwann schienen sie sich arrangiert zu haben. Jeder auf seine Weise. Viele lange Jahre war sie stolz auf ihr gegenseitiges Vertrauen gewesen oder auf das, was sie dafür gehalten hatte. Dafür hatte sie Friedrich geliebt, auch wenn ihr diese Art von Liebe manchmal sehr egoistisch vorkam. War das schließlich also ihre Definition von Glück? Den anderen so sein zu lassen, wie er gerne sein möchte. Den anderen ein Leben führen zu lassen, so wie er es will. Charlotte schüttelte den Kopf. Sie wusste, dass etwas fehlte in ihrem gemeinsamen, wohl austarierten Leben. Und sie wusste, dass Friedrich es genauso empfunden hatte: Nähe, Leidenschaft, ja, auch Sex.

Inzwischen hatte sich die Sonne ihren Weg durch die Wolken gebahnt, doch Charlotte fröstelte. Sie stand wieder vor Friedrichs Grab und zog den Schal noch ein wenig fester.

»Es tut mir leid«, flüsterte sie, während ihr die Tränen kamen. »Es tut mir so leid.« Sie begann zu zittern. So heftig, dass sie sich wieder setzen musste. Auf der Holzbank weinte sie weiter. Weinte über die Dinge, die vergangen waren, und die, die sich nicht mehr ändern ließen. Weinte über ein Leben, das für immer vorbei war. Und über eines, von dem sie sich nicht vorstellen konnte, wie es weitergehen würde.

Charlotte wusste, dass diese Tränen hier an Friedrichs Grab nicht reichen würden. Dass sie Antworten auf ihre Fragen finden musste. Das war sie Friedrich, das war sie sich beiden schuldig. Das zumindest.

—

Bente wartete am Eingang des Parks. Charlotte erkannte sie schon von Weitem, als sie in die Oesterleystraße einbog: ein türkisfarbenes Kleid, eine gelbe Jacke aus leichtem Stoff. Elegant nicht spießig. Selbst in dieser Gegend und zu dieser Uhrzeit fiel Bente auf. Nichts anderes hatte Charlotte erwartet.

Sie wischte sich mit dem Handrücken die Wangen trocken. Während der kurzen Autofahrt vom Friedhof hatte sie überlegt, das Treffen abzusagen. Sie brauchte jetzt Ruhe und nicht noch mehr Aufregung. Aber dann war sie schon fast in Blankenese gewesen. Die vielen Baustellen auf dem Weg dorthin erforderten ihre ganze Aufmerksamkeit. Mit jeder neuen Umleitung, kam es ihr vor, umfuhr sie auch ihre widerstrebenden Gefühle.

Den Ort hatte Bente ausgesucht. Auf der anderen Seite des Hesseparks hatten die Frederikens ein Jahr lang gewohnt. Charlotte streckte Bente zur Begrüßung die Hand entgegen.

»Wirklich, Lotte?« Bente drückte die Hand beiseite und nahm Charlotte in den Arm. Die ließ es geschehen.

»Spazieren wir ein bisschen durch den Park?« Bente gab Charlotte einen auffordernden Knuff in die Seite.

Sie spürte, dass das Treffen mit Bente sie bereits jetzt überforderte. »Danke, dass du gekommen bist. Gestern, meine ich. In die Kirche.«

»Ach, wenn ich schon mal in Hamburg bin, kann ich auch ...« Bente lachte auf, dann sah sie Charlotte an. »Ich bin für dich gekommen, Lotte. Friedrich war mir immer egal.«

Das Horn eines Containerschiffes war bis hierherauf zu hören. Eine junge Frau mit Kinderwagen schob sich mit einem entschuldigenden Lächeln an ihnen vorbei, die Rhododendren wuchsen bereits über die Hecken. Charlotte atmete den süßen Duft ein und blieb stehen. Sie schloss die Augen, ihr Hals streckte sich der wärmenden Sonne entgegen. Eine Weile verharrte sie so. Ein leises Klicken beendete den Moment, offenbar hatte Bente mit ihrem Handy ein Foto gemacht. Verwundert öffnete Charlotte die Augen.

»Komm, gehen wir hier entlang.« Bente zog sie in eine kleine, steil ansteigende Straße. »Weißt du, ob es das Freibad noch gibt?«

Charlotte nickte.

»Gut, dass mein armer Vater das nicht mehr erleben musste.

Ich auf Friedrichs Beerdigung.« Bente schüttelte den Kopf. »Nach allem, was passiert ist.«

Charlotte schaute sie fragend an.

»Ach komm, Lotte. Das weißt du doch. Mein Vater und Friedrichs Vater hatten damals einen Riesenkrach. Frijs wollte, dass die Reederei expandiert, internationaler wird, aber Hans hielt das für ausgemachten Blödsinn und hielt mit dieser Meinung auch öffentlich nicht hinterm Berg. Mein Vater war ein Dickkopf, aber dumm war er nicht. Diese Demütigung wollte er sich nicht gefallen lassen und hat gekündigt. Eine Woche später waren wir zurück in Kopenhagen.«

»Ich dachte, ihr seid zurück, weil man bei deiner Mutter Krebs diagnostiziert hatte.«

Bente hob eine Augenbraue. »Und du dachtest natürlich auch, dass es hier in Hamburg keine guten Ärzte gegeben hätte.« Sie streichelte Charlotte kurz an der Schulter. »Nee, ein bisschen anders war das damals schon. Aber du warst verliebt in Friedrich, und da wollte ich ... egal ...« Sie hatten das gusseiserne Eingangstor des Freibades erreicht.

»Schau, Lotte, sie haben noch geöffnet. Gehen wir rein, ja?«

»Bente, das ist kein öffentliches Bad. Nur für Schulschwimmer.«

»Und ehemalige Schulschwimmerinnen.«

»Das geht doch nicht.«

»*Kom nu, Bangebuks.*«

Bente hatte da schon das Eingangstor passiert, mit dem jungen, athletischen und an beiden Armen tätowierten Bademeister geflirtet und zwei Badetücher organisiert. Sie steuerte einen schattigen Platz an und verteilte die Badetücher.

»*Værsgo,* bitte sehr.«

Charlotte blickte sich um. Seit der Schulzeit war sie nicht

mehr hier gewesen. Natürlich hatte das Becken einen neuen Anstrich bekommen. Und auch die Fliesen hatte man ausgetauscht. Ansonsten aber schien die Anlage unverändert. Die Bäume, die hohen Hecken, der Backsteinbau mit den Umkleidekabinen kamen Charlotte so vertraut vor wie damals, im Sommer 1970.

»Wie lange bleibst du in Hamburg?«

»Solange du willst, Lotte.«

Charlotte hörte Bentes Worte, aber ihr Blick war auf den Bademeister konzentriert. Er hatte damit begonnen, die Sträucher und Hecken auf der gegenüberliegenden Seite des Beckens zu bewässern.

»Nein, nur bis morgen. Ich muss zurück nach Kopenhagen«, sagte Bente schließlich, als Charlotte nicht antwortete.

»Ah, wohnst du wieder in Klampenborg?« Charlotte schaute Bente jetzt von der Seite an.

»Nur wenn ich in Kopenhagen bin.«

»Und was machst du dort?«

»Aber eigentlich wohne ich in Berlin«, wich Bente aus. »Schon seit ein paar Jahren.«

»In Berlin? So nah? Warum hast du dich nicht früher gemeldet?« Bente reagierte nicht auf ihre Frage.

Charlotte blickte zu dem Bademeister herüber, der laut und wild gestikulierend in sein Handy sprach. Aber es drangen nur Wortfetzen an ihr Ohr. Offenbar handelte es sich um ein Privatgespräch.

»Paddelst du noch?«

Charlotte drehte sich wieder zu Bente um. Zum ersten Mal an diesem Nachmittag musste sie lächeln.

»Sooft ich kann ... ist gut für Muskeln und Nerven.«

Bente griff sanft in Charlottes Oberarm. »Für die Muskeln

auf alle Fälle.« Charlotte spürte Bentes Hand noch auf ihrer Haut und war irritiert. Aber Bente war mit ihren Gedanken offenbar längst woanders. Sie zeigte auf die etwas versteckte Anhöhe am Rand des Schwimmbades unter einem großen Ahornbaum.

»Weißt du noch?«

»Was meinst du?«

»Da habe ich dich geküsst. Damals, als alle andere schon weg waren.«

Charlotte spürte, wie das Blut ihren Hals emporstieg. Sie merkte, dass sie zitterte, und vergrub ihre Hände in den Weiten ihrer Strickjacke. Natürlich erinnerte sie sich. Jetzt schon, jetzt wieder. Charlotte fixierte den Bademeister. Er hatte inzwischen sein Gespräch beendet. Mit Kopfhörern in den Ohren kescherte er nun das Laub aus dem Schwimmbecken. Noch waren es nur ein paar Blätter, die Sisyphusarbeit des Herbstes stand ihm noch bevor.

»Mir wird kalt. Lass uns gehen.« Charlotte stand auf, nahm ihr Badetuch und steuerte auf den Ausgang zu, ohne sich umzudrehen.

TAG 9

Sabine stand vor dem geöffneten Oberschrank in Charlottes Küche und ging die Reihe mit Beuteln und losen Blättern durch. Sie musste lächeln. Hier waren alle Teesorten alphabetisch geordnet, von Anis-Kümmel bis Zitrone-Ingwer. Charlottes Tick. Friedrich hatte mit Tee gar nichts am Hut gehabt. Vielmehr hatte er sich bei einigen unpassenden Gelegenheiten über Charlottes Vorliebe lustig gemacht. Einmal, als sie ihren Geburtstag feierten, fing er zu fortgeschrittener Stunde und mit abgespreiztem kleinen Finger an, eine Teezeremonie zu imitieren, während Charlotte in der Küche den Nachtisch vorbereitete. Mit hoher Stimme und Armbewegungen, die eher an einen abgetakelten Entfesselungskünstler erinnerten, begann er einen für viele peinlichen Auftritt. Sabine hatte es nicht lange am Tisch ausgehalten und wollte ihre Freundin warnen. Doch als sie in die Küche gestürmt kam und von dem unwürdigen Schauspiel berichtete, drapierte Charlotte weiter ungerührt die frischen Macarons neben das Himbeersorbet. »Friedrich steht nun einmal gerne im Mittelpunkt. Selbst an meinem Geburtstag.« Sie hatte Sabine mit schmalen Lippen angeschaut. »Hilfst du mir?« Und schon hatte Sabine ein Tablett mit gläsernen Schälchen in der Hand. Als Charlotte mit dem restlichen Nachtisch in den Salon zurückkehrte, verstummte das Gespräch schlagartig. »Ich hätte noch feinen

Tee, den ich dazu reichen könnte.« Charlotte hatte ihre Gäste freundlich angelächelt, aber Friedrich keines Blickes gewürdigt. Damit war das Thema für sie erledigt.

Sabine nahm sich einen Beutel vom Darjeeling und füllte den Wasserkocher. Sie war ein wenig überrascht, wie schnell sie sich hier zurechtfand. Wie selbstverständlich sie sich zwischen dem Gasherd mit automatischer Einhandzündvorrichtung und dem metallicfarbenen Gefrierschrank mit integriertem Icecrusher bewegte, wie gerne sie hier kochte und dabei auf das gemächliche Treiben in der Walderseestraße blickte. Die Fränkelstraße und Hamburg-Barmbek waren dann ganz weit weg. Sie öffnete den Kühlschrank. Das Bündel mit Briefen, das sie dort am Vormittag gefunden hatte, war verschwunden. Charlotte hatte es offenbar gemerkt und die Papiere an einem anderen Ort deponiert. Sabine nahm den Becher mit dem dampfenden Tee, ging in ihr Zimmer im ersten Stock und machte Licht. Gesine war früh zu Bett gegangen, Charlotte und Matthias aßen bei Franziska und ihrer Familie. Sabine genoss das Gefühl, das große Haus ganz für sich zu haben.

Den Becher in die Höhe gestreckt, sank sie in ihren bereits in die Jahre gekommenen Sessel aus hellbraunem Kunstleder. Gesine hatte natürlich die Nase gerümpft, als sie das klobige, bereits leicht abgewetzte Möbel sah, aber immerhin auf einen Kommentar verzichtet. Vom kleinen hölzernen Beistelltischchen schaute Jan sie an. Jan an der Reling. Das Bild aus ihrer alten Küche.

Sabines Augen wurden feucht. Die Sehnsucht kam in Wellen, mal war es kaum zu ertragen, wie jetzt gerade, mal reichte der tröstende Gedanke an ihn, dass er sie von irgendwoher aus beobachtete und sie nicht vergessen hatte.

Mit achtzehn hatte sie Jan kennengelernt, im Kino. Mit drei Freundinnen saß sie im Capitol und freute sich auf den Film, über den alle an ihrer Schule sprachen: »Zur Sache, Schätzchen«. Jan saß direkt vor ihr. Von der Werbung sah sie nichts außer seinem blonden Hinterkopf. Kurz bevor der Film losging, nahm sich Sabine ein Herz, tippte ihm auf die Schulter und fragte freundlich, ob er nicht etwas tiefer in den Sessel rutschen könnte.

»Für so ne seute Deern doch immer.« Er hatte sich umgedreht und sie angestrahlt. Sabine war das peinlich gewesen, aber nach dem Film ließ sie sich von ihm überreden, noch ein Eis essen zu gehen. Mit neunzehn war sie schwanger geworden, schnell wurde geheiratet, in der Gertrudenkirche in Altenwerder, im Süden Hamburgs. Da, wo sie herkam und viele Jahre glücklich mit ihren Eltern gelebt hatte.

Am 17. Februar 1962 hatte für die elfjährige Sabine ihr zweites Leben begonnen. Während ihre Eltern in den Fluten der verheerenden Sturmnacht in Wilhelmsburg ums Leben kamen, lag sie neben Charlotte im Bett und schlief tief und fest. Lachend war sie bei der Schnitzeljagd durchs Gotteshaus gerannt. Hatte beim Eierlauf durch die geräumige Wohnküche der Klindworths deutlich zu viel Energie an den Tag gelegt und auf ihrem Parcours eine ziemliche Sauerei hinterlassen. Charlottes Mutter räumte die leeren Tüten mit Weingummi in den Müll, reinigte den Teppich von platt getretenen Schokoküssen und begleitete all das mit einem entspannten Lachen. Beim Abendessen hatte Sabine schließlich drei Würstchen mit reichlich Kartoffelsalat verdrückt und war bereits im Sitzen eingeschlafen. Sie war glücklich gewesen. So als hätte sie Geburtstag gehabt und nicht Charlotte.

Am nächsten Morgen erzählten Heinrich und Anna den

Kindern, was geschehen war, während sie geschlafen hatten. Berichteten von dem tosenden Sturm, dem peitschenden Regen, den Verzweifelten und Verängstigten, die in der Kirche Schutz und Rat suchten. Atemlos saßen sie nun zu sechst vor dem Radio. Als dort von besonders vielen Toten in Wilhelmsburg die Rede war, machte Heinrich das Gerät schnell wieder aus. Sie merkten, wie unruhig Sabine wurde. Und wie hilflos sie selbst waren.

Zwei Tage später erfuhren sie schließlich, dass Sabines Eltern die Katastrophe nicht überlebt hatten. Sie waren im Schlaf von den Wassermassen überrascht worden, sie hatten keine Chance gehabt.

Sabine weinte tagelang. Sie weinte, als Anna mit ihr Kuchen backte, Johannes ihr auf der Gitarre vorspielte, Charlotte mit ihr puzzelte und auch, als die fünfjährige Gesine, verwirrt, dass sich nicht wie gewohnt alles um sie drehte, ihr Bilder mit Tuschfarben malte.

Abends saßen sie am großen Küchentisch und spielten »Stadt, Land, Fluss«. Anna und Heinrich Klindworth bemühten sich, die Kinder abzulenken. Dankbar fielen diese über Puffreis und Nüsse her und tranken literweise Bluna. Charlottes Eltern nickten sich erleichtert zu. Aber als ein Fluss mit »E« gesucht wurde, verfinsterte sich Sabines Gesicht wieder, und sie weinte erneut. Als Sabine in den darauffolgenden Tagen einmal länger in der Schule war, holten Anna und Heinrich ihre Kinder an den Tisch. Familienrat, wie sie es nannten. Dabei war die Sache längst entschieden. Charlottes Eltern beantragten die Vormundschaft für Sabine, damit sie bei ihnen bleiben konnte. Charlotte und Johannes freuten sich und Gesines einziger Einwand, sie müsse sich ja jetzt ihr Zimmer teilen, wurde kopfschüttelnd belächelt. Das Jugendamt hatte noch eine Tante in Hessen ausfindig gemacht, die Schwester von Sabines Mutter. Aber da hatte sie bereits mit Johannes ihr neues Zimmer gestrichen, zum ersten Mal das Gebet beim Abendbrot gesprochen und Anna Klindworth bei der Zubereitung des Sonntagsbratens geholfen. Eine Tätigkeit, die Charlotte, Johannes und Gesine ihr gerne überließen.

Vom Flur drangen gedämpft Stimmen in ihr Zimmer. Offenbar waren Charlotte und Matthias nach Hause gekommen. Sabine sah auf die Uhr, halb zwölf. Eine halbe Stunde noch. Ihre Gedanken kehrten zu Jan zurück.

Ihr war immer egal gewesen, was die anderen damals sagten: zehn Jahre älter, Seemann, kein Umgang für sie. Aber für sie musste es Jan sein. Lehrerin wollte sie werden, wie Charlotte. Eigentlich. Aber dann kamen Beate und Stefan kurz hintereinander auf die Welt und ein Studium rückte in weite Ferne. Nicht schlimm, fand sie. Sie freute sich darauf, für ihre kleine Familie ein Heim zu schaffen. Es waren gute Jahre, dachte Sabine. Auch dann noch, als längst nicht mehr alles gut gewesen war. Als Stefan auf die schiefe Bahn geriet, drogenabhängig wurde, nicht mehr so richtig auf die Beine kam und sie ihn mit vierunddreißig Jahren beerdigen mussten. Oder als Beate glaubte, ihrer kleinbürgerlichen Existenz entfliehen zu müssen, indem sie sich einem obskuren Sektenführer an den Hals warf. Heute lebte sie in einem kleinen australischen Küstenort und malte. Soweit Sabine das von Hamburg aus beurteilen konnte. Ab und zu kam eine Postkarte oder E-Mail aus Port Fairy, aber ob es Beate dort gut ging und was für ein Leben sie führte, konnte man daraus nicht wirklich beurteilen.

»Die kriegt sich schon wieder ein«, hatte Jan immer gesagt, wenn Sabine sich Sorgen machte. Wenn sie sich fragte, ob sie etwas falsch gemacht hatte. Aber Beate kam nicht zurück.

Auch nicht zur Beerdigung ihres Vaters. So stand Sabine damals ohne sie vor dem aufgeschütteten Grab in Altenwerder. Neben ihr nur Charlotte und Johannes. Im Nieselregen hörte sie seine tröstenden Worte: »Des Menschen Tage sind wie Gras, er blüht wie die Blume des Feldes. Fährt der Wind darüber, ist sie dahin; der Ort, wo sie stand, weiß von ihr nichts mehr.« Sabine flüsterte die Worte.

Sie machte das Radio an. Noch liefen die Nachrichten. Johannes und Charlotte hatten sie auch damals wieder in ihre Mitte genommen, sie gestützt und getröstet. Beiden hatte Sabine viel zu verdanken. Schon immer. Zu viel für ein Leben, dachte sie jetzt. Hatte sie ihren Freunden jemals so helfen können wie sie ihr?

Im Radio hatte inzwischen der Seewetterbericht begonnen. Eine Sprecherin begann betont langsam mit der Nennung von Wetterstationen und Windstärken. Als die Stimme endlich zu Sabine durchdrang, ärgerte sie sich, den Anfang verpasst zu haben. Ihr heiliges Ritual zu Beginn jeder Nacht. Eilig holte sie die grüne Emailledose mit dem Büchlein hervor und begann verspätet mit ihren Notizen.

TAG 13

Gesine hängte ihren Mantel in den Schrank und atmete tief aus.

»Wie geht es ihr?« Tanja Salden schaute sie erwartungsvoll an.

»Beschissen.« Tanja stand auf, ging um den Schreibtisch herum und nahm Gesine in die Arme.

»Mir reicht es jetzt langsam. Überall nur Krankheit und Tod.« Gesine löste sich aus der Umarmung und ließ sich in einen Sessel fallen. Tanja setzte sich wieder an den Schreibtisch und fuhr, als es im Sessel still blieb, mit der Korrespondenz fort.

»Was machen wir nur?« Gesine zog an einer Strähne, die ihr ins Gesicht fiel, und wickelte diese langsam um ihren Zeigefinger. Erst als es wehtat, löste sie die Spannung. »Verdammter Mist.«

Vor mehr als zwanzig Jahren hatten Theresa Nonnenmacher und sie die Hanseatische Kulturstiftung ins Leben gerufen. »Power-Frauen machten Hamburger Kultur Beine«, hatte die Lokalzeitung damals euphorisch geschrieben. Gesine hatte den Artikel noch immer in einer ihrer Schreibtischschubladen, so stolz war sie gewesen. Endlich konnte sie etwas vorweisen. Etwas von Bestand, etwas Sinnvolles. Für sich selbst, aber auch für ihre Familie. Gesines spontane Wechsel der Arbeitsstelle waren legendär. Als ihre Eltern noch lebten und sie sich ein Mal im Monat am Sonntag zu einem Familienessen trafen, war die erste Frage ihres Vaters immer gewesen, welchem Beruf Gesine denn aktuell nachging. Heinrich wollte sie damit nicht kritisieren oder gar bloßstellen. Eher war er fasziniert, wie viele Talente offenbar in seiner jüngsten Tochter steckten. Bei Charlotte und Johannes lag die Sache anders. Für beide stand schnell fest, in welche berufliche Richtung sie nach dem Abitur starten würden, Zweifel ausgeschlossen.

Gesine hatte nach ihrem Kunstgeschichtsstudium einige Zeit Ausstellungen in einem Museum kuratiert. Ermattet von der, aus ihrer Sicht, ungeheuren Schläfrigkeit dieser Institutionen wechselte sie in die PR-Abteilung eines Verlages und von dort weiter in das Management einer Werbeagentur. Daneben absolvierte sie eine Ausbildung, um Privatpersonen und Unternehmen zu coachen. Doch die brach sie irgendwann ab. Ihre Familie spottete leise, dass es Gesine dabei zu viel um andere und zu wenig um sie selbst ging. Den sanften Spott hielt sie aus. Sie wusste schließlich, was wirklich dahintersteckte. Sie fühlte sich durch monoton ablaufende Seminare und Lehrgänge zu starr in ein Korsett gesteckt, scheinbar jeder eigenen Kreativität beraubt. Immerhin lernte sie so Theresa Nonnenmacher kennen, die, nach vielen Jahren im Vorstand eines Berliner Kosmetikkonzerns, auch auf der Suche nach etwas Neuem war. Lass uns Sinn stiften, war ihr Credo bei jedem neuen Projekt. Und dann fackelte sie nicht lange, schrieb Businesspläne, navigierte mit Leichtigkeit durch komplizierte Anträge und setzte Hilfsfonds auf. Das Geld besorgte Gesine. Sie becirkte die zugeknöpfte Hamburger Kaufmannschaft, zapfte die Pfeffersäcke an und trommelte unermüdlich und hartnäckig für Kunst und Kultur. Theresa war uneitel genug gewesen, um Gesine den großen gesellschaftlichen Auftritt zu überlassen. Und Gesine wusste, dass sie Glanz und Bedeutung der Stiftung zu einem großen Anteil der klugen Frau im Hintergrund zu verdanken hatte. Schnell merkten sie, dass sie ein gutes Gespann waren. Und nicht nur sie. Auch Charlotte war angetan von Gesines jüngster Entwicklung, von ihrem Engagement und ihrer Entschlossenheit. Aber nicht nur das. Charlotte sorgte sogar schließlich dafür, dass Friedrich begann, die Kulturstiftung finanziell zu unterstützen. Vielleicht hatte ihre Schwester ein schlechtes Gewissen, nachdem sie Gesine jahrelang für ihre vermeintliche Sprunghaftigkeit kritisiert hatte. Aber Gesine hielt sich mit solchen Gedanken nicht lange auf und wischte auch diesen schnell beiseite. Sie legte keinen Wert auf das ernst gemeinte und freundliche Lob ihrer Schwester, zumindest nicht in der Öffentlichkeit. Und deren Hilfe annehmen wollte sie schon gar nicht. Bereits als Kind war ihr das schwergefallen.»›Ich kann das alleine‹ konntest du noch vor ›bitte‹ und ›danke‹ sagen«, hielt Charlotte ihr jahrelang vor, mal lachend, mal verärgert, wenn Gesine wieder einmal ihre Unterstützung ausschlug. Gesine wusste selbst nicht, woher dieser Reflex kam und warum sie augenblicklich auf Distanz ging, wenn Charlotte ihr zu nahekam. Egal, aus welchem Grund. Das Verhältnis zu Johannes war nicht enger als das zu ihrer Schwester, aber wesentlich entspannter. Vielleicht, dachte Gesine, weil es ihrem Bruder nicht so wichtig war. Vielleicht, weil ihr Bruder ihr nicht so wichtig war.

Gesine hörte das leise Klappern von Tanja Saldens Tastatur und schloss die Augen. Sie wusste, Theresa würde sterben, wahrscheinlich schon bald. Aber sie wusste nicht, wie es nun weitergehen sollte. Mit der Stiftung und, dieser Gedanke erschütterte sie noch viel mehr, mit ihr selbst. Sie sah zu Tanja hinüber, die zu Gesines Erleichterung weiter unbewegt ihren Monitor fixierte, und wischte sich ein paar Tränen aus dem Gesicht.

Gesine versuchte aufzustehen, brauchte aber zwei Anläufe, um sich aus dem tiefen Sessel zu hieven. »Sag mal, wer hat diese Dinger denn bestellt? Die sind sicherer als jede Gefängniszelle.«

Tanja sah jetzt auf und zwinkerte Gesine zu.

»Okay, mir reicht's. Ich gehe nach Hause. Mach du auch ruhig Schluss.« Gesine öffnete den Schrank und griff nach ihrem Mantel.

»Und was ist mit Peter von Kamp? Der müsste jeden Moment da sein.«

Gesine starrte ihre Assistentin an. »Jetzt? Ich dachte morgen?«

Tanja schüttelte den Kopf. »Jetzt.«

Peter von Kamp war der Vorsitzende des Freundeskreises der Hanseatischen Kulturstiftung und wollte mit Gesine über mögliche Nachfolger für Theresa Nonnenmacher sprechen. Ganz informell natürlich, hatte er Gesine versichert, als sie vor zwei Tagen miteinander telefoniert hatten.

»Jetzt nicht. Sag ihm einfach, ich bin krank oder musste dringend nach Hause. Dir fällt schon etwas ein.« Der Fahrstuhl vor dem Büro piepte. Gleich würde Peter von Kamp im Büro stehen.

»Ich nehme die Treppe«, flüsterte Gesine Tanja zu. »Bis morgen.«

Die schwere Eingangstür fiel mit einem überraschend leisen Klacken ins Schloss. Gesine stand vor dem Haus, erleichtert, Peter van Kamp in letzter Minute entwischt zu sein, seinen durchdringenden Bass hatte sie bis ins Treppenhaus gehört. Während sie in ihrem Mantel nach dem Autoschlüssel suchte, ging eine junge Frau an ihr vorüber. In der linken Hand hielt sie einen großen roten Ballon in Herzform, der an einem langen Band hing, in der rechten ein Handy.

»... ich Idiot ... jetzt habe ich den Champagner vergessen ... Kannst du? ... Du bist ein Schatz ...«

Gesine sah ihr nach. »Wenn's nur der Champagner wäre ...«, sagte sie leise, überquerte die Straße und steuerte den kleinen Parkplatz an, auf dem ihr Auto stand.

—

»Nun sag schon.« Matthias schaute seine Mutter erwartungsvoll an, als sie am Hans-Leip-Ufer spazieren gingen, die Elbe neben ihnen als sanfter Begleiter. »Was hat der Notar gesagt?«

Charlotte überlegte, wie sie ihrem Sohn von dem merkwürdigen Treffen bei Notar Beyer berichten sollte. Und was. Lange hatte der Termin zumindest nicht gedauert. Nach fünfzehn Minuten saß Charlotte wieder in ihrem Auto. Und auch die reine Faktenlage erwies sich als ausgesprochen übersichtlich. Friedrich hatte Beyer vor zwei Monaten aufgesucht, um über sein Testament zu sprechen. Das Testament, das sie vor etwas dreißig Jahren gemeinsam aufgesetzt hatten. Und das in genau einer Woche bei ihm im Büro eröffnet werden sollte. Die andere Information verkündete er erst, als Charlotte bereits aufgestanden war, um das Büro zu verlassen. Friedrich hatte offenbar ausdrücklich darauf bestanden, dass lediglich Charlotte und Gesine bei der Testamentseröffnung dabei sein sollten, niemand sonst. Zu den genauen Beweggründen könne er leider nichts sagen, schob Beyer schnell hinterher.

Charlotte hatte sich verabschiedet und stand bereits am

Fahrstuhl, als sie noch mal umkehrte. Im Vorzimmer tauschten sich der Notar und seine Assistentin gerade angeregt über ihre Pläne fürs Wochenende aus, als Charlotte erneut auf der Türschwelle stand. Beyer bat sie in sein Büro und schaute Charlotte erwartungsvoll an.

»Muss das so ablaufen? Ich meine, dürfen lediglich meine Schwester und ich anwesend sein?«

»Das ist Friedrichs expliziter Wunsch.«

»War«, verbesserte ihn Charlotte.

»Wie meinen Sie? Ach so, natürlich«, antwortete Beyer pikiert. »Aber Wunsch bleibt Wunsch.«

»Ich möchte gerne, dass Sie weitere Familienmitglieder einladen. Würden Sie das entsprechend veranlassen? Ich schicke Ihnen später eine Namens- und Adressliste.«

»Wenn Sie darauf bestehen.« Beyer öffnete die Bürotür.

»Danke«, sagte Charlotte mit einem schmalen Lächeln auf dem Weg nach draußen. »Und Ihnen beiden schon einmal ein schönes Wochenende.«

Als sie erneut auf den Fahrstuhl wartete, hatte sich ihr Gesicht in der silbernen Oberfläche der Türen gespiegelt. Die leicht geröteten Wangen ärgerten sie.

Matthias schienen die dürren Informationen von Charlottes Besuch bei Notar Beyer offenbar zu genügen. Zumindest fragte er nicht weiter nach, sondern nickte nur ab und zu.

Plötzlich blieb er stehen und nahm Charlottes Hand.

»Mutter, ich überlege, ob ich nicht eine Zeit lang in Hamburg bleiben soll. Jetzt, wo Vater tot ist, könntest du ja vielleicht etwas Unterstützung gebrauchen.«

Charlotte musterte ihren Sohn. Seit seiner Rückkehr kam er ihr verändert vor, dünnhäutig, in sich gekehrt, verunsichert. Sie freute sich darüber, dass es ihn nicht gleich wieder wegzog wie bei seinen früheren Besuchen. Dass sie jedoch der Grund war für sein Bleiben, wollte Charlotte nicht so recht glauben. Matthias' Worte ärgerten sie sogar, musste sie sich eingestehen. Unterstützung wobei? Der Trauer um ihren Mann, seinen Vater? Dem täglichen Leben? Sie war einundsiebzig, aber nicht krank. Sie hatte noch Arme und Beine, die ihr gehorchten, und ein Hirn, das noch gut arbeitete. Wofür also die Unterstützung? Wütend zog Charlotte ihre Hand weg und ließ sie in die Hosentasche gleiten. Sie blieb stehen. Auf der Elbe schob sich ein Containerschiff schwerfällig durch das Wasser. Die Wellen rollten bis an den kleinen Gehweg.

»Musst du nicht zurück nach Peru zu deinen Forschungen?«, fragte Charlotte knapp, ohne ihren Sohn anzusehen.

»Das Projekt ruht gerade. Das Geld ist aufgebraucht, und die Organisation bemüht sich, frische Mittel zu akquirieren. Aber das kann wohl etwas dauern.«

»Verstehe.« Charlotte ließ Matthias stehen und setzte schnellen Schrittes den Spaziergang fort.

»Und wo willst du wohnen?«, fragte sie ihren Sohn, nachdem er wieder aufgeschlossen hatte.

»Nun, ich dachte, ich könnte vorübergehend ...«

»Natürlich kannst du das«, sagte sie leise und schaute den Möwen hinterher, die kreischend auf die andere Elbseite, rüber nach Finkenwerder flogen. »Wenn du es mit uns alten Schachteln aushältst.«

—

Zum Abendessen hatte sich Charlotte lediglich eine kalte Gurkensuppe gemacht und mit einem Stück Brot in der Küche gegessen. Matthias war in die Stadt gefahren, um einen alten

Freund zu treffen. Zumindest hatte er das gesagt. Im Wohnzimmer schauten Sabine und Gesine eine Dokumentation über Südseeatolle an, die aufgrund des steigenden Meeresspiegels dem Untergang geweiht waren. Vor ihnen stand eine Flasche Champagner. Ein seltsamer Anblick, die beiden so einträchtig vor dem Fernseher. Irritierend, auf eine angenehme Weise. Charlotte fragte sich, was genau sie feierten. Den Klimawandel? Sich selbst? Einen schönen Abend?

Lächelnd wünschte sie den beiden eine Gute Nacht und ging auf ihr Zimmer. Dort öffnete sie die Balkontür, legte sich aufs Bett und genoss die kühle Luft, die ins Zimmer strömte. Wenig später war sie eingeschlafen.

Irgendwann schreckte sie hoch und sah sich verschlafen um. Von ihren Füßen strömte es kalt nach oben. Charlotte machte Licht und sah auf die Uhr: halb vier. Sie war sich nicht sicher, warum sie plötzlich wach geworden war. War es die kalte Luft oder ihr Traum, an den sie sich zu erinnern versuchte?

Darin war sie auf einem Kamel durch die Wüste geritten. Gleichmäßigen Schrittes war das Tier durch den Sand getrabt, während Charlotte zwischen den Höckern immer unruhiger wurde. In einer Oase hatten Beduinen eine Art Basar aufgebaut. Irgendjemand reichte ihr eine Ananas, die ihr aber sofort aus den Händen glitt. Ein anderer gab ihr daraufhin eine Orange.

Charlotte stand auf und schaute in den Nachthimmel. Sie versuchte sich einen Reim auf ihren merkwürdigen Traum zu machen. Eine Orange? Dabei mochte sie diese Frucht gar nicht besonders. Sie schüttelte den Kopf, schloss die Balkontür und schlüpfte unter die Bettdecke.

TAG 15

Nachdem die Bedienung sie bereits zum dritten Mal auf das ihrer Ansicht nach vorzügliche Mittagsangebot aufmerksam gemacht hatte, bestellte Charlotte ein zweites Glas Tee. Gesine war bereits dreißig Minuten überfällig. Und bis auf eine knappe SMS, in der sie ihre Schwester vor einer halben Stunde um wenige Minuten Geduld gebeten hatte, tat sich wenig. Eigentlich war es wie immer: Charlotte erschien pünktlich an einem verabredeten Ort und wartete dann auf ihre sich verspätende Schwester. Das einzig Unvorhersehbare war, wie lange sie warten musste.

Damals in Barcelona hatte Gesine tatsächlich den Vogel abgeschossen. Als Charlotte sie während ihres Auslandssemesters besucht hatte, vor so vielen Jahren. Wochenlang hatte sie Charlotte gedrängt, sie endlich zu besuchen, doch als Charlotte schließlich anreiste, stand sie vor verschlossener Tür. Drei Tage lang. Sie verfluchte ihre Schwester, aber anstatt abzureisen, steckte sie ihr zusammengespartes Geld in ein lausiges Hotel ohne Klimaanlage. Nachdem Gesine wieder aufgetaucht war, hatte sie sich zwar wortreich entschuldigt, aber, zumindest in Charlottes Augen, eine Spur zu unbekümmert. Während einer Exkursion sei man in einem kleinen Küstenort hängen geblieben und habe einfach die Zeit vergessen. Konkreter wurde sie nicht, aber Charlotte wollte Gesine nicht auch noch den Gefallen tun und danach fragen. Sollte sie ihre Rätsel und Erfahrungen doch gerne für sich behalten.

Sie hatte dabei so gestrahlt und gelacht, dass sich Charlotte jede schlechte Stimmung oder zumindest eine ironische Bemerkung verbat. Mit einem Glas Cava stießen sie auf ihr Wiedersehen an.

Zugegeben, den Rest ihrer Zeit bei Gesine hatte sie sehr genossen. Schon damals schaffte sie es einfach nicht, ihrer Schwester lange böse zu sein. Mit Johannes hatte sie mehrfach darüber gesprochen. Sein Urteil war klar. Gegen Gesines Unbekümmertheit und Unberechenbarkeit kam sich Charlotte schon damals alt und langweilig vor. So einfach ist das, hatte er gesagt und gelacht. Charlotte wusste zwar, dass ihr Bruder hier einen wunden Punkt getroffen hatte. Doch ganz so einfach, wie er es darstellte, war es dann doch nicht. Sie war auch, musste sie zugeben, fasziniert von den verschiedenen Seiten ihrer Schwester. Ja, im Gegensatz zu ihr war Gesine herrlich unkonventionell. Aber das Sprunghafte konnte auch schrecklich egozentrisch sein. So war Charlotte mal die verständnisvolle Vertraute, mal die strenge Gouvernante. Aber meist fand Charlotte das Bild, das ihre Schwester von ihr zurückwarf, schief. Sie erkannte sich nicht darin wieder. Etwas fehlte immer.

Charlotte trank einen Schluck, der Tee war längst kalt geworden. Sie verzog den Mund. Ihr reichte es jetzt. Sie musste an die frische Luft.

Als sie gerade dabei war, die Rechnung zu begleichen, stürzte Gesine an den Tisch. Die Haare hingen ihr ins Gesicht, das Make-up hatte Schlieren auf den Wangen hinterlassen, sie kämpfte offenbar mit den Tränen. Bei dem Versuch, sich hinzusetzen, riss sie das noch halb volle Glas Tee zu Boden, gefolgt von den Speise- und Getränkekarten.

»Sie ist tot ... Erst Friedrich, jetzt sie ...«, sagte Gesine leise, nachdem sie endlich am Tisch Platz genommen hatte. Charlotte erschrak und wollte ihre Schwester in den Arm nehmen. Doch sie ahnte, dass Gesine selbst in dieser Situation keinen Wert darauf legte, und hielt ihre Hände bei sich. So verharrten beide einen Moment, bis Charlotte merkte, dass die Gäste an den anderen Tischen sich immer wieder verstohlen zu ihnen umdrehten.

»Lass uns gehen«, flüsterte sie.

Gesine nickte, holte ein Taschentuch aus der Hosentasche und tupfte sich die Wangen ab. Charlotte zog ihre Schwester sanft aus dem Stuhl, hakte sie unter und schob sie aus dem Restaurant.

Die Mittagssonne brannte auf ihren Gesichtern. Beide brauchten einen Moment, um sich zu sammeln. Dann hatte Charlotte eine Idee. Sie verließen die Innenstadt über den Gänsemarkt, Richtung Stephansplatz. Über eine der großen Ausfallstraßen gelangten sie nach Planten un Blomen, der lang gestreckten Parkanlage westlich der Binnenalster.

»Magst du ein Eis?« Charlotte lächelte ihre Schwester an.

»Stracciatella und Vanille, bitte.« Gesines Augen waren hinter ihrer Sonnenbrille verschwunden, aber Charlotte meinte, ein kurzes Leuchten zu entdecken. Mit den beiden Waffeln in der Hand steuerten sie eine etwas höher gelegene Bank an. Von hier aus hatte man einen weiten Blick Richtung Norden. Sie sahen, wie sich hinter der Universität die Grindel-Hochhäuser dem Himmel entgegenstreckten. Still hingen sie den eigenen Gedanken nach. Irgendwann nahm Gesine ihre Sonnenbrille ab. Aus den Augenwinkeln sah Charlotte, dass die Augen gerötet waren, leicht angeschwollen zwar, aber trocken.

»Hier stelle ich mir immer vor, in New York zu sein.« Charlotte biss in das letzte Stück ihrer Eiswaffel.

»Man merkt, dass du noch nie dort warst.« Gesine klang amüsiert. »Diese paar Hochhäuser da machen noch keine Weltstadt ... und dieser größere Rasen hier«, dramatisch breitete sie die Arme aus, »noch keinen Central Park.«

»Bente hat mir immer Fotos aus dem Central Park geschickt, als sie damals in New York lebte ... Fort Clinton zu jeder Jahreszeit. Vier Bilder pro Jahr.«

»Ihr hattet also Kontakt, du und Bente. Die ganze Zeit?« Charlotte hörte, dass sie Gesines Neugierde geweckt hatte. Sie drehte sich zur Seite und schaute ihre Schwester an: »Nur die Bilder ... sonst nichts.«

Kurz trafen sich ihre Blicke, dann fixierte Gesine die Hochhäuser am Horizont, so als müsste sie ihre Worte von eben noch einmal überprüfen. Charlotte meinte, ein leichtes Nicken zu sehen.

»Friedrich wollte, dass wir beide zur Testamentseröffnung kommen. Also nur wir. Sonst niemand. Verstehst du das?«

Gesine schien noch in Gedanken, aber die Worte Charlottes holten sie offenbar zurück in die sonnendurchflutete Gegenwart. Sie schüttelte den Kopf.

»Ich auch nicht. Egal, ich habe dem Notar gesagt, dass Friedrichs Wunsch in diesem Fall nicht der meine ist, und ihn gebeten, auch Bernhard, Franziska und Matthias einzuladen.«

»Bernhard auch?«

»Er ist immerhin dein Mann.« Charlotte stand auf und streckte die Beine durch. »Kommst du ...?«

Gesine nickte. »Scheiße«, sagte sie leise.

TAG 19

Gesine tupfte sich die Mundwinkel mit der Serviette ab. »Ich wusste gar nicht, dass du so eine hervorragende Köchin bist, Sabine. Es war köstlich.« Sie schob den leer gegessenen Teller von sich weg, damit sich Sabine und Charlotte auch wirklich davon überzeugen konnten. »Die Rotweinreduktion war wunderbar. Du musst ja den ganzen Tag in der Küche gestanden haben.«

Charlotte hatte so viel Lob und Überschwang von Gesine nicht erwartet. Nicht für Sabine zumindest.

»Hat sie.« Charlotte nickte Sabine aufmunternd zu. »Das Lammkarree war fantastisch. Vielen Dank.«

Sabines Wangen leuchteten. Sie hatte gekocht, als Dank für das Zimmer, als Zeichen für ihr Vertrauen. Charlotte wusste, dass sich Sabine immer ein bisschen zu klein machte. Unsichtbar werden wollte, wenn sie das Gefühl hatte, nicht erwünscht zu sein. Das genaue Gegenteil von Gesine.

Sabine hob ihr Weinglas und prostete Gesine zu. »Auf das Leben. Denk dran, was du mir neulich gesagt hast.«

Auch Gesine griff nach ihrem Glas.

Charlotte dachte an das einträchtige Beisammensitzen der beiden vor dem Fernseher. »Was hast du ihr denn gesagt?«, fragte sie an ihre Schwester gewandt.

Doch es war Sabine, die antwortete. »Dass man den Augenblick genießen muss. Dass so schnell alles vorbei sein kann.«

Gesine stand auf, ging zu Sabine und kniff ihr sanft in die Wangen. »Okay, Ladys, den Rest des Abends verwöhnt Sie jetzt Gesine Bulthaupt«, hob sie feierlich an, so als würde sie auf der Weihnachtsfeier eines Dax-geführten Unternehmens durch die unvermeidliche Tombola führen. »Manhattan, Gin Tonic oder doch lieber einen Dark and Stormy, Sabinchen?«

Sabine blickte Hilfe suchend zu Charlotte.

»Danke, aber ich bleibe bei meinem Rotwein.«

»Oh, ich auch. Danke, Gesine«, schickte Sabine schnell hinterher.

»Nein, meine Damen, dieses köstliche Abendmahl hat eine Parade verdient. Den Rotwein sparen wir uns für morgen. Also, Lotte, Gin Tonic?« Sie zwinkerte ihrer Schwester zu.

Charlotte presste die Lippen zusammen.

»Oh, Verzeihung, Charlotte. Lotte darf dich ja kaum jemand nennen.«

»Na gut, dann bitte einen Dark and Stormy, auch wenn ich nicht weiß, was da auf mich zukommt«, murmelte Sabine nervös.

»Gute Entscheidung, Sabinchen. Rum und Ingwerbier. Eine köstliche Mischung.« Gesine war jetzt ganz in ihrem Element.

»Seit wann haben wir Ingwerbier?«, fragte Charlotte erstaunt.

»Seit ich hier wohne natürlich.« Gesine machte sich lachend auf den Weg in die Küche.

»Dann nehme ich auch einen«, rief Charlotte ihr hinterher.

»*Pleasure*«, hallte es durch den Flur.

Charlotte verdrehte die Augen. »Ab jetzt gilt es, das Schlimmste zu verhindern, Sabine.«

»Charlotte, nach allem, was passiert ist? Ist doch in Ordnung. Aber sag, wie war es eigentlich mit Bente?«

Charlotte zögerte. »Aber nur, solange Gesine den Barkeeper spielt.«

Sabine nickte.

»Schön war es und auch merkwürdig.«

»Sie ist immer noch sehr attraktiv, so wie damals. Seht ihr euch denn jetzt wieder häufiger?«, wollte Sabine wissen.

»Wer sieht wen wieder häufiger?« Gesine hatte das Tablett mit den Cocktails auf den Esstisch gestellt und verteilte die Gläser. »Also, wer?«

Charlotte wusste, dass Gesine jetzt nicht lockerlassen würde. »Bente, wir sprachen gerade über Bente.«

»Aha, na, da wollen wir doch einmal hoffen, dass sie hier nicht wieder auftaucht.« Sabine und Charlotte schauten sie verwundert an. »Ich meine ja nur. Immer, wenn sie hier auftaucht, bringt sie alles durcheinander.« Charlotte wollte noch etwas erwidern, da erhob Gesine wieder ihr Glas. »Auf uns! Auf uns alte Weiber«, rief sie. »Mögen sie lange leben.« Aber Charlotte war nicht mehr nach Trinksprüchen zumute.

»Woher willst du denn wissen, dass Bente immer alles durcheinandergebracht hat, Gesine? Du warst doch damals mitten in der Pubertät und hattest ganz andere Sorgen.«

»Allerdings. Ich kann mich nur dunkel an die Dänin erinnern.« Charlotte merkte, wie Gesine sich an einem munteren Plauderton versuchte. »Friedrich hat mir von damals erzählt.« Sie nahm einen Schluck. »Ich will mich ja nicht selbst loben, aber das Zeug hier ist köstlich.«

Friedrich hatte also mit Gesine über Bentes Zeit in Hamburg gesprochen? Aus welchem Grund? Charlotte spürte, wie der Alkohol begann, ihre Sinne zu vernebeln. Sie hasste es, wenn er sich eigenständig durch ihre widerstrebenden Gefühle navigierte und sie nur noch als Zuschauerin ihrer eigenen Empfindungen funktionierte. Immer wieder hatte sie in den vergangenen Tagen an ihren verstorbenen Mann gedacht, an vertraute Blicke und stille Abende. Friedrich ganz nah und gleichzeitig weit weg. Sie merkte, wie sich daraus kein stimmiges Bild ergeben wollte. Aber war das überhaupt möglich, fragte sie sich. Nach fünfzig gemeinsamen Jahren? Nach guten wie nach schlechten Zeiten? Sie spürte, wie auch dieser Gedanke ihr langsam zu entgleiten drohte.

»Wisst ihr eigentlich, was ich nach meiner Zeit bei euren Eltern am meisten vermisst habe?« Sabines Stimme holte Charlotte zurück in die Gegenwart.

»Oha, lass mich raten.« Gesine legte jetzt nicht nur beim Gin jede Zurückhaltung ab. »Papas Pfeifen, die überall im Haus herumlagen? Einmal habe ich sogar im Taufbecken eine gefunden.« Sie verdrehte die Augen. »Oder meinst du seine Volkshochschulkurse in griechischer Mythologie?« Sie imitierte die Stimme ihres Vaters Heinrich. »Wisst ihr, Glaukeeeee war eine traurige Fraaaau.« Jetzt fing sogar Charlotte an zu lachen. »Die Stelle mit dem brennenden Hochzeitskleid hat dich immer sehr fasziniert.«

»Weder noch.« Sabine schüttelte den Kopf.

»Also, was dann?« Gesine stand auf und schenkte auch den anderen beiden nach.

»Wenn eure Eltern zu Schlagermusik getanzt haben. Abends, wenn wir alle längst im Bett waren.«

Charlotte und Gesine schauten sich an.

»Oh, Pardon, sind Sie der Graf von Luxemburg«, fing Sabine leise an zu singen, »sind Sie der große Mann von Welt ...«

»Hör auf, das ist ja grauenvoll«, rief Gesine.

Auch Charlotte schüttelte den Kopf. »Unsere Eltern haben Schlager gehört? Das kann ich mir nicht vorstellen. In unserem Haus gab es Bach und Blues. Noch nicht einmal von den Beatles hatten sie Platten.«

»Ach komm, Sabine, das denkst du dir nur aus. Das verwechselt du bestimmt mit deinen Eltern ...«

... in der proletarischen Kleingartensiedlung in Wilhelmsburg, ergänzte Sabine den Satz leise für sich. Doch sie wollte jetzt nicht auf Gesines Unterton reagieren und schloss die Augen. »Das sah so schön aus, wie sie zu *Mendocino* getanzt haben.« Charlotte beobachtete fasziniert Sabines strahlendes Gesicht. Für einen kurzen Moment hatte sie das Gefühl, plötzlich wieder im alten Pfarrhaus in Altona zu sein. Und selbst wenn jetzt Anna und Heinrich durch die Tür kommen würden, wäre sie nicht überrascht gewesen.

»Unsere Eltern?«

»Das wird ja immer schlimmer.« Gesine verdrehte die Augen.

»Wartet mal kurz.« Sabine stand auf, hielt sich am Stuhl fest, auch sie spürte anscheinend den Alkohol. Sie summte die Melodie von *Mendocino* und ging nach oben.

»Wir dürfen ihr nicht mehr so viel Alkohol geben«, flüsterte Gesine und füllte erneut die Gläser.

»Für meinen H.«, las Charlotte, nachdem Sabine die Platte auf den Tisch gelegt hatte. Sie erkannte die Handschrift ihrer Mutter auf dem Cover. »Schlager 69«.

»Wo hast du die her, Sabine?«

Sabine lächelte. »Anna hat sie mir gegeben. Kurz vor ihrem Tod.«

»Mutter ... hat ... ich fasse es nicht.«

»Na, dann wollen wir mal.« Gesine sprang auf, nahm die LP und steuerte auf die alte Stereoanlage zu, die Friedrich neben den Bücherregalen in einem kleinen Schrank aufbewahrt hatte.

»Die funktioniert bestimmt nicht mehr«, rief ihr Charlotte hinterher. Doch Gesine ließ sich nicht beirren, startete den Plattenspieler und schon nach wenigen Sekunden befand sich Michael Holm auf der Straße nach San Fernando und Charlotte in einer Zeitschleife.

»Darf ich bitten?«, hörte sie Gesine sagen. Dann hielt ihre Schwester Sabine im Arm. Beide bewegten sich in angemessenem Tempo durch die Bibliothek. Charlotte schaute den beiden kopfschüttelnd zu, doch ihre Finger bewegten sich auf dem Tisch zum Takt der Musik.

Ich sah ihre Lippen, ich sah ihre Augen
Die Haare gehalten von zwei goldenen Spangen
Sie sagte, sie will mich gern wiedersehn
Doch dann vergaß ich leider ihren Namen

TAG 20

Charlotte stellte den Teebecher mit der inzwischen kalt gewordenen Zitronenmelisse wieder zurück auf den Nachttisch. Irgendwann, kurz vor Mittag, war sie hochgeschreckt. Mit hämmernden Kopfschmerzen und pochendem Herzschlag. Wieder hatte sie den Traum von neulich gehabt, in dem ihr mitten in der Wüste Obst in die Hand gedrückt wurde. Als sie jetzt aufwachte, wusste sie jedoch, woran der Traum sie erinnerte. An eine Geschichte von Tania Blixen. Eine der Kamingeschichten aus dem Buch, das ihr am Abend von Friedrichs Tod in die Hände gefallen war und das sie vor fünfzig Jahren schon einmal gelesen hatte. Das Buch aus ihrer Schatzkammer, das Geschenk von Bente.

Eine junge Frau aus Kopenhagen bekommt darin von ihrem Ehemann eine Perlenkette geschenkt. Eine Kette, die einst seiner Großmutter gehörte. Die Hochzeitsreise führt die beiden in die norwegische Bergwelt. Man versteht sich eher mittelprächtig, weil der junge Alexander seiner Frau Jensine überheblich vorkommt, Gefahren nicht richtig einschätzen kann oder ihnen zu unbedacht begegnet. Kurz vor der Abfahrt reißt die Perlenkette. Ein Schuhmacher setzt sie wieder zusammen. Daheim in Kopenhagen entdeckt Jensine, dass sich eine neue, offenbar sehr wertvolle Perle dorthin verirrt hat. Sie schreibt dem Schuhmacher einen Brief, den dieser auch beantwortet. Die Perle habe einer englischen Dame gehört, deren Kette ebenfalls gerissen sei. Diese habe er jedoch erst gefunden, nachdem die Dame bereits abgereist war.

Sehr viel mehr passierte nicht.

Perlen, die immer wieder die Besitzerin wechselten. Ketten, die rissen und neu eingefädelt wurden. Rätselhaft und faszinierend zugleich.

Sie dachte an das vorzügliche Essen gestern, an die Exzesse danach. Die Schallplatten ihrer Eltern, längst vergessene Schlager. Laute Musik und leise Tränen. Ein merkwürdiger Abend, dachte sie. Voller Geheimnisse. Ein außergewöhnlicher Abend. Sie musste unbedingt Bente davon erzählen.

TAG 21

Das geöffnete Fenster trug Straßenlärm und Vogelgezwitscher in das mit anthrazitfarbenem Mobiliar ausgestattete Büro. Der Schreibtisch an der Wand, die Sitzgruppe auf der gegenüberliegenden Seite, die Sessel: Alles war in Grau gehalten. Selbst der bis zur Unkenntlichkeit verfremdete Frauenakt auf Kohlepapier hatte einen Rahmen aus grauem Stahl.

Charlotte blickte sich um. Hier saßen sie jetzt also. Alle, die Friedrich bei seiner Testamentseröffnung dabeihaben wollte. Und noch ein paar mehr. Notar Beyer überprüfte zum wiederholten Mal die Dokumente, die vor ihm auf dem Schreibtisch lagen. Eine halbe Stunde hatten sie auf Gesine gewartet, die sich gestenreich entschuldigte, als sie ins Büro gerannt kam. In dem gelben, eng anliegenden Kostüm wirkte ihre Schwester wie ein Paradiesvogel, den es zufällig in diese Grautöne getrieben hatte. Etwas sei ihr dazwischengekommen, gab sie als Erklärung an, ohne das *Etwas* weiter auszuführen. Bernhard verdrehte lediglich die Augen und nestelte an seinem Jackett herum.

Beyer räusperte sich schließlich, blickte in die Runde und stellte die Personalien fest. Dann öffnete er den versiegelten Umschlag und verlas die spärlichen Zeilen.

Wir, Friedrich Holtgreve, geboren am 3.3.1946 in Hamburg und Charlotte Holtgreve, geb. Klindworth, geboren am 14.2.1951 in Hamburg bestimmen uns gegenseitig zum Vollerben. Weiterhin soll der Überlebende über das Erbe frei verfügen können ...

Hamburg, den 4.2.1991

Franziska nickte Charlotte und Matthias aufmunternd zu, während Bernhard und Gesine sich bereits aus ihren Sesseln erhoben.

»Dürfte ich Sie noch um etwas Aufmerksamkeit bitten?« Notar Beyer legte das Kuvert mit dem Testament zur Seite und griff nach einem weiteren Umschlag. Bernhard und Gesine nahmen wieder Platz.

»Friedrich war vor zwei Monaten noch einmal bei mir. Er wollte das Testament ändern, sehr nachdrücklich. Ich habe ihm deutlich gemacht, dass das nicht möglich sei. Vor drei Wochen besuchte er mich erneut und überreichte mir einen Brief. Er bat mich, diesen Brief im Beisein von seiner Frau, Charlotte Holtgreve, und Frau Gesine Bulthaupt zu öffnen und vorzulesen. Er hat mir damals den Inhalt grob skizziert, deshalb möchte ich betonen, dass das Testament davon natürlich unberührt bleibt. Was er in seinem Brief niedergeschrieben hat, ist sein letzter, persönlicher Wille.« Beyer räusperte sich. »Ich fahre dann fort, wenn es recht ist.«

»Moment ... Mutter ... wusstest du davon?«

Charlotte schüttelte den Kopf und blickte zwischen Beyer und Franziska hin und her. Sie strich über ihre blaue Hose, dann schaute sie Gesine an, die gedankenverloren mit einer ihrer Ketten spielte.

»Nun, ich finde, Notar Beyer sollte uns den Brief vorlesen.«
»Frau Holtgreve«, Beyer räusperte sich erneut, »eigentlich ist der Inhalt nur für Sie und Frau Bulthaupt bestimmt. Zumindest habe ich Friedrich so verstanden ...«
Charlotte warf ihrer Schwester einen Blick zu, so als wollte sie sie ermuntern, etwas zu sagen. Irgendetwas. Doch da jegliche Reaktion ausblieb, nickte sie Notar Beyer zu.
»Also gut.« Er ließ den Brief noch einige Male durch seine Finger gleiten, so als präsentierte er einer exquisiten Zuschauerschar ein antikes Schriftstück. Dann holte er den Brief aus dem Kuvert, entfaltete ihn geräuschvoll und begann schließlich, ihn vorzulesen.

»*Liebe Charlotte, liebe Gesine,*

wenn ihr diese Zeilen hört oder lest, werde ich nicht mehr da sein, nicht mehr bei euch. Vielleicht sehe ich euch, beobachte euch, von wo aus auch immer. Aber das ist auch egal. Ihr wisst, Metaphysik oder Transzendenz bedeuten mir nichts. Im Hier und Jetzt ist der Ort, an dem ich mich immer wohlgefühlt habe. Der Platz, an dem ich gerne gelebt habe. Und im Hier und Jetzt merke ich, dass meine Kräfte schwinden. Langsam, aber stetig. Das Herz, immer das Herz. ›*Das Herz hat seine Gründe, die die Vernunft nicht kennt.*‹ *Diesen Satz habe ich einmal gelesen. Ich weiß nicht mehr, wo. Aber im Laufe meines Lebens habe ich eine Ahnung davon bekommen, was er bedeutet.*
Charlotte, Gesine, ich möchte mich bei euch bedanken. Für die schöne, gemeinsame Zeit, für eure Freundschaft, für eure Liebe.«

Notar Beyer schaute in die Runde, die Besucher hingen an seinen Lippen. Er trank langsam einen Schluck Wasser, dann fuhr er fort.

»Charlotte: Fast fünfzig Jahre warst du eine großartige Kameradin für mich, ein Mensch, auf den ich mich immer verlassen konnte. Von Anfang an. Als ich dich gebeten habe, mit mir zu tanzen, und du ›Ja‹ gesagt hast. Auch wenn dir mein Bruder Alexander vielleicht besser gefiel. Oder als du meinen Heiratsantrag nach einigem Zögern angenommen hast, obwohl du vielleicht andere Pläne hattest. Pläne, die eine Hochzeit nicht vorsahen, schon gar nicht mit mir. Aber vielleicht stimmte das auch nicht. Ich war auf alle Fälle immer stolz und glücklich, dass ich eine so kluge, umsichtige und verantwortungsvolle Frau an meiner Seite wusste. Immer. Bis zum heutigen Tag, an dem ich diese Zeilen schreibe. Ich danke dir. Für alles.«

Charlotte starrte auf die Karaffe mit Wasser, die vor ihr auf dem Tisch stand. Ihr kam es so vor, als bewege sich der Inhalt fast unmerklich sanft schaukelnd hin und her. Konnte das sein oder spürte nur sie die leichte Bewegung? Sie fühlte, wie die anderen sie anblickten. Eine *Kameradin* hatte Friedrich sie genannt. Eine kluge, umsichtige, verantwortungsvolle Kameradin. War Friedrich die gemeinsame Zeit mit ihr wie ein Krieg vorgekommen? Voller Schlachten, die sie gemeinsam erfolgreich geschlagen hatten? Und Gegnern, die sie gekonnt ausgetrickst hatten? Waren sie tatsächlich das füreinander gewesen: Kriegskameraden? Kriegskameraden in marineblauem Zwirn?

»*Gesine*«, fuhr Notar Beyer mit fester Stimme fort, »*ach, Gesine, was soll ich sagen? Du hast die Leidenschaft in mein Leben zurückgebracht. Spät, aber nicht zu spät hast du diese Saite, die jahrelang verstummt schien, wieder zum Klingen gebracht. Und wie. Ich danke dir für diese Stunden. Stunden, die sich anfühlten wie ein anderes Leben. Ja, du wilde, wundervolle Gesine: wie ein anderes, aufregendes Leben. Ein Leben, das heimlich geführt werden musste. Ich habe immer gewusst, dass dieses Leben nicht anders möglich sein könnte, als wie wir es geführt haben. Ich weiß, dass du es anders gesehen hast. Und dass dich das gekränkt und traurig gemacht hat. Das wollte ich nicht. Es tut mir leid.*«

»Mein Gott«, brach es aus Franziska heraus. Charlotte sah aus den Augenwinkeln, wie die ausgestreckten Finger ihrer Tochter ihre Hose streiften. Doch sie spürte nichts. Ihr Mund war trocken. Starr fixierten ihre Augen Notar Beyer und den Brief, Friedrichs Brief, den er noch immer in der Hand hielt.

»Was für eine erbärmliche Scharade!« Bernhard sprang aus seinem Sessel, stieß dabei den kleinen Beistelltisch um, sodass sich das Wasser auf dem Teppich ergoss. Die Tür fiel mit einem lauten Knall ins Schloss. Mechanisch stellte Matthias den Tisch wieder auf und starrte auf den dunkeln Fleck, den das Wasser auf dem Teppich hinterlassen hatte.

»Soll ich Ihnen den Rest des Briefes noch vorlesen oder möchten ...«

Charlotte spürte ein Ziehen in den Fingerspitzen. Also doch, ein Lebenszeichen, dachte sie. Ihr Körper hatte sich also nicht von ihr abgespalten.

Sie sah den Notar an. Offenbar hatte er diese oder zumindest eine ähnliche Reaktion erwartet. Einem Buddha gleich thronte er hinter seinem Schreibtisch und konnte nur mühsam seine Freude an diesem Spektakel verbergen. Charlottes Mund sammelte Speichel, auch das gelang wieder. Sie war selbst überrascht, dass ihre Stimme fest und klar klang. »Herr Beyer, bitte lesen Sie weiter.«

»*Ich weiß, dass meine Worte euch verletzen. Ganz sicher tun sie das. Auf unterschiedliche Weise. Aber sie verletzen. Das tut mir leid, und doch kann ich es nicht ändern. Denn es sind Worte, die mein vergangenes Leben beschreiben. Ein schönes Leben, ein reiches Leben, mit euch an meiner Seite. Gesine, ich konnte mich in den vergangenen Jahren davon überzeugen, welch wunderbare und engagierte Arbeit du und deine Mitarbeiter in der Hanseatischen Kulturstiftung verrichten. Ich bin mir sicher, dass mit meinem Geld diese vorzügliche Arbeit auch in den kommenden Jahren fortgesetzt und ausgebaut werden kann. Die sich im Depot Nr. 2705 der Hamburger Privatbank Lornsen befindlichen Werte vermache ich deshalb der Hanseatischen Kulturstiftung unter der Leitung von Gesine Bulthaupt, geb. Klindworth.*
Charlotte, ich kann mir vorstellen, wie erschüttert du in diesem Moment bist. Und ich wünschte, es wäre anders. Aber ich weiß auch, dass es dir irgendwann besser gehen wird. Ganz bestimmt wird es das. Vielleicht sogar schon bald. Dir vermache ich einen Teil meines Lebens, mein Elternhaus. Das Haus, das auch dir hoffentlich in den vielen gemeinsamen

Jahren zu einem Zuhause wurde. Mach damit, was du willst. Bleib darin wohnen oder verkaufe es. Es dürfte inzwischen eine schöne Summe wert sein. Es soll dir gehören. Irgendwann erben es vielleicht unsere Kinder, dann soll es so sein. Aber die Entscheidung liegt bei dir, bei dir allein.

Das Herz hat seine Gründe, die die Vernunft nicht kennt.

Wenn ich etwas in diesem Leben gelernt habe, dann das. Bitte behaltet mich so in Erinnerung wie in den schönsten Stunden, die ich mit euch zusammen sein durfte. Und wenn ihr könnt, behaltet mich in euren Herzen.

Euer Friedrich.«

Für einen Moment herrschte Stille. Es schien, als hätte sogar der Straßenverkehr vor dem Haus für einen Moment angehalten. Die Worte bewegten sich durch den Raum wie Schallwellen.

Notar Beyer faltete den Brief, steckte ihn zurück in den Umschlag und blickte in die versteinerten Gesichter seiner Zuhörer. Allmählich sickerte der Lärm zurück ins Zimmer.

Charlotte erhob sich, nickte Beyer kurz zu und verließ den Raum. Im Vorzimmer nahm sie ihren leichten Sommermantel von der Garderobe. Auf dem Weg zum Fahrstuhl öffnete sie den oberen Knopf der Bluse. An der Lifttür hing jetzt ein Schild. Wartungsarbeiten. Vorhin war der Fahrstuhl noch intakt gewesen. Charlotte verharrte einen Moment am Treppengeländer und begann schließlich, die vier Stockwerke hinunterzusteigen. Zunächst jede Treppenstufe einzeln, vorsichtig, so als traue sie ihren Beinen nicht zu, sie zu tragen.

Doch sie gehorchten. Die letzten beiden Etagen ließ sie sich vom Geländer nach unten ziehen und fand sich schließlich in dem in hellem Marmor gefassten Foyer wieder. Der kalte Hall ihrer Schritte trieb Charlotte weiter an. Atemlos stand sie schließlich vor dem Kontorhaus, die Haare klebten an der nassen Stirn, die Bluse schien mit dem Oberkörper verwachsen zu sein. Sie öffnete einen weiteren Blusenknopf, schaute kurz nach links und rechts und rannte über die sonnendurchflutete Straße. Direkt vor ihr säumten mehrere Ahornbäume einen kleinen Grünstreifen. Sie erkannte, dass einer älter war als die anderen, offenbar waren sie erst nach und nach angepflanzt worden. Charlotte ließ sich bäuchlings gegen seinen Stamm fallen. Eine leichte Brise wehte über ihr Gesicht, sie schloss die Augen.

»Charlotte«, flüsterte irgendwann eine Stimme. »Charlotte.«

Sie spürte, wie die Baumrinde auf ihren Körper drückte, spitz wie kleine Messer. Charlotte erkannte die Stimme. Doch sie wollte sich nicht umdrehen, wollte so verharren, gestützt bleiben von dem kräftigen Stamm.

»Charlotte, bitte ...« Sie spürte jetzt Gesines Atem, dicht hinter ihr.

»Es tut mir leid, Charlotte. Sprich mit mir.«

Charlotte atmete ein, dann presste sie die Lippen wieder zusammen.

»Charlotte, bitte ...«

Langsam öffnete Charlotte die Augen. Erst jetzt nahm sie den kräftigen Duft des Holzes wahr, modrig und doch erfrischend kühl. Sie ließ die Nase noch etwas an die Rinde gepresst.

»Gesine«, flüsterte sie. »Wenn ich nach Hause komme, möchte ich dich nicht mehr sehen.« Wieder schloss Charlotte die Augen, wieder atmete sie den angenehmen Duft des Holzes. Sie hörte, wie die Schritte hinter ihr nach und nach leiser wurden, bis sie sich irgendwann im Straßenlärm auflösten.

Charlotte fühlte, wie sich ihr Körper ausdehnte, schwerer wurde, langsam nach unten sank, immer tiefer. Hätten sich plötzlich andere Dimensionen eröffnet, fremde Universen aufgetan, sie hätte sich bereitwillig ergeben, erleichtert zu verschwinden. Für immer.

—

Sie wusste nicht mehr, wie lange sie schon auf ihrem Bett lag. Am Anfang hatte sie noch Stimmen aus dem Erdgeschoss wahrgenommen. Irgendwann hatte irgendjemand leise an ihre Tür geklopft. Dann wieder Stille. Charlotte lag da und starrte an die Decke. So als erwarte sie von dort Erkenntnis oder zumindest Eingebung. Aber da kam nichts, da war nichts. Wie die Masse Mensch auf dem Bett. Ohne Sinn, ohne Verstand.

Augenblicke später, vielleicht auch Stunden, nahm Charlotte das erste Zwitschern der Vögel wahr. Durch das Schwarz der Nacht zogen sich helle Schlieren. Sie schloss endlich die Augen.

TAG 22

Sabine verschränkte Haken und Öse und zog den Reißverschluss ihres Rocks hoch. Dann erst sah sie, dass am Rücken noch ein Stück ihrer weißen Bluse herausschaute. Gleich halb eins. Um dreizehn Uhr wollte sie bei Johannes in Altona sein, um ihm bei den Vorbereitungen für das Sommerfest seines Kirchenkreises zu helfen. Sie musste sich beeilen. Rasch stopfte sie die Bluse in den Rock und zog ihren Blazer an. Dann ging sie in die Küche und nahm die Scheine, die auf dem Küchentisch lagen.

»Herr Willkowski, ich komme dann in drei Wochen wieder, in Ordnung?«, rief sie in die kleine Wohnung hinein.

»Geht das nicht schon in zwei Wochen?«, kam es etwas heiser zurück.

»Nein, das passt leider nicht, Herr Willkowski. Tut mir leid. Bis in drei Wochen dann.«

Ohne eine Antwort abzuwarten, öffnete sie die Wohnungstür und zog sie von außen zu. Im Treppenhaus griff sie in ihre Tasche und holte ein kleines Fläschchen 4711 hervor. Sie verteilte ein paar Tropfen davon auf Hals und Nacken und verstaute das Parfum wieder.

Sie verließ das Mietshaus mit den dunkelroten Backsteinen und steuerte den Supermarkt an, der gleich um die Ecke lag. Hier kannte sie sich aus. Sie hatte Johannes versprochen, für das Sommerfest noch zwei Kuchen zu backen, die er besonders gerne mochte: Käsecreme und Zitrone. Sie rauschte durch die Gänge. Nach zehn Minuten saß sie wieder in ihrem Ford Fiesta. Sie würde sich verspäten, aber Johannes hätte dafür sicherlich Verständnis.

—

Mit einem Lächeln und guten Worten verabschiedete Johannes die letzten Gäste. Das Sommerfest, das in der St.-Johannis-Kirchengemeinde traditionell den Herbst einläutete, war ein großer Erfolg gewesen. Er sah sich im Garten um: Das Buffet so gut wie leer geräumt, viele Flyer, die auf die kommenden Aktivitäten der Gemeinde hinwiesen, in den Taschen und Jacken der Besucher verschwunden, die Sammelbüchsen prall gefüllt. Tarek und Max spielten noch Boule, Samuel ließ aus der Hüpfburg bereits die Luft heraus, Petra sammelte das Geschirr ein. Sabine und Hartmut hatten eine Flasche Cidre geöffnet und genossen die Abendsonne.

»Na, Bruder Johannes, alle Schäfchen auf der Weide?« Johannes fiel Gesines spöttelnder Satz ein, den sie sicherlich wieder angebracht hätte, wenn sie ihn jetzt sehen könnte. Sie neckte ihn gerne, wenn er aus ihrer Sicht mal wieder zu entrückt in die Ferne schaute und sein Gottvertrauen zelebrierte. Ein Menschenfänger, aber einer von den guten. Auch das sagte sie immer. Johannes lächelte. Er war dankbar für diese Gabe, Unterstützung zu finden, Begeisterung auszulösen. Der Genpool der Familie Klindworth war an dieser Stelle randvoll, die Quelle hierfür schien nie zu versiegen.

Sabine hatte ihn vor langer Zeit, kurz nach ihrem Auszug aus dem Pfarrhaus, einmal darauf angesprochen, ihn gefragt, ob er und seine Schwestern sich bei ihren Eltern eigentlich einmal bedankt hätten. Wofür, hatte er sie damals erstaunt gefragt. Für euer Selbstbewusstsein natürlich, eure Leichtigkeit, mit der ihr die Dinge angeht, euren Optimismus. Sabine hatte damals den Kopf geschüttelt. Und ihr merkt das natürlich noch nicht einmal, ihr Ignoranten, ihr glücklichen Ignoranten. Immerhin, da hatte sie kurz gelächelt. Danach hatte Johannes darüber nachgedacht, wie Charlotte, Gesine und er mit diesem selbstverständlichen Geschenk umgingen. Gesine schien es am leichtfertigsten zu tun, kam es ihm vor. Aber vielleicht versteckte sie ihre Demut nur besonders geschickt hinter all dem offensichtlichen Spott und der lauten Distanz.

Aber, fragte er sich, wo hatte sie das Vermächtnis ihrer Eltern hingeführt? Wo standen sie denn jetzt mit all den guten Eigenschaften und dem vorzeigbaren Glück? Sabine hatte ihn gestern Abend nach der Testamentseröffnung und den bösen Enthüllungen, wie sie es nannte, angerufen. Da hatte Gesine längst ihre Sachen gepackt, kalt eskortiert von Franziska und Matthias. Nun waren also auch Charlotte und Gesine allein, so wie er, hatte Johannes gedacht, als er das Telefonat beendet hatte. So wie er schon so viele Jahre.

Johannes sah, wie Sabine und Hartmut ihm zuprosteten. Er winkte zurück.

»Alles in Ordnung?« Sabines Stimme riss ihn aus seinen Gedanken. Erst jetzt sah er, dass die anderen längst gegangen waren.

»Hilfst du mir?« Sabine nickte. Sie nahmen die beiden letzten Stühle, die vom Gartenfest noch herumstanden, und stellten sie im Vorraum ab.

»Ich glaube, alle hatten hier heute viel Spaß.« Sabine kam Johannes so fröhlich und entspannt vor wie lange nicht mehr.

»Den hatten sie. Auch dank deiner tollen Unterstützung.«
Er nahm sie in den Arm und hielt sie fest. Viel länger, als er eigentlich vorgehabt hatte. Viel länger als sonst. Johannes spürte, wie er es genoss, dass sie sich an ihn schmiegte und ihre Brüste an seinen Oberkörper presste. Schon lange hatte er davon geträumt, sie so zu halten. Nicht nur eine herzliche, aber flüchtige Umarmung zur Begrüßung, zum Abschied, nicht nur ein zarter Kuss auf die Wange. Er schloss die Augen.

»Johannes ... Johannes ... was ist los?«

Sabines Stimme erreichte endlich sein Ohr. Er merkte, wie sie versuchte, sich aus der Umarmung zu lösen. Langsam nahm er die Arme von ihrem Rücken, noch ganz benommen von der unverhofften Nähe. Sabine schaute ihn fragend an. Johannes nahm seinen Mut zusammen und tat das, wovon er schon seit Jahren fantasierte. Er nahm Sabines Gesicht sanft in beide Hände und küsste sie auf den Mund. Wieder schloss er die Augen. Drei Sekunden lang. Drei Sekunden, die sich für ihn anfühlten wie eine halbe Ewigkeit.

»Was soll das, Johannes?« Sabines Stimme blieb ruhig, als sie ihn mit großen Augen anstarrte.

»Ich wollte ...«

»Das haben wir doch nicht nötig, oder?« Sie unterbrach ihn und streichelte seinen Unterarm. »Nicht nach all den Jahren.« Johannes kam es vor, als spräche eine Krankenschwester mit einem alten, verwirrten Patienten. Er atmete tief ein und schaute Sabine in die Augen.

»Doch. Vielleicht haben wir es nötig.«

»Lass doch, Johannes, es ist alles gut so, wie es ist.«

»Und wenn ich finde, dass es besser sein könnte, als es jetzt ist? Was dann?« Er dachte an seine Schwestern, die jetzt wahrscheinlich allein waren. Allein mit sich und den ganzen

Geschichten, dem ganzen alten Leben. Johannes hatte die Schwelle überschritten, vor der er seit vielen Jahren gestanden hatte. Nun musste er auch weitergehen.

»Sabine ...«

»Johannes, nein! Bitte sag nichts!«

»Ich ...«

Sabine drehte sich um und ging auf die Tür zu. Doch Johannes stellte sich ihr in den Weg.

»Hör mir zu. Dieses eine Mal. Bitte.«

Sabine schüttelte den Kopf, sie kämpfte mit den Tränen.

»Bitte nicht ...«

»Sabine, ich weiß, ich bin ein alter Narr, so wie ich hier gerade vor dir stehe. Aber ich liebe dich ... so lange schon ...«

Johannes atmete tief aus. »Zuerst wollte ich es mir nicht eingestehen und dann habe ich mich nicht getraut und dann ... dann war es irgendwann zu spät, dachte ich. Aber gerade eben, als du in meinen Armen lagst. So nah ... so vertraut.«

Seine Stimme brach. Sabine liefen Tränen über das Gesicht. Johannes wusste nicht wohin mit seinen Armen und Händen. Jede Spannung hatte plötzlich seinen Körper verlassen. Selten in seinem Leben hatte er sich hilfloser gefühlt als in diesem Moment.

Sabine schob Johannes beiseite und strebte zur Tür.

»Sabine, ich wollte dich nicht verletzen, aber ich musste es dir doch einmal sagen ...«

Sie drehte sich noch einmal um. »Das Schlimmste ist nicht, dass du alles kaputtgemacht hast, Johannes. Das Schlimmste ist, dass Jan doch recht behalten hat.«

Durch das Küchenfenster sah Johannes, wie Sabine am Ende der Straße in ihr Auto stieg. Er konnte sich auf ihre letzten Worte keinen Reim machen.

TAG 23

»Nicht um Gnade flehen?, dachte sie. Weshalb denn nicht? Doch, ich werde um Gnade schreien, so laut ich nur kann! Ich kann mich nicht einmal mehr auf den Grund besinnen, warum ich nicht darum bitten wollte.«

Charlotte las die Zeilen von Tania Blixen wieder und wieder. Sie umklammerte mit beiden Händen die Bettdecke und las sie noch mal.

TAG 24

»Was heißt das, du weißt nicht, wie es ihr geht?«
»Ich habe Mutter seit vorgestern nicht mehr gesehen.«
»Hast du wenigstens einmal an ihre Tür geklopft oder dich nach ihr erkundigt?«
»Sie reagiert nicht.«
»Soll ich heute Abend nach der Arbeit bei euch vorbeikommen?«
»Sie will keinen Besuch, sie will nicht reden, sie will allein sein.«
»Sagst du? Sagt sie?«
»Sagt Sabine.«
»Und wieso weiß Sabine so etwas, aber nicht die eigene Familie?«
»Keine Ahnung. Vielleicht vertraut sie uns nicht mehr?«
»Unsinn. Ich komme morgen vorbei, dann sehen wir weiter.«

Nachdem er aufgelegt hatte, horchte Matthias in das Haus hinein. Es war still, auf eine kühle, zurückweisende Art. Plötzlich wünschte er sich zurück in seine Stille in der peruanischen Wüste.

TAG 25

Zu dieser frühen Stunde war der Ruderclub noch geschlossen. Mit zitternden Händen suchte Charlotte den Notschlüssel. Wie lange war sie nicht mehr hier gewesen? Drei Wochen? Drei Tage? Seit der Testamentseröffnung hatte sie jedes Zeitgefühl verloren. Es war, als würde sie an Fäden hängen. Eine Charlotte-Marionette. Geführt, dirigiert, benutzt von ihren widerstrebenden Gefühlen. Gefühlen, so schwer wie Betonklötze.

Bei dem Versuch, das Clubtor zu öffnen, fiel ihr der Schlüssel aus der Hand. Sie atmete tief durch, dann gelang es. Sie sah ihr rotes Kajak sofort. Mit beiden Armen wuchtete sie es aus dem Regal und trug es aus der Halle. Sie ließ das Boot auf den Rasen fallen und wischte sich die Schweißperlen von der Stirn. Dann schloss sie das Tor und legte den Schlüssel wieder unter die kleine Tonschale auf dem Fenstersims. Glatt und friedlich lag die Alster vor ihr, die ersten Sonnenstrahlen tauchten sie in silbernes Licht. Zwei Schwäne hatten offenbar am Ufer übernachtet und starteten nun ihre erste Runde. Charlotte streifte ihre Strickjacke über das Poloshirt, schob das Kajak ans Ufer, setzte sich hinein und stieß mit kräftigen Schlägen ab. Als sie auf dem Wasser war, schloss sie die Augen und überließ ihren Armen die Arbeit. Sie atmete jetzt wieder gleichmäßig, spürte die angespannten Muskeln und erhöhte das Tempo. Immer geschmeidiger glitt das Paddel durch das Wasser. Als sie die Augen öffnete, hatte sie die Außenalster zur Hälfte überquert. Sie spürte, wie sich die Hitze über ihren ganzen Körper verteilte, und holte das Ruder ein. Das Einzige, was sie jetzt hörte, war ihr Herzschlag. Einfach verschwinden, dachte Charlotte. Das wäre jetzt der Moment. Eins werden mit den Elementen. Der Abschied von der eigenen trägen und zähen Masse Mensch. Nirgendwo sonst war es naheliegender als hier.

Charlotte stieß einen gellenden Schrei aus. So laut, dass die Vögel, die in einiger Entfernung still auf dem Wasser schwammen, aufflatterten. Dann ein zweiter Schrei, noch lauter. Ein dritter. Wie gut das tat. Sie schrie erneut. Und noch mal.

Mit der rechten Hand suchte sie nach dem Paddel, das neben ihr auf dem Boden des Kajaks lag. Sie wollte jetzt wieder zurück an Land. Aber als sie das Steuer auch mit der linken Hand greifen wollte, bekam sie es nicht zu fassen. Die rechte Hand begann zu zittern. Charlotte wollte das Paddel abschütteln, aber es gelang nicht. Immer und immer wieder klatschte es auf das Wasser. Fontänen spritzten in die Höhe. Die Haare hingen ihr ins Gesicht, das Poloshirt klebte an der Brust. Charlotte saß bald in einem eigenen, kleinen See. Irgendwann merkte sie, wie sich die Spannung in ihrer Hand löste. Aber nun wollte sie nicht mehr aufhören. Sie drosch auf das Wasser ein, als sei es ein Punchingball oder eine Piñata. Doch hier, an diesem Morgen, erwartete sie keine Überraschung, würden keine Süßigkeiten auf sie niederprasseln. Es ging um etwas anderes. Wieder hob sie das Paddel und ließ es krachend aufschlagen. Mit aller Kraft, immer weiter, immer stärker. Irgendwann fing sie an zu lachen. Sie schlug mit dem Paddel aufs Wasser. Durch alle Poren ihres Körpers spürte sie, wie Energie nachgeschossen wurde und sie weitermachen ließ.

Sie schaute in die Sonne und kniff die Augen zusammen. Durchnässt und mit hochrotem Kopf trat sie den Rückweg an. Das vollgelaufene Kajak ließ sich kaum noch navigieren, aber das machte ihr nichts aus. Vielleicht, dachte sie, vielleicht ist das Schlimmste: dass man sich selbst nicht mehr vertrauen kann.

Jörn Wuhlisch erwartete sie bereits am Ufer und half ihr aus dem Kajak. Er schaute sie von oben bis unten an, blickte dann in ihre Augen.

»Alles in Ordnung, Charlotte?«

»Is' nur Wasser, Jörn.«

»Dann is' ja gut.«

TAG 26

Irgendwann am Vormittag schaltete Charlotte ihr Handy wieder ein. Eine Kaskade aus Tönen und Vibrationen kündigte die eingegangenen Nachrichten an. Sie spürte, dass sie allein davon schon wieder müde wurde, und beschloss, erst einmal nichts zu lesen.

Unten im Wohnzimmer warteten Franziska und Matthias auf sie, mit Kuchen und Neuigkeiten.

»Gott sei Dank.« Franziska lief ihrer Mutter entgegen und zog sie in ihre Arme. Charlotte versuchte, sich dagegenzustemmen, so unangenehm war ihr die unvermittelte Berührung ihrer Tochter. Sie dachte an Gesine und deren grundsätzliche Abneigung gegen jegliche körperliche Annäherung, verwarf den Gedanken aber schnell wieder. Sie hatte keine Lust auf irgendeine verquere Sympathie mit ihr.

Franziska hob die Hand und wollte die Wange ihrer Mutter streicheln, ließ es dann aber bleiben.

Hinter dem Wohnzimmerfenster sah Charlotte eine Möwe, die sich auf die Terrasse verirrt hatte. Auf der Treppenbrüstung, die hinunter in den Garten führte, hatte sie es sich bequem gemacht. Suchend drehte sie den Kopf hin und her.

»Mutter?« Franziska und Matthias hatten sich bereits an den Tisch gesetzt und den Erdbeerkuchen verteilt. Charlotte ließ sich auf den Stuhl fallen.

»Ich habe mit Richard Kremen gesprochen«, sagte Franziska, nachdem sie einen Schluck Kaffee getrunken hatte. »Vaters Testament ist eine abscheuliche Farce. Du bist die Alleinerbin. Punkt. Wie ich schon sagte. Da sind wir auf der sicheren Seite.«

»Wer ist Richard Kremen?«

»Was? Ach so, ein Anwalt, der sich mit Erbrecht bestens auskennt. Wir drei haben kommende Woche einen Termin bei ihm.«

»Hm.«

Franziska und Matthias schauten sich fragend an.

»Hör mal zu, Mutter. Wir wissen, was du gerade durchmachst. Und selbst mich schüttelt es, wenn ich an den Nachmittag bei Notar Beyer zurückdenke.« Franziskas Lächeln sollte wohl aufmunternd sein.

»Oh«, entfuhr es Charlotte. »Jetzt ist sie weg.«

»Wer ist weg, Mutter?«

»Die Möwe ... sie saß die ganze Zeit da draußen.« Charlotte starrte durch die Fensterscheibe.

»Die Möwe.« Franziska runzelte die Stirn. »Nun, nächsten Mittwoch um fünf Uhr haben wir den Termin. Ich hol euch ab.« Sie stand abrupt auf. »Ich muss los, aber du meldest dich, wenn ich etwas tun kann, ja?« Sie küsste ihre Mutter zum Abschied auf die Wange und zog Matthias in den Flur.

Charlottes Blick wanderte vom Erdbeerkuchen auf ihrem Teller erneut in den Garten hinaus, während sie Franziska flüstern hörte: »Kümmere dich um Mutter.«

»Das wird schon. Mach dir keine Sorgen«, erwiderte Matthias. Das Rascheln eines Mantels, das Klappern der Tür. Matthias trat an den Esstisch.

»Na, und was machen wir jetzt?«

»Matthias, ich bin nicht krank oder plemplem. Ich gehe wieder nach oben.« Die Möwe war zurück. Sie saß wieder auf der Holzbrüstung und blickte ins Wohnzimmer. Zumindest kam es Charlotte so vor. Sie schüttelte den Kopf, erhob sich und ging, ohne den Kuchen angerührt zu haben.

—

Am Abend klopfte Sabine an Charlottes Tür. Diesmal trat sie ein und setzte sich auf die Bettkante. Sie strich mit der Hand über die weiße Decke, berührte die eingestickten Ornamente. Ein Zeichen, dass Sabine etwas auf dem Herzen lag. Etwas Ernstes. Ihr linkes Augenlid verriet sie. Ein leichtes Flackern, eigentlich kaum sichtbar. Aber Charlotte wusste dann immer Bescheid. Normalerweise hätte sie sie ermuntert, ihr Herz auszuschütten, sie gebeten, mit ihr die Sorgen zu teilen. Aber jetzt vergrub sie die Hände unter der Bettdecke und starrte aus dem Fenster.

»Wie geht es dir?«

Charlotte hatte mit der Frage gerechnet, sie befürchtet. Und so sehr gehofft, dass Sabine sie nicht stellen würde. Aber was konnte sie erwarten? Sabine war ihre beste Freundin, stets bemüht, das Richtige zu sagen und zu tun. Sie hätte es sicherlich als herzlos empfunden, Charlotte nicht zu fragen.

»Weißt du was, liebe Sabine? Ich habe keine Ahnung.«

Sabine gab Charlotte einen Kuss auf die Stirn. Ihr Vater Heinrich hatte das früher immer gemacht, wenn er sich von seinen Kindern verabschiedet hatte. Als Johannes und Charlotte älter wurden, war ihnen der väterliche Liebesbeweis peinlich gewesen, und sie hatten schnell den Kopf weggezogen. Sabine dagegen hatte sich jedes Mal über die zarte Geste gefreut. Als ein Zeichen der Liebe und Vertrautheit, das sie von ihren eigenen Eltern nicht mehr empfangen konnte und ihr danach, großzügig und selbstverständlich, von Heinrich und Anna zuteilwurde, hatte Charlotte vermutet. Doch als sie ihre Freundin jetzt vor sich sah, mit ihrem freundlichen, leicht verhangenen Lächeln, steckte vielleicht noch etwas anderes dahinter.

Sie spürte, wie gut ihr der überraschende Kuss tat. Er wärmte sie noch, als Sabine längst das Zimmer verlassen hatte. Vom Nachttisch nahm sie das Buch mit den Geschichten von Tania Blixen zur Hand. Doch sie konnte sich nicht so richtig auf die Buchstaben, Wörter und Sätze konzentrieren. Ihre Gedanken waren woanders.

TAG 28

Die Ansage im Bus verkündete den Savignyplatz als nächsten Halt. Charlotte nahm Koffer und Handtasche und stieg aus. Es hatte plötzlich angefangen zu regnen. In einer Toreinfahrt suchte sie Schutz, um noch einmal auf den Stadtplan zu schauen. Carmerstraße. Sie sah bereits das Schild, sie war fast da.

Nur Sabine hatte sie gestern von ihrem Plan erzählt. »Mach mal«, hatte sie geantwortet.

So wie an einem grauen Novembervormittag in der stickigen Turnhalle ihrer Schule, als dieses »Mach mal« zum Code ihrer Freundschaft geworden war. Ballsportarten und Leichtathletik waren für die kleine und etwas pummelige Sabine immer ein Graus gewesen, aber vor dem Geräteturnen hatte sie richtig Angst. Nachdem sie beim Kastenspringen wieder und wieder auf der Matte gelandet war, ihre Mitschülerinnen und Mitschüler sie ausgelacht und auch der Sportlehrer nur die Augen verdreht hatte, reichte es Charlotte. Sie setzte sich mitten auf das Sportgerät, streckte die Arme aus und sagte: »Mach mal!« Sabine rannte, sprang und fand sich in einer engen Umarmung wieder. Jedes Mal rückte Charlotte ein wenig weiter an das Ende des Kastens zurück und hielt Sabine die Arme entgegen. Sabine flog immer ein kleines Stückchen weiter. Dann stand Charlotte schließlich hinter dem Kasten. Sabine zögerte. Charlotte sah, wie ihre Freundin schwitzte und mit sich kämpfte. Doch dann nahm Sabine erneut Anlauf, übersprang den Kasten und landete in Charlottes Armen. Sabine hatte gestrahlt, die Mitschülerinnen und Mitschüler hatten applaudiert, und Charlotte hatte dem Sportlehrer zugenickt, um ihm zu sagen: So macht man das.

—

Zunächst fand Charlotte Bentes Namen nicht auf den Klingelschildern. Dann sah sie, dass auf der rechten Seite der Tür eine weitere Tafel hing, die auf Wohnungen im Hinterhaus hinwies. Dort stand *Frederiksen*. Darunter klebte handschriftlich ein weiterer Name: *Tougaard*. Sie drückte den Klingelknopf und bereits nach wenigen Sekunden meldete sich eine männliche Stimme durch die Gegensprechanlage.
»Ja?«
»Hallo, wohnt hier Bente Frederiksen?«
Pause.
»Hallo, sind Sie noch da?«
»Wer ist denn da?«, fragte die Stimme kurz angebunden.
»Ich bin Charlotte Holtgreve aus Hamburg. Eine alte Freundin von Bente.«
»Oh ... 4. Stock im Hinterhof. Wir haben leider keinen Fahrstuhl. Kann ich dir helfen?«
Charlotte war kurz verwundert, von der bislang eher reservierten Stimme plötzlich geduzt zu werden. »Nein, danke. Das geht schon.«
Der Türöffner surrte, Charlotte betrat den Hausflur.
Die vier Stockwerke des Berliner Altbaus spürte Charlotte in den Knochen, als sie mit dünnem Atem vor der Wohnung

stand. Bevor sie die Klingel drücken konnte, öffnete sich bereits die Tür.

Ein junger Mann mit verstrubbelten blonden Haaren und einem freundlichen Lächeln, aus dem eine kleine Zahnlücke hervorlugte, bat sie herein.

»*Hej* Charlotte. Ich bin Mogens. Gib mal her.« Er nahm Charlottes Koffer und verschwand in der Wohnung.

»Hier«, rief er lachend und winkte ihr zu, als er noch mal in den langen Flur zurückkehrte.

Charlotte folgte ihm und fand sich schließlich in einer geräumigen Küche mit kleinen schwarz-weißen Bodenkacheln wieder. Den Koffer hatte Mogens neben der Tür abgestellt.

»Möchtest du etwas trinken, Charlotte? Kaffee? Tee?« Mogens machte sich bereits an der Kaffeemaschine zu schaffen.

»Gerne ein Wasser, wenn Sie haben.«

»Oh, *undskyld*.« Mogens fasste sich an den Kopf. »Ich vergesse immer, dass ihr alle erst mal ›Sie‹ sagt. Entschuldigung.«

Charlotte kam sich plötzlich etwas gouvernantenhaft vor. Dabei hatte sie den jungen Mann nicht gesiezt, um ihn zu belehren. »Schon gut, Mooo…«

»Moooons. Ganz einfach. Ein langes ›O‹ und der Rest wird dann einfach weggenuschelt.« Mogens lachte wieder.

Charlotte sah ihm dabei zu, wie er sich in der Küche bewegte, ihr ein Glas Wasser einschenkte und sich selbst einen Kaffee machte. Irgendetwas in seinem Gesicht kam ihr bekannt vor.

»Schön, dass ich dich endlich einmal kennenlerne. Meine Tante hat viel von dir erzählt.«

Deshalb. Der blonde junge Mann musste Bentes Neffe sein. Der Sohn von Troels vielleicht, Bentes jüngerem Bruder. Zumindest hatte er dessen strahlend blaue Augen. Soweit sich Charlotte an die erinnern konnte. Als die Frederiksens in Hamburg lebten, war Troels noch ein Teenager gewesen, vielleicht vierzehn oder fünfzehn Jahre alt. Ein paar Jahre später, in Klampenborg, als Charlotte Bente und ihre Familie in Dänemark besucht hatte, war aus ihm ein ernster, stiller, junger Mann geworden. Kein Wunder, nach all dem, was damals passiert war.

»Wo ist Bente?«

»Nicht hier. Leider. Sie musste zurück nach Dänemark.«

Charlotte spürte, wie die Kraft aus ihren Schultern wich.

»Warum?«

Mogens schaute auf die Uhr. »Ahh, *for Pokker*. Ich muss los, Charlotte. Meine Vorlesung beginnt in zwanzig Minuten.«

»Oh. Dann gehe ich besser wieder.«

»Nein, nein, bleib einfach. Mach es dir bequem und später können wir zusammen kochen. Ich will doch gerne die alten Geschichten hören. Bente meint immer, du warst damals *den smukkeste Pige*.«

Charlotte hatte keine Ahnung, was er ihr damit sagen wollte. »Aber ich kann hier doch nicht einfach ...«

»Spätestens um sieben bin ich zurück.«

Mogens rannte aus der Küche, kam mit einem Rucksack zurück, legte ihr einen Schlüssel mit einem *Tivoli*-Anhänger auf den Tisch und verließ die Wohnung.

—

Johannes stand auf dem schmalen Sandweg, der um die Binnenalster führte, und blickte auf das Hotel *Vier Jahreszeiten*. Er konnte sich nicht erinnern, wann er das letzte Mal hier gewesen war. Früher hatte er häufiger mit Freunden nach einem

Kinoabend die Bar besucht und sich ein paar Whiskeys auf Eis gegönnt. Aber das war lange her.

Hier also war Gesine untergekommen, nachdem Charlotte sie rausgeworfen hatte. Johannes fand ihren Zufluchtsort zwar repräsentativ, aber auch etwas überkandidelt. Typisch Gesine eben. Sie hatte sich vergangene Nacht bei ihm gemeldet, in keinem guten Zustand. Johannes hatte sie aufgrund von offenbar übermäßigem Rotweinkonsum und minutenlangen Weinkrämpfen kaum verstanden. Natürlich hatte er ihr angeboten, vorübergehend bei ihm zu wohnen. Aber Gesine hatte abgelehnt. Sie wollte hierbleiben, im Hotel. Zimmer 317.

Gesine empfing ihren Bruder mit einem Lächeln, das einem Kraftakt glich. Soweit Johannes das auf den ersten Blick beurteilen konnte, hatte sie geduscht, ihre lockigen Haare gebändigt und war noch nüchtern.

»Schau mich nicht so mitleidig an, Johannes. Das kann ich im Moment am wenigsten gebrauchen.«

»Mach dir darüber keine Gedanken.«

Gesine schenkte Johannes eine Tasse Kaffee ein, dann versank sie in dem Sofa aus dunkelgrünem Chiffon.

»Was hast du dir dabei gedacht?«

»Wenn schon *ihr*.«

»Friedrich ist tot. Du lebst.«

Das kurze Telefonat mit Charlotte, in dem sie knapp und mit zitternder Stimme von Friedrichs Testamentseröffnung berichtet hatte, hinterließ auch bei ihm eine Mischung aus Fassungslosigkeit und Wut.

»Davon verstehst du nichts, Johannes.«

»Sie ist deine Schwester. Unsere Schwester.«

Gesine strich über den feinen Stoff des Sofas. »Ich weiß«, sagte sie leise.

»Hast du dich bei ihr gemeldet?«
»Ich glaube nicht, dass sie darauf gerade wartet.«
»Das hängt ja möglicherweise auch davon ab, was du ihr sagen willst.«
Gesine traten Tränen in die Augen. »Ich habe Friedrich geliebt, Johannes. Wie keinen Mann vorher.«
Johannes schaute aus dem Fenster. Von hier aus hatte er einen guten Blick über die Alster hinweg bis zur Kunsthalle.
»Soll ich mich bei Charlotte dafür entschuldigen, dass Friedrich und ich glücklich waren?«
»Jetzt werd bloß nicht sentimental. Du warst doch lediglich eine Affäre. Friedrich hätte sich nie von Charlotte getrennt.«
»Er hatte es vor. Er hat mir die Unterlagen gezeigt.«
Johannes starrte seine Schwester an. Hinter Gesines Tränen entdeckte er ein verzweifeltes Lächeln.

—

Charlotte stand auf dem kleinen Balkon und schaute in die Berliner Sommernacht. Irgendjemand entsorgte zu dieser späten Stunde noch geräuschvoll seinen Müll, ein Hund bellte, dann fiel die schwere Haustür ins Schloss. Mogens hatte Wort gehalten und nach seiner Rückkehr Pasta für sie beide zubereitet. Jetzt war er bei seiner Freundin in Schöneberg und Charlotte allein in der großen Wohnung.

Anfangs hatte sie sich noch gegen seinen Vorschlag gewehrt, hier zu übernachten. Aber nach diesem Abend, dem Essen und den vielen Geschichten hatte sie nachgegeben. Sie ging zurück ins Zimmer, schloss die Balkontür und machte Licht. Neugierig sah sie sich um. Überall im Zimmer hatte Bente Fotos von ihren Reisen aufgehängt. Reisen, die sie für Magazine und

Verlage gemacht hatte. Als Fotografin, als Journalistin. Reisen, die sie offenbar um die ganze Welt geführt hatten. Hier: kleine Polaroids vom Eiffelturm und dem Musée d'Orsay in Paris. Daneben ein größerer Abzug in Schwarz-Weiß. Bente im Regenwald. Sumatra? Borneo? Brasilien? Charlotte hatte keine Ahnung. Sie musste schmunzeln: eine große, dünne weiße Frau neben deutlich kleineren Ureinwohnern. Charlottes Blick wanderte weiter. Eine Forschungsstation umgeben von Eis und Schnee. Es fröstelte sie schon vom Anschauen.

Und hier: ein Aussichtspunkt in New York. Fort Clinton, ganz im Norden des Central Parks. Einer von Bentes Lieblingsplätzen, aus ihrer Zeit mit Simon. Wandte man sich Richtung Norden, sah man die Hochhäuser von Harlem aufsteigen, mal in bräunliches, mal in bläuliches Licht getaucht, je nach Jahreszeit, Richtung Süden hatte man einen weiten Blick auf den Park. Die Bilder waren schöner, als Charlotte sie in Erinnerung hatte. Neulich, als sie in Planten un Blomen mit Gesine die Aussicht genossen hatte und ihr Bentes Fotografien wieder eingefallen waren. Sie hielt kurz inne. Gesines gelbes Kostüm bei Notar Beyer, das kühlende Holz des Ahornbaums, die verstörenden Träume in der Nacht. Kurze wilde Erinnerungsblitze schossen durch Charlottes Hirn. Bentes Schreibtisch gab ihr Halt. Dann blickte sie weiter. Neben der Fotoserie aus New York hing ein großes Aquarell. Ein Haus am Wasser. Roter Backstein, zwei Schornsteine. Charlotte erkannte das Haus der Frederiksens in Klampenborg. Im nebligen Hintergrund kaum zu erkennen: die schwedische Küste.

Seit drei Jahren lebten sie hier als Wohngemeinschaft zusammen, hatte Mogens erzählt. Tante und Neffe. Er war zum Medizinstudium nach Berlin gekommen. Troels wäre es lieber gewesen, wenn sein Sohn in Kopenhagen geblieben wäre. Wenigstens er. Aber auch Mogens hatte das Frederiksen-Gen geerbt, das alle in die Welt hinaustrieb, lediglich sein Vater blieb die Ausnahme. Doch Mogens' Umzug nach Berlin hatte auch für Troels eine gute Seite: Der Kontakt zu seiner Schwester wurde wieder enger. Bentes Rastlosigkeit hatte sie in den letzten Jahrzehnten nur selten nach Dänemark geführt. Manchmal waren Jahre vergangen, bis sie sich wiedersahen. In Klampenborg. Oder jetzt in Berlin, wenn Troels einen Teil seiner versprengten Familie besuchte.

»Er hat das Gefühl, sich wieder ein bisschen mehr um Bente kümmern zu müssen. Und ich bin der Spion für ihn.« Mogens hatte gelächelt. »Troels ist eigentlich mein *FarMor*, Vater und Mutter, in einer Person. Eigentlich immer schon.« Offenbar hatte Bente Troels' Idee, Mogens bei ihr einziehen zu lassen, sofort zugestimmt.

Während Charlotte Mogens' Familiengeschichten gelauscht hatte, wurde ihr Herz ein wenig schwer. Konnte sie sich vorstellen, einmal mit Franziskas Kindern unter einem Dach zu wohnen? In einer fremden Stadt? Ausgeschlossen.

Charlotte zog den mit braunem Leder gepolsterten Stuhl zurück und setzte sich an Bentes kleinen Schreibtisch. An der schwarzen Lampe lehnte eine Postkarte. Ein Turm mit einer weißen Kuppel auf einem Hügel. Wie aus einem Science-Fiction-Film. Sie drehte die Karte um. »Teufelsberg Berlin, 1978«. Die Abhörstation der Amerikaner, mitten im Grunewald. Sie schaute sich das Bild noch mal an. Die Türme hatten etwas Sakrales. Spionage als Glaubensbekenntnis des Kalten Krieges. Sie stellte die Postkarte zurück an die Schreibtischlampe. War sie nicht gerade selbst in ein fremdes Leben eingetaucht? Eine Spionin auf der Suche nach Beweisen? Aber Beweise wofür genau? Und konnte sie dem trauen, was ihr in die Hände fiel? Zog sie die richtigen Schlüsse, setzte das Puzzle richtig zusammen? Jetzt, wo sie doch selbst so vieles infrage stellte und alles in seine Einzelteile zerfiel? Ja, sie kam sich wie eine lausige Spionin vor, eine Agentin wider Willen.

Ihr Blick fiel auf ein paar Zettel, die aus einer Ledermappe hervorschauten. Charlotte zögerte einen Moment, dann zog sie die Papiere langsam hervor. Sie waren vom *Rigshospitalet i København,* adressiert an Bente Frederiksen. Irgendwelche Ergebnisse von irgendwelchen Untersuchungen. Charlotte schob die Zettel zurück in die Mappe.

TAG 29

Charlotte war froh, dass sie sich für ihre braunen Halbschuhe entschieden hatte. Kurz nachdem sie die kleine Wohnsiedlung passiert hatte und auf den schmalen Waldweg abgebogen war, begann es zu regnen. Feine Tropfen benetzten ihre Jacke. Sie überlegte kurz, umzukehren und ihren Ausflug auf einen anderen Tag zu verschieben. Doch dann sah sie, dass der Himmel im Osten bereits aufklarte, und ging weiter.

Sie hatte unruhig geschlafen. Immer wieder war sie aufgewacht und hatte in die Stille gelauscht. Irgendwann war sie aufgestanden und in der Wohnung umhergewandert. Mogens' Zimmertür stand offen, sie warf einen kurzen Blick hinein. Er war nicht nach Hause gekommen, auf dem Boden lagen ein paar Hosen, und der Schreibtisch war voller Bücher und Ladekabel. So weit, so normal für einen Studenten, dachte sich Charlotte. Doch dann erblickte sie in der Ecke neben dem Fenster ein silbergraues Kajak, bei dem Bug und Heck in Orange glänzten. Sie überlegte einen Moment, wägte Neugierde und Übergriffigkeit ab und betrat schließlich Mogens' Zimmer, um sich das Boot genauer anzusehen. Ein Double Stitch, offenbar aufblasbar. Der passende Rucksack lag daneben. Sie kannte das Modell aus ihrem Hamburger Ruderclub. Nicht billig und auf jeden Fall robuster als ihre zwanzig Jahre alte Kiste, mit der sie über die Alster schipperte. Sie fuhr mit der Hand langsam über die glatte Oberfläche und ging zurück ins Bett.

Sie dachte an den Vorfall in einem Herbst vor vielen Jahren. In ihrer Bibliothek war Wasser durch die Decke auf das Parkett getropft. Charlotte hatte die Lache früh bemerkt und einen Klempner gerufen. Der fand die Ursache für den Schaden: die mit Laub verstopfte Regenrinne vor Friedrichs Arbeitszimmer. Als Friedrich von seinem Mittagessen in der Innenstadt wieder nach Hause kam, waren Charlotte und der Klempner im Einsatz. Der Handwerker reinigte die Rinne, und Charlotte mühte sich, die schweren feuchten Stores abzuhängen. Bei ihrem Anblick lief Friedrich rot an, hielt sich aber zunächst zurück. Erst als der Klempner sich verabschiedet hatte, entlud sich sein Groll. Sie habe in seinem Arbeitszimmer nichts zu suchen, tobte er. Niemals. Charlotte war so überrascht und belustigt, dass sie Mühe hatte, nicht in lautes Gelächter auszubrechen. Ihre Reaktion steigerte seinen Zorn erst noch. Er ging in sein Zimmer, schloss die Tür und blieb dort den ganzen Abend. Drei Tage lang sprach er kein Wort mit Charlotte. Sie konnte es nicht fassen.

Danach war alles wie früher. Ein paar Wochen später, Charlotte schmückte gerade den Weihnachtsbaum, entschuldigte er sich schließlich für sein Verhalten. Charlotte schaute ihn an, nahm den Stern, den sie gerade auf die Spitze gesetzt hatte, und stach ihm damit in die Rippen. Offenbar tat es Friedrich zumindest ein wenig weh, denn er schrie kurz auf. Von da an betrat Charlotte sein Arbeitszimmer nur noch im Notfall, die Stores blieben ungewaschen.

Charlotte schlug die Bettdecke zurück und öffnete die Balkontür. Sie blickte in den sternenklaren Himmel, nichts deutete auf Regen hin. Bentes Dielen würden also trocken bleiben, und Gardinen gab es hier sowieso nicht.

Mogens' Kajak, Bentes Bilder. Eine fremde Wohnung voller Dinge, die sie nicht so recht deuten konnte. Die aber, zumindest schien es Charlotte so, sie einluden, noch mehr über sie zu erfahren. Einfach so. Anders als in ihrem eigenen Haus, wo eine beherzte Aktion schon als Grenzüberschreitung empfunden worden war und, da war sie sich nun sicher, noch ganz andere Dinge vor ihr verborgen geblieben waren.

Die ersten Vögel verkündeten im Hinterhof die Ankunft des neuen Tages. Charlottes Blick fiel erneut auf das Bild mit der voluminösen weißen Kugel auf dem Teufelsberg. Vielleicht, dachte sie, ist das gerade genau der richtige Ort. Für die Schärfung ihres Verstandes, für Spionage in eigener Sache. Sie ging in die Küche, schrieb auf einen Notizblock ihre Handynummer und bat Mogens um eine weitere Nacht Logis. Lächelnd legte sie sich wieder ins Bett und schlief sofort ein.

—

Der Regen hatte aufgehört, als Charlotte auf dem Teufelsberg ankam. Sie hatte Glück. Gerade begann eine Führung, und der junge Mann, der die Tour offenbar leitete, winkte sie zu sich heran. Sie erfuhr, dass der Berg nach 1945 mit Schutt aus dem Zweiten Weltkrieg aufgeschüttet worden war, wie die Amerikaner von hier aus den Warschauer Pakt auszuspionieren versucht hatten und dass sogar einige Jahre lang Wein angebaut worden war. Ein Berg voller Geschichte und Geschichten. In diesem Wissen erklomm Charlotte schließlich die Kuppel, eine ungeschützte Betonfläche und offenbar beliebtes Ziel für

Künstler. Jede der noch vorhandenen frei stehenden Wände war mit Graffiti versehen. Charlotte war froh, sich nicht über die Qualität der Kunstwerke austauschen zu müssen, obwohl ihr einiges richtig gut gefiel. Die haarigen Fabelwesen in Blau und Rot zum Beispiel, die um Geld bettelten und zusätzlich auch ein kleines Schild aufgestellt hatten: »Will accept love«. Oder U-Bahnen, die in Form von überdimensionierten Sandwiches oder Eistüten aus den gemalten Tunneln preschten. Charlotte machte mit ihrem Handy ein paar Fotos. Inzwischen schien die Sonne, und man konnte bis weit in den Osten der Stadt blicken. Der böige Wind wehte durch ihr Haar, als sich Charlotte gegen die Brüstung lehnte und die Augen schloss. Sie dachte an ihren Ausflug mit dem Kajak auf der Alster, nicht lange nach der Testamentseröffnung. Als sie nicht mehr weitergewusst hatte und sich mitten auf dem Wasser einen Augenblick lang nichts sehnlicher wünschte, als mit dem Tonnengewicht von Gedanken und Traurigkeit unterzugehen. Charlotte öffnete die Augen. Nicht weit von ihr entfernt schoben sich ein paar Mädchen zusammen, um für ein Selfie zu posieren. Offenbar sollte der von hier aus nur als fahler Strich zu erkennende Fernsehturm unbedingt mit auf das Bild. Verschiedene Positionen wurden ausprobiert, führten aber offenbar nicht zum gewünschten Ergebnis. Charlotte verfolgte alles zunächst nur aus den Augenwinkeln, drehte sich dann zu den Mädchen um und ging schließlich zu ihnen herüber. Das Ergebnis von Charlottes Kameraarbeit schien sie zu begeistern, jedenfalls bedankten sie sich mehrfach für die spontane Hilfe.

In Charlottes Jackentasche brummte es. Mogens hatte ihr eine SMS geschickt und mitgeteilt, dass sie so lange bleiben solle, wie sie wolle. *Lad som om du er hjemme.* Heute Abend sei er beim Training und fahre anschließend wieder zu seiner Freundin. Sie habe also die Wohnung ganz für sich.

Charlotte schaute sich noch einmal um: Die bunten Graffiti-Figuren erschienen ihr jetzt noch ein wenig heller und freundlicher als vorher. Und die Selfie-Mädchen hatten sich längst ein neues Motiv gesucht, winkten ihr aber noch mal, als sie bemerkten, dass Charlotte in ihre Richtung sah. Schon lange hatte sie sich nicht mehr so leicht gefühlt. Würde jetzt jemand mit einem Schirm vorbeikommen, würde sie ihn nehmen und losfliegen, dachte sie und fing bei dem Gedanken an zu lachen. Über die Stadt, irgendwohin. Wie Julie Andrews als Mary Poppins.

Zeit für den Heimweg, dachte sie kopfschüttelnd und nahm an der Hauptstraße den Bus zurück zum Savignyplatz.

Sie schaute auf die Uhr, kurz nach fünf. Nach dem langen Spaziergang hatte sie Hunger und steuerte ein französisches Restaurant an, das ihr schon am Morgen aufgefallen war. Ein schlanker Kellner mit schwarzer Weste und grauen Schläfen hatte seine Kunden mit allerlei Köstlichkeiten zum Frühstück versorgt. Offenbar hatte es einen Schichtwechsel gegeben, denn nun bediente ein Mann mit kugelrundem Bauch. Charlotte lächelte ihn an und bestellte Steak frites.

»Jibt noch nüschte. Erst ab sechse.«

»Ich fürchte, so lange kann ich nicht warten.« Sie ließ den Blick kreisen. Auf der gegenüberliegenden Straßenseite war ein Imbiss. An der verdreckten Glasfront hing die von innen mit Klebestreifen befestigte Speisekarte. Mit den Namen der verschiedenen Gerichte konnte Charlotte nicht viel anfangen. Sie warf einen Blick in den kleinen Raum: weiße, abgewetzte Stehtische, Hocker mit rissigem schwarzen Kunstleder. Der junge Türke, der gerade einen Kebabspieß mit Öl bestrich, sah ihr skeptisches Gesicht.

»Ist alles sehr gut, auch wenn es vielleicht nicht so aussieht«, versicherte er. »Alles frisch von heute.«

Die unbekannten, aber interessanten Düfte aus dem Imbiss erinnerten Charlotte an ihre Zeit im Hamburger Portugiesenviertel. Ständig hatte sie dort neue Gerichte probiert, Unbekanntes entdeckt. Nicht alles hatte ihr geschmeckt, frittierten Fisch konnte sie irgendwann nicht mehr sehen, aber Spaß gemacht hatten ihr die kulinarischen Entdeckertouren immer.

»Ich nehme die türkische Pizza«, entschied Charlotte, als sie vor der Theke stand. Einen kurzen Wortwechsel später schwirrte ihr der Kopf. Da sie noch nie ein Lahmacun gegessen hatte, kam ihr die Bestellung dieser Teigrolle so aufwendig vor wie die eines Sechs-Gänge-Menüs. Der Mann mit dem ausrasierten Nacken fragte sie nach Belag, Zwiebelsalat, Sumak, Chiliflocken, frischen Tomaten und einer Extraportion Petersilie. Sie nickte mechanisch sämtliche Vorschläge ab und ging wieder an die frische Luft, in der Hand eine Flasche Bier. »Passt am besten zu Lahmacun«, hatte der Türke gesagt und ihr zugezwinkert.

Während Charlotte auf ihr Essen wartete, schwappten von einer Parkfläche hinter der Bushaltestelle tiefe Bässe zu ihr herüber. Junge Mädchen filmten sich dort mit Hula-Hoop-Reifen. Oder versuchten es vielmehr. Immer wieder wurde Musik gestartet und abgebrochen. Die bunten Reifen lagen in Sekundenschnelle auf dem Boden. Den Mädchen schien das nichts auszumachen. Jeder misslungene Versuch wurde ausgiebig kommentiert, lachend beklatscht und von sämtlichen Handys festgehalten. Dann ging es wieder von vorne los. Charlotte dachte an die Mädchen vom Teufelsberg, ihre freundliche Fröhlichkeit, ihr entspanntes Selbstbewusstsein. Der junge Mann drückte ihr die türkische Pizza in die Hand.

Dann verschwand er noch einmal und kam mit drei Servietten zurück.

»Wirst du brauchen«, sagte er und ging wieder in seinen Imbiss.

Charlotte biss beherzt in die gefüllte Rolle, ein paar Zwiebelstückchen fielen sofort auf den Asphalt. Sie spürte, wie ihr ein kleines Rinnsal Cocktailsauce aus dem Mundwinkel lief. Es war köstlich. Sie nahm einen Schluck Bier. Da sie keine Bank fand, setzte sie sich auf den Treppenabsatz neben dem Imbiss. Den Rücken gegen die Wand gedrückt, das rechte Bein angewinkelt, das linke ausgestreckt, so machte sie es sich einigermaßen bequem. So könnte es gehen, Miss Poppins, sagte sie leise zu sich, zog die Halbschuhe aus und schaute den Mädchen mit den Hula-Hoop-Reifen weiter zu.

TAG 30

»Was machst du denn hier?«

Sabine schaute überrascht in Johannes' strahlende Augen, als sie ihm auf dem Bürgersteig begegnete. Trotz des Vorfalls neulich schien er sich zu freuen, sie zu sehen.

»Sehnsucht nach Barmbek?«

»Manchmal vermisse ich das schon alles ein bisschen«, sagte sie nervös und ließ den Blick wandern. Über mehrstöckige Rotklinkerbauten, zwei stark befahrene Ausfallstraßen. An der linken Ecke eine Shishabar, an der rechten ein Ein-Euro-Geschäft. Sie ärgerte sich über ihren dummen Satz. Natürlich, Barmbek hatte schöne Seiten. Aber gerade diese Gegend hier gehörte sicherlich nicht dazu.

Mehr als eine Woche hatten sie nichts voneinander gehört. Keine Anrufe, keine Textnachrichten. Sabine konnte sich nicht erinnern, wann das zuletzt vorgekommen war. Normalerweise sahen sie sich regelmäßig in Johannes' Gemeinde, gingen ins Kino, oder sie kochte für beide. Und auch wenn Sabine die gemeinsamen Abende mit ihm vermisste, war es ihr recht gewesen, dass sich Johannes nicht mehr gemeldet hatte.

Die letzten Abende hatte Sabine in Charlottes Haus verbracht, allein und grübelnd. Charlotte hatte ihren Aufenthalt in Berlin verlängert, wie sie ihr per Textnachricht mitteilte.

Sonst nichts weiter. Sabine vermutete, dass Bente der Grund war. Nun streifte sie abends allein durch das große Haus in der Walderseestraße, setzte sich an den kleinen Küchentisch und schaute aus dem Fenster, nippte auf der Wohnzimmercouch an einem Glas Rotwein und öffnete schließlich die Tür zur Bibliothek. Auf der alten Stereoanlage lag noch die Platte mit den Schlagern der 1960er-Jahre. »Tausend Träume bleiben ungeträumt ...«, summte sie leise und dachte an jenen Abend, als sie mit Gesine dazu getanzt hatte, ungestüm und ausgelassen wie schon lange nicht mehr.

Matthias sah sie kaum. Wenn er mal zu Hause war, blieb er meist den ganzen Abend auf seinem Zimmer.

Still war es plötzlich um Sabine geworden. Und obwohl sie viele Jahre allein in ihrer kleinen Wohnung in Barmbek gelebt hatte und stille Abende und Nächte kannte, war das hier, ohne Charlotte und Gesine, eine andere Stille. Dunkler, unangenehmer, trauriger. Vielleicht, weil sie anderes erlebt hatte, in den wenigen Wochen seit ihrem Einzug. Weil sie wusste, dass sie nicht allein war oder bleiben würde. Selbst wenn sie oben in ihrem alten Sessel saß und las oder dem Seewetterbericht lauschte. Weil sich spätestens zur Nacht alle wieder einfinden würden.

»Na, Frau Lührs, weit sind Sie ja nicht gekommen.«

»Oh, Herr Ziesemer ...«

Ein betagter Mann war aus einem der roten Miethäuser auf die Straße getreten und hatte sich zu Sabine und Johannes gestellt.

»Schön haben Sie das heute wieder gemacht.« Der Mann wandte sich freundlich an Johannes. »Und, kommt Frau Lührs auch manchmal zu Ihnen?«

Johannes wirkte verwirrt und sah zwischen Sabine und

dem ihm unbekannten Mann hin und her. »Nein, noch nicht … aber vielleicht macht sie das ja einmal.«

»Oh, unbedingt, ich kann das nur empfehlen. So, ich muss jetzt weiter. Bis in drei Wochen, liebe Frau Lührs.« Herr Ziesemer lächelte Sabine und Johannes zu und verschwand hinter einer Straßenecke.

»Wer war das?«

Sabines spürte, wie ihr das Blut ins Gesicht schoss.

»Du siehst aus, als wäre dir der Heilige Geist erschienen.«

»Ach, du weiß ja, dass ich ein paar älteren Menschen noch ein wenig … im Garten zur Hand gehe«, stotterte Sabine.

»Also, noch älteren als ich, meine ich.«

Sie sah, wie sich Johannes umschaute. Gärten gab es hier keine. Zwischen den einzelnen Wohnblocks sah man Grünstreifen oder eine kleine Rasenfläche. Aber sicherlich nichts, um das sich nun ausgerechnet Sabine kümmern musste. Er sah auf ihre Hände: makellos. Er betrachtete ihre Garderobe: braunes Kostüm, dazu eine weiße Bluse. Sabine registrierte seinen Blick und konzentrierte sich auf die vorbeifahrenden Autos, um so eine halbwegs vernünftige Erklärung zu finden. Schließlich gab sie auf.

»Was machst du denn überhaupt hier?«, wiederholte sie.

Johannes schaute auf die Uhr. »Sehen wir uns mal wieder?«, fragte er, anstatt Sabine eine Antwort zu geben. Dann war er verschwunden.

—

»Denn Barmherzigkeit und Wahrheit begegnen einander, Gerechtigkeit und Friede küssen einander.«

Charlotte las den Psalm wieder und wieder. Der alte General Lorens Löwenhjelm sprach diese Worte während des Festmahls, das die Französin Babette den Bewohnern eines kleinen norwegischen Dorfes zu Ehren ausrichtete. Diese hatten sie vierzehn Jahre zuvor aufgenommen, nachdem Babette aus dem Frankreich des Jahres 1871 fliehen musste. Eine exzellente, lebensfrohe Köchin, die bei frommen und enthaltsamen Menschen ein Zuhause fand. Charlotte hatte den wunderbaren Film mehrfach gesehen, aber nie die Erzählung gelesen, auf der er basierte. In Bentes Bücherregal war sie fündig geworden.

Sie hatte ihren Aufenthalt um einen weiteren Tag verlängert. Ihre Wohnungsbesetzung, wie sie es Mogens gegenüber am Telefon nannte. Charlotte hatte ihn angerufen, nachdem sie sich entschlossen hatte, den trüben Regentag nicht mit einer Bahnfahrt, sondern lieber allein in einer fremden Wohnung zu verbringen. Mogens hatte, wie erwartet, nichts dagegen. Ob er selbst am Abend in die Wohnung zurückkehren werde, ließ er offen.

Am Vormittag hatte sich Charlotte eine Tageszeitung gekauft. Doch sie merkte schnell, dass die beliebige Abfolge von Regierungskrisen und Umweltdiskussionen sie heute nicht interessierte. Ebenso wenig die Debatte über subventionierte Opernhäuser und neue Fernsehserien. Vom Streit in der deutschen Fußballnationalmannschaft ganz zu schweigen. Lieber nahm sie ein paar Bücher und legte sich wieder ins Bett.

Dieser Tag, so frei, so ohne Pläne, war wie ein unerwartetes Geschenk. Ein frischer Tee ab und zu, ein langes Bad und der warme Sommerregen, dem sie lauschte.

Sie fragte sich, wann sie das letzte Mal so lange allein gewesen war. Das musste wohl der Tag kurz vor ihrer Abiturprüfung gewesen sein. Ihre Eltern waren für zwei Tage an die

Nordsee gefahren und hatten Johannes, Gesine und Sabine mitgenommen. Charlotte hatte keine Lust auf pralle Sonne, kreischende Kinder und Eis am Stiel gehabt und vorgegeben, noch Unmengen an Stoff für die Klausuren lernen zu müssen. Anna und Heinrich Klindworth glaubten ihrer ältesten Tochter und Klassenbesten kein Wort, ließen sie aber schließlich doch allein in Hamburg zurück. Sobald ihre Familie abgefahren war, zog Charlotte die schweren Vorhänge in ihrem Zimmer zu und legte sich ins Bett. Stundenlang bleib sie dort liegen und starrte an die Decke. Kurz vor Mitternacht stand sie auf, verließ das Haus und radelte zum Altonaer Balkon, dem Aussichtsplateau gegenüber dem alten Rathaus. Von dort schaute sie auf die erleuchteten Hafenanlagen und die mächtigen Containerschiffe. Sie erinnerte sich an ihre kleine Tradition von früher, als sie mit ihrem Vater stundenlang auf den Hafen geblickt und Charlotte ihn mit endlosen Fragen gelöchert hatte. Ihr fielen jetzt neue Fragen ein, die sie Heinrich gestellt hätte, wenn er jetzt dabei gewesen wäre. Es war weit nach zwei Uhr, als sie wieder ins Pfarrhaus zurückkehrte. Sie ging in die Küche und machte das Radio an. Die Arie, die da gerade gesungen wurde, kannte sie von einer Schallplatte ihrer Eltern. Mozart? Oder doch Verdi? Dann suchte sie Mehl, Milch und Eier zusammen und machte sich Pfannkuchen. Für den Belag fand sie in der Vorratskammer noch Gläser mit Apfel- und Birnenkompott aus dem Vorjahr. Charlotte öffnete das Küchenfenster. Eine kühle Brise zog durch den warmen Raum. Sie setzte sich an den Küchentisch, aß ihre Pfannkuchen, lauschte der Musik und schaute aus dem Fenster auf den angrenzenden Friedhof. In ihr kleines, blaues Tagebuch hatte Charlotte später geschrieben, dass dieser Tag der schönste ihres bisherigen Lebens gewesen sei.

Um sechs Uhr zog sich Charlotte schließlich an, nahm den Regenschirm, der an der Garderobe hing, und ging aus dem Haus. Um die Ecke fand sie eine Metzgerei und einen kleinen Weinladen. Mit zwei Einkaufstüten in der Hand betrat sie lächelnd einen Supermarkt. Die Kunden schoben sich ungeduldig durch die schmalen Gänge, ein Mann im Anzug fragte laut nach frischem Basilikum, eine junge Frau kämpfte an der Kasse mit ihrer Kreditkarte. Charlotte machte das alles nichts aus. Entspannt ließ sie sogar dem Kräuterdrängler an der Kasse den Vortritt. Sie hatte Zeit, noch einen ganzen Abend.

—

Charlotte schenkte sich den Rest von dem französischen Rosé ein und ließ die Aufnahme von *Don Giovanni,* die sie neben dem kleinen CD-Player in der Küche gefunden hatte, noch einmal laufen. Die Reste des Cidre-Hähnchens und Mandel-Blumenkohl-Auflaufs hatte sie im Kühlschrank deponiert, vielleicht würde Mogens damit etwas anfangen können. Er war wieder nicht aufgetaucht, was Charlotte einerseits bedauerte. Seine unbekümmerte Zugewandtheit hatte ihr gutgetan. Und doch freute sie sich über einen weiteren Abend allein in dieser fremden Wohnung. Als Friedrich noch gelebt hatte, hatten sie viele Abende getrennt im Haus verbracht. Friedrich in seinem Arbeitszimmer, Charlotte im Wohnzimmer oder in der Bibliothek. Doch anders als diese getrennt verbrachten Abende hatte ihr Alleinsein hier in Berlin nichts Dumpfes oder Drückendes.

»Barmherzigkeit und Wahrheit, Gerechtigkeit und Friede ...« Charlotte dachte noch einmal an den Psalm, der in der

Geschichte von *Babettes Festmahl* erwähnt wurde und drehte die Musik etwas lauter.

Sie fühlte sich nun stark genug, um wieder nach Hamburg zu fahren.

TAG 31

Matthias stürzte seiner Mutter entgegen, als sie die Haustür öffnete. »Immerhin hast du unseren Anwaltstermin nicht vergessen. Stell deinen Koffer ab, wir müssen gleich los.«

Charlotte legte den Schlüssel in die Glasschale und schaute ihren Sohn an. »Könntest du mit Franziska zu dem Termin fahren, ohne mich? Ich muss mich erst einmal etwas ausruhen.«

»Mutter. Es geht um dein Haus, dein Geld und um dich. Du musst mitkommen, sonst können wir den Termin gleich absagen.«

»Auch gut. Dann macht das.« Sanft schob sie Matthias zur Seite und ließ ihn im Flur stehen. Sie hörte, wie die Haustür ins Schloss fiel und dann eine Autotür zuschlug. Offenbar hatte Franziska ihn abgeholt.

Als Charlotte den Koffer auspackte, merkte sie erst, wie die Zugfahrt sie ermüdet hatte. Sie öffnete die Balkontüren, setzte sich auf einen der wettergegerbten Teakholzstühle und zündete sich eine Zigarette an. Dann las sie zum ersten Mal seit drei Tagen die auf ihrem Handy eingegangenen Nachrichten. Franziska und Matthias hatten mehrfach gefragt, ob sie an den Termin beim Anwalt denke. Zumindest das hatte sich erledigt, dachte Charlotte und ließ den Rauch in den blauen Himmel ziehen. Mogens hatte sich für ihren Besuch bedankt. Das

Hähnchen und den Auflauf wolle er sich heute Abend aufwärmen. Sabine schrieb, sie müsse mit Charlotte über Johannes sprechen. Und auch Johannes bat seine Schwester um einen Rückruf.

Nichts von Bente. Schon seit über einer Woche nicht mehr.

Sie wusste, dass sie nach Klampenborg fahren musste. Bald schon. Das war ihr in den Tagen in Berlin immer klarer geworden. Und sie würde auch mit Gesine sprechen müssen. Mit Gesine zuerst. Ob sie nun wollte oder nicht.

TAG 32

Gesine schaute in erwartungsvolle Gesichter. Peter van Kamp und Fred Meissner hatten die Krawatten bereits gelockert, Fred hatte die Schuhe abgestreift. Eine seltsame Marotte, die Gesine aber immer amüsant gefunden hatte. Kurz nachdem er den Posten als Leiter der Öffentlichkeitsarbeit übernommen hatte und Gesine ihn in Strümpfen an seinem Schreibtisch sitzen sah, hatte sie ihn darauf angesprochen. Er könne sich so besser konzentrieren, war seine Antwort. Theresa war damals drauf und dran gewesen, ihn zu feuern. Er solle sich eine Stelle als Bademeister in Bullerbü besorgen, wenn er unbedingt so herumlaufen wolle, hatte sie ihn angeblafft. Man einigte sich schließlich auf einen Kompromiss. Nach 18.00 Uhr und wenn kein offizieller Termin mehr anstand, durfte Fred »unten ohne« arbeiten. Theresa rümpfte zwar weiterhin die Nase wegen des in ihren Augen hochgradig unprofessionellen Verhaltens, war aber ansonsten mit seiner Arbeit in der Stiftung zufrieden.

Gesine öffnete die Fenster. Sie wollte schreien, so sehr vermisste sie Theresa. Jeden Tag und jetzt gerade ganz besonders. Wäre Theresa jetzt hier, hätte sie der grenzenlosen Eitelkeit der beiden Herren Einhalt geboten. Ohne viele Worte. Ein Blick von ihr und die beiden hätten verstanden. Gesine selbst fühlte sich dazu nicht in der Lage. Sie hatte vielmehr das Gefühl, ihr Kopf explodiere gleich. So als rasten mehrere Hochgeschwindigkeitszüge aufeinander zu, sämtliche Haltesignale ignorierend. Gesine war lediglich unsicher, ob technisches und menschliches Versagen der Grund dafür war. Zur vorübergehenden Beruhigung der unübersichtlichen Verkehrssituation in ihrem Hirn hätte sie gerne etwas aus der kleinen Bar im Wandschrank genommen. Aber Gesine wusste, dass auch das die Züge in ihrem Kopf nicht aufhalten würde. Sie würden lediglich vorübergehend etwas hübscher aussehen.

»Das war alles?«, fragte sie in die Runde, als sie sich wieder gesetzt hatte. »Einer von den dreien soll das machen, was Theresa getan hat? Das ist euer Ernst? Nicht einmal alle drei zusammen könnten die Lücke füllen.«

Peter und Fred wechselten einen Blick.

»Wir müssen eine Lösung finden«, sagte Peter müde. »Die Arbeit wird ja nicht weniger. Im Gegenteil.«

»Von den dreien kommt niemand infrage. Habt ihr gesehen, wie der Schneider mir immer zugezwinkert hat? Unmöglich. Die Ütlu fand ich gar nicht so übel, aber die hat halt keine Ahnung von Stiftungsarbeit. Und wie hieß noch mal die traurige Gestalt am Anfang?« Sie blätterte in den Unterlagen. »Ach ja, Schramm, bekommt mit fünfundfünfzig keinen geraden Satz raus.« Gesine schüttelte den Kopf. »Nee, Leute, da müssen wir noch mal ran.«

»Und mit wir meinst du uns, oder?« Fred wurde ungeduldig.

»Ich fand die Ütlu klasse. Selbstbewusst, schnell und die Besonderheiten der Stiftungsarbeit hat sie bestimmt schnell drauf. Und der Schneider hat beste Referenzen.« Peter van Kamp zwinkerte Gesine zu.

»Pass bloß auf, Peter.« Sie schob die Unterlagen zusammen.

»Nein, von den dreien, die ihr mir heute präsentiert habt, wird es keiner. Tut mir leid.«

»Du willst eine zweite Theresa. Das ist verständlich. Aber die gibt es nicht.« Gesine wusste, dass Peter recht hatte. Sie dachte an Charlotte. Den Rat ihrer Schwester hätte sie jetzt gut gebrauchen können. Sie nahm den rechten Mittelfinger und bohrte ihn in das weiche Fleisch zwischen Daumen und Zeigefinger ihrer linken Hand. Ein anderer Schmerz.

»Und dann ist da noch etwas, Gesine, was uns beunruhigt.« Fred stand auf und schlurfte auf seinen Socken ans Fenster und schaute hinaus.

»Peter und ich haben gehört, dass es Probleme mit Friedrichs großzügigem Nachlass gibt?«

»Was für Probleme?«

»Deine Familie hat einen Anwalt konsultiert, heißt es.« Fred drehte sich um und ging auf Peter zu. »Weißt du etwas davon?«

Gesines Mundwinkel begannen zu zittern. Sie umkrampfte die Sessellehne, dankbar für ein bisschen Halt.

»Nein, davon weiß ich nichts.«

—

Schwerfällig drückte sich Gesine aus der Besuchercouch in ihrem Büro und schaltete die kleine Stehlampe an. Stundenlang hatte sie dagelegen und gegrübelt, nachdem Peter van Kamp und Fred Meissner sie endlich in Ruhe gelassen hatten. Es gab so viele Dinge, die durch ihren Kopf schwirrten. Aber immer wenn sie begann, diese zu sortieren, mahlte das Hirn sie so lange, bis nur noch winzige Brösel übrig blieben.

Neben dem Sofa stand eine fast volle Flasche Wodka. Gesine überlegte kurz, verstaute sie dann aber im Eisfach des kleinen Kühlschranks, den sie sich vor Jahren in ihre Bürowand hatte einbauen lassen. Sie stellte sich ans Fenster. Alles um sie herum war in dunkles Abendlicht getaucht. Lediglich die hohen Glastürme der Hafencity strahlten ihr so hell entgegen, dass sie kurz zusammenzuckte.

Bernhard hatte sich gemeldet. Sie musste nicht lange raten, was er wollte. Die Scheidung. Und Geld. Ihre Ehe war längst zu einer Farce geworden auch ohne Geschrei, ohne seine Schläge. Vielleicht war sie es von Anfang an gewesen. Gesine hatte sich nach der Scheidung von Paul geschmeichelt gefühlt, dass sich ein jüngerer Mann für sie interessierte. Sie und Theresa hatten gerade die Hanseatische Kulturstiftung gegründet und warben bei Verbänden und Konzernen um Unterstützung für ihre Projekte. Auf der Hauptversammlung der Architektenkammer kam sie mit Bernhard Conradi ins Gespräch, der auserkoren war, eine mögliche Kooperation auszuloten. Die Zusammenarbeit mit der Kammer verlief schleppend, auf persönlicher Ebene einigte man sich schneller. Nach einem Jahr fand die Hochzeit statt, halbherzig unterstützt von Friedrich und Charlotte. Beide hielten Bernhard für einen Schaumschläger und Hallodri. Bernhard litt anfangs darunter, dass ihre Familie ihn nicht ernst nahm, Friedrich sich lustig machte und permanent testete: Baustile abfragte, Architektenentwürfe einschätzte, Denkmäler bewertete. Ein strenger Lehrer und sein dummer Schüler. Irgendwann hörte Bernhard nicht mehr zu. Da hatte er längst schon mithilfe von Gesines Kontakten seinen eigenen Bekanntenkreis vergrößert.

Das Verhältnis zu Bernhards erwachsenen Kindern blieb distanziert, sosehr sich Gesine auch bemühte. Beide studierten in Süddeutschland und schauten lediglich in den Semesterferien mal bei ihrem Vater vorbei. Seine neue Frau fanden sie zwar nett, aber auch anstrengend, letztendlich war sie ihnen egal.

Bereits zwei Jahre später bekam Gesine mit, dass Bernhard sie betrog. Eine Freundin von Theresa hatte Gerüchte gehört und entschuldigte sich, diese überhaupt weitergetragen zu haben. Bernhard hatte zunächst alles abgestritten, dann aber doch zerknirscht zugegeben. Ein Ausrutscher, eine einmalige Sache, sagte er. Gesine verzieh ihm, doch sie ahnte, dass diese Heirat ein Fehler gewesen war. Eine Zeit lang hatte sie überlegt, sich scheiden zu lassen und einen schnellen Strich unter die Sache zu ziehen. Doch Bernhards Beteuerungen und ihre Befürchtungen, ein solcher Schritt würde ihr Ansehen in Familie und Stiftung ramponieren, hielten sie schließlich davon ab. Theresa, die auch in dieser Hinsicht ihre Vertraute war, sah das ganz anders. Sie hielt Bernhard für einen Mann, der Gesine schadete, weil er sie einengte.

Als dann die Geschichte mit Friedrich begann, stellte sich die Frage erneut. Aber jetzt war es Friedrich, der Gesine von einer Scheidung abriet. Aus eigenen, sehr egoistischen Gründen, wie sie natürlich wusste. So blieben Gesine und Bernhard zusammen, vielleicht auch, weil die Alternativen nicht so verheißungsvoll waren, wie sie beide an dem ein oder anderen Punkt einmal gedacht hatten. Und auch, weil ihre erotische Anziehungskraft immer noch stark war. Sex war zwischen den beiden nie ein Problem gewesen. Ihre Meinungsunterschiede, die zu Streitereien führten und schließlich in einer lautstark geführten Auseinandersetzung kulminierten, waren lange Zeit für beide oft das prickelnde Vorspiel für leidenschaftlichen Sex gewesen. Doch auch dieses Ritual wurde irgendwann schal und es eskalierte, als er begann, sie zu schlagen. Am Anfang ihrer Beziehung mit Friedrich hatte sie auch weiterhin mit Bernhard geschlafen. Doch als sie merkte, dass sich zwischen ihr und Friedrich etwas Ernsthaftes und Tiefes entwickelte, stellte sie jeden körperlichen Kontakt mit Bernhard ein, ohne den wahren Grund dafür zu nennen. Anfangs hatte Bernhard noch versucht, sie zu berühren, aber Gesine hatte ihn nur schweigend angestarrt, kühl jeden weiteren Annäherungsversuch zurückgewiesen. Irgendwann hatte Bernhard aufgegeben.

Gesine legte sich wieder auf die Couch und blickte in den Nachthimmel. Plötzlich kamen ihr diese Erinnerungen vor, als wären sie aus einem anderen Leben. Ein Leben mit Friedrich, Bernhard und Theresa. Mit einer Arbeit, die sie glücklich machte, mit Geschwistern, die zusammenhielten. Jetzt waren Friedrich und Theresa tot, Bernhard bald nicht mehr ihr Ehemann und in der Stiftung warteten van Kamp und Meissner in aller Seelenruhe auf weitere Patzer und Aussetzer von ihr.

Gesine stand auf, sie fror. Das Fenster ließ sie offen, sie holte sich stattdessen aus dem Schrank eine Decke. Dann öffnete sie den Kühlschrank, sah kurz hinein und schloss ihn wieder. Sie wusste, dass der Wodka zwar ein guter, zuweilen hinterhältiger Freund war. Aber helfen konnte er ihr letztendlich nicht. Auch wenn sie sich gerade in den letzten Wochen nichts sehnlicher als das gewünscht hatte.

Gesine legte sich wieder auf die Couch. Von Weitem hörte sie, wie noch ein paar vereinzelte Züge den Hauptbahnhof passierten. Gerne würde sie jetzt selbst in einem der Nachtzüge sitzen. Ins Dunkle schauen, schlafen und irgendwann in einer europäischen Hauptstadt aufwachen. Wien, Amsterdam, Prag. Egal, wo. Hauptsache weit weg von dem, was jetzt auf sie zukam. Sie hatte keine Ahnung, was das war. Aber sie spürte, wie langsam, fast unmerklich, der Boden unter ihr dünner wurde und sie sich nicht länger auf ihr gutes, sicheres Fundament verlassen konnte. Der Boden, das Fundament, ihr Kopf.

Wann hatte das alles angefangen, die verzweifelte Suche nach den Worten, das kalte Vergessen, fragte sie sich, wusste aber darauf keine Antwort. Langsam begann Gesine, sich die Schläfen zu massieren. Die sanften, kreisenden Bewegungen taten ihr gut. Irgendwann waren es dann ihre Fingerspitzen, die gegen den Kopf drückten. So als versuchten sie, sich Eintritt zu verschaffen. Notfalls mit Druck, wenn es sein musste, mit Gewalt. Um alles, was da zu viel drin war oder an der falschen Stelle, herauszupressen. Als auch das nicht funktionierte, nahm sie ihre Fäuste und ließ sie auf ihren Schädel niederprasseln. Immer wieder, jedes Mal ein wenig härter.

»Was machst du da ...«, schrie sie. »Hör auf damit. Hör endlich auf!«

TAG 34

Charlotte war die Begegnung mit ihrer Schwester in den vergangenen Tagen etwa einhundert Mal durchgegangen. Wie würde sie Gesine gegenübertreten? Was würde sie sagen? Im Bett, am Frühstückstisch, beim Elbspaziergang hatte sie auf eine Eingebung gehofft. Doch dann kamen die Bilder zurück: Gesines gelbes Kostüm bei der Testamentseröffnung, die Worte von Notar Beyer, der kostbare Ring, den sie in ihrem eigenen Haus gefunden hatte und von dem sie inzwischen ausging, dass er ein Geschenk Friedrichs war. Erneut tat sich die Hölle auf, und Charlotte schreckte vor dem nächsten Schritt zurück, blieb am Abgrund stehen.

Als sie Gesine auf sich zukommen sah, in einem grünen, eng anliegenden Kleid, auch sie offenbar unsicher, welcher Gesichtsausdruck jetzt passte, wusste es Charlotte immer noch nicht. Dann stand Gesine vor ihr. Und Charlotte zögerte keine Sekunde. Sie schlug ihrer Schwester mit der flachen Hand ins Gesicht. Ihre Hand brannte wie Feuer. Dann schlug sie noch einmal zu.

Hastig steckte sie die Hand in die Hosentasche, ohne zu wissen, warum. War ihr die Attacke peinlich, tat sie ihr gar leid? Oder wollte sie ihre Schwester und sich vor einem dritten Schlag schützen?

Gesine starrte Charlotte an. Regungslos, wie betäubt, während sich ihre Wange rötete. Eigentlich musste sie entsetzt sein, fassungslos, zumindest überrascht. Genauso wie Charlotte selbst. Aber sie konnte nichts davon in Gesines Gesicht erkennen. Was sie sah, war ein schwarzes Loch, ein tiefer Ozean. Dunkel, unergründlich. Da war sie wieder: die rätselhafte Schwester, auch nach all der Zeit, nach einem gemeinsamen Leben. Die mit ihrem Mann ein Verhältnis gehabt hatte, offenbar viele Jahre schon. Die sie hintergangen und belogen hatte. Die mit ihrem Verhalten sämtliche Anker kappte, die Charlotte sicher mit ihrem Leben verbunden hatten. Charlotte spürte, wie die Hand in ihrer Hosentasche zu kribbeln begann, rauswollte aus dem vermeintlich sicheren Versteck. Und sie sie nicht bändigen konnte.

Ein drittes Mal landete Charlottes Hand im Gesicht ihrer Schwester. Und jetzt reagierte sie. Langsam fasste sie sich ins Gesicht und legte die Hand sanft auf die schmerzende Wange, als wolle sie sie kühlen und, so erschien es Charlotte, endlich schützen.

Charlotte spürte, wie sie ruhiger wurde. Den Arm hatte sie längst gesenkt, ihr Herz schlug wieder langsamer und die Schweißperlen auf ihrer Stirn schien eine kühle Brise getrocknet zu haben. Sie atmete tief durch, dann berührte sie sanft Gesines Arm.

»Lass uns ein Stück gehen.«

Menschen auf E-Rollern klingelten Fahrradfahrer aus dem Weg, vor einem Restaurant am Ballindamm weinte ein Baby. An der kleinen Eisdiele, an der sie vorbeikamen, stritten sich zwei Mädchen darüber, ob sie die Kugeln im Becher oder in der Waffel bestellen sollten. Offenbar war das aber nicht das einzige Problem zwischen den beiden. »Das machst du immer so ... Sag doch mal, was du willst ... Du bist komisch ... Das ist soooo typisch.«

So typisch. Charlotte blieb stehen. Es musste wohl 1974 gewesen sein, als Gesine zum ersten Mal allein in den Urlaub gefahren war. Spanisch lernen in Granada. Sie schrieb ihrer Schwester fast jeden Tag. Schwärmte vom Albaicin, dem alten maurischen Viertel oberhalb der Stadt, der vom Safran gelb leuchtenden Paella abends um elf, der altehrwürdigen Alhambra. Von Carlos, dem Sprachlehrer, erfuhr Charlotte nichts. Zehn Jahre später hielt sie eine Nacht lang Gesines Hand. Ihre Schwester hatte gerade eine Fehlgeburt erlitten. Untröstlich weinte sie sich in den Schlaf und wachte tränenüberströmt wieder auf. »Ich werde nie ein Kind bekommen. Niemals, das ist meine gerechte Strafe«, klagte sie und erzählte ihrer Schwester von damals. Mit Übelkeit und Magenschmerzen war Gesine aus Granada zurückgekehrt. Als sie sich untersuchen ließ, teilte ihr der Arzt nüchtern das Ergebnis mit: schwanger, in der fünften Woche. Am Wochenende darauf fuhr sie nach Amsterdam. Zu Freunden, die sie in Spanien kennengelernt habe, log sie ihre Familie an. Als Gesine ihre Geschichte beendet hatte, war Charlotte entsetzt. Nicht über die zehn Jahre zurückliegende Abtreibung, sondern über das fehlende Vertrauen zu ihr und den Eltern.

Charlotte war sich sicher gewesen, dass ihre Eltern das Kind liebevoll aufgenommen hätten. Und wenn Gesine, wie geplant, ihr Kunstgeschichtsstudium zum Herbstsemester aufgenommen hätte, wäre Heinrich und Anna auch dafür eine Lösung eingefallen. Was Charlotte an diesem Nachmittag im Krankenhaus bereits ahnte: Ihren Eltern und ihrem ersten Mann Paul würde Gesine diese Geschichte niemals erzählen. Was Charlotte an diesem Nachmittag im Krankenhaus nicht ahnte: Gesine sollte recht behalten. Ihr sehnlicher Kinderwunsch erfüllte sich nicht. Sieben Jahre später wurde eine Studentin von

Paul schwanger. Gesine reichte die Scheidung ein. Bernhard, ihr zweiter Mann, hatte bereits zwei Kinder, als sie sich kennenlernten, und legte keinen gesteigerten Wert auf weitere.

»Was ist?«

Erst jetzt bemerkte Charlotte, dass Gesine sie die ganze Zeit anschaute. Die beiden Mädchen vor der Eisdiele waren längst verschwunden. »Ich musste an Granada denken und an das, was danach passiert war. Diese Nacht im Krankenhaus ...«

Gesine atmete tief aus.

»Erinnerst du dich?«

»Natürlich. Ich lag schließlich in diesem Bett, ich hatte das Kind verloren ... aber warum fällt dir das jetzt gerade ein?«

Charlotte zuckte mit den Schultern und setzte langsam den Spaziergang fort.

Warum hatte sie Gesine geohrfeigt? Eine Handlung im Affekt, zumindest die ersten beiden. Aber sie merkte, dass es ihr nicht leidtat. Auch die dritte nicht. Die erst recht nicht. Bilder aus Berlin zogen an ihr vorbei. Der Abend mit Mogens am Savignyplatz, die Graffiti-Männchen auf dem Teufelsberg, die Hula-Hoop-Mädchen vor dem Imbiss. Charlotte spürte, dass sich etwas verändert hatte. Sie wusste nicht genau, was es war. Aber es fühlte sich so aufregend an wie die unbekannten Gewürze neulich auf ihrer ersten türkischen Pizza.

»Ich fahre nach Klampenborg«, sagte sie, als sie beide wieder vor dem Hotel angekommen waren.

Gesine musterte sie, dann nickte sie. »Hat Friedrich also doch recht gehabt.«

»Womit?«

»Mit dir und Bente.«

Charlotte schüttelte den Kopf. Gesine nahm das Gesicht

ihrer Schwester in die Hände und küsste ihre Wange. Dann drehte sie sich um, ließ noch zwei Autos passieren, ging über die Straße und verschwand im Hotel.

Charlotte sah ihr überrascht nach. Langsam fuhr sie mit den Fingerspitzen über ihre Wange.

TAG 35

Charlotte wartete, bis alle anderen den Zug verlassen hatten. Lange bevor über die Lautsprecher der Halt am Kopenhagener Hauptbahnhof verkündet wurde, kam Bewegung in das Großraumabteil, flogen Rucksäcke aus der Gepäckablage in den Gang, suchten Mädchen lautstark nach ihren Kopfhörern, hatten Jungs ihre Sitze mit platt gedrückten Erdnussflips dekoriert. Charlotte schaute sich das staunend an. Warum macht man mit Pubertierenden eine Klassenfahrt nach Kopenhagen und pfercht sie dafür fünf Stunden in einen Zug? Als sie Lehrerin war ... Aber Charlotte verwarf den Gedanken sofort. Sie fand das selbstgefällig, eitel und vor allem ein wenig langweilig. Sie hatte immer gerne unterrichtet und Kinder um sich gehabt. Auch hier im Zug spürte sie, dass selbst das endlose Geplapper der Jugendlichen, die laute Musik und das Drama um zwei ausgeflossene Cola-Flaschen bei ihr positive Energie freisetzten, so wie die aufgedrehten Selfie-Mädchen auf dem Teufelsberg. Außerdem sorgte all das für Ablenkung in Charlottes unruhigem Gedankenstrom.

Dieses Mal war sie nicht heimlich und überstürzt abgereist. Sie hatte mit Franziska und Matthias gesprochen. Auf viel Verständnis war sie dabei nicht gestoßen. Lediglich der Blick ihrer Tochter schien zu sagen: Du bist verletzt. Mach, was du denkst. Aber vergiss nicht, irgendwann musst du dich wieder zusammenreißen. Ihre Kinder hatten sie gebeten, darüber nachzudenken, was jetzt mit Friedrichs Testament geschehen solle. Charlotte hatte es versprochen. Sie wusste, dass sie allein die Entscheidung treffen musste.

Und sie hatte ihren Besuch auch in Dänemark angekündigt. Bente hatte geschrieben, dass sie tagsüber einige Termine hätte, aber die Abende frei wären. Troels würde sie in Empfang nehmen.

Charlotte betrachtete ein letztes Mal das inzwischen menschenleere Schlachtfeld, nahm Rollkoffer und Handtasche und stieg aus dem Zug. Auf dem Bahnsteig wehte ihr sofort ein kühler Wind entgegen. Charlotte erinnerte sich an die drei Aufenthalte in Kopenhagen mit Friedrich und ihre erste Reise nach Klampenborg, lange davor. Wind war hier immer, auch im dänischen Sommer. Sie knöpfte ihren Mantel zu und schaute zum wiederholten Mal auf ihr Ticket. Gleis 6, 16:42, Zug nach Nivå mit Halt in Klampenborg. Sie atmete tief durch.

Der leise surrende Vorortzug fuhr am Vesterport in einen Tunnel, nur um wenige Minuten später wieder ans Tageslicht zu kommen. Er passierte am Nordhafen die neuen Wohntürme und bahnte sich dann den Weg in Richtung Helsingør, begleitet vom stummen Kreischen der Möwen und dem schnellen Wechselspiel der Wolken. Am Öresund riss der Himmel schließlich auf und tauchte alles in mildes Licht: gepflegte Ascheplätze, auf denen Tennis gespielt wurde, kleine Wäldchen voller Buchen und Eichen und schließlich stolze Einfamilienhäuser, in deren Gärten der Dannebrog wehte. Charlotte nahm das alles wie durch Milchglas wahr. Sie fühlte sich gerade wieder wie die junge Frau, die diese Reise vor langer Zeit schon einmal unternommen hatte. Eine Reise, die ihre Welt damals durcheinandergewirbelt und ihr ganzes weiteres

Leben beeinflusst hatte. Es war alles wieder da. Die Bilder von damals, die Gefühle. Als wäre es gerade erst passiert und nicht vor fast fünfzig Jahren.

Die Ansage, die den Stopp in Klampenborg ankündigte, riss Charlotte aus den Gedanken. Nur mühsam fanden ihre Beine auf dem Bahnsteig Halt, der Koffer schien ihr aus den schweißnassen Händen zu gleiten.

Lass dir Zeit. Charlotte kam der Satz der Ärztin aus dem Altonaer Krankenhaus in den Sinn, unmittelbar nach Friedrichs Tod. Der Rat, den ihr auch ihre Mutter stets mit auf den Weg gegeben hatte und der sie auch diesmal wieder entspannte. Der bewirkte, dass sie Gedanken und Gefühle zumindest für einen Moment wieder unter Kontrolle bekam und sie auf das konzentrieren ließ, was gerade um sie herum geschah.

Langsam setzte Charlotte einen Fuß vor den nächsten und verließ den kleinen Bahnhof. Noch bevor sie es sah, wusste sie, dass das Meer nicht weit sein konnte. Die Möwen schienen es ihr entgegenzuschreien, dann roch sie es. Der Geschmack von Salz und Fisch strömte in ihre Nase, das Blut begann wieder durch ihren Körper zu fließen. Erleichtert bog um sie die Ecke und sah, wie die Sonnenstrahlen auf dem Wasser tanzten, als wären sie kleine Bälle. Sie ging den Bellevuevej hinunter, entlang an dem quadratischen Ensemble aus Apartment-Wohnungen, das der Architekt und Designer Arne Jacobsen vor beinahe hundert Jahren entworfen hatte. Wie übereinandergestellte weiße Schuhkartons, dachte sie. Kartons aus Glas und Beton. Hier im Sonnenschein verstand sie, was sie einmal über die strengen kubischen Kästen gelesen hatte: Weiße Stadt am Meer. Wobei sie solche Häuser eher an der marokkanischen Atlantikküste, in Tamaris oder Shirat, vermutet hätte.

Charlotte hatte Friedrich davon erzählt, als sie gemeinsam zur Eröffnung des von Jacobsen entworfenen Neubaus des Christianeums in Hamburg eingeladen waren. Friedrichs Schule, sein Stolz. Ihr Beitrag über die strengen und futuristisch anmutenden Häuser am Rande eines Strandbads im kleinen Dänemark war mit Desinteresse quittiert worden. Immerhin war Friedrich bereit, sich die Bauten anzuschauen, als sie Jahre später gemeinsam in Kopenhagen waren. Doch Charlotte täuschte eine Unpässlichkeit vor und allein wollte Friedrich die kurze Zugfahrt aus der Innenstadt nicht auf sich nehmen. Die Häuser am Bellevuevej gehörten also weiterhin ihr. Wie alles, was damals in Klampenborg geschehen war und von dem sie Friedrich nie erzählt hatte.

Ein älterer Mann in Bademantel und Sandalen überholte sie. Charlotte drehte sich verwundert um. Offenbar war er aus einer der Jacobsen-Wohnungen gekommen und wollte nun im Öresund schwimmen gehen. Sie sah, wie er die breite, kaum befahrene Straße überquerte und in einem kleinen Häuschen verschwand. Charlotte zögerte und entschied sich dann, nicht auf direktem Weg zum Haus der Frederiksens zu gehen. Die späte Nachmittagssonne lockte sie auf eine kleine Holzbank direkt am Wasser. Trotz des guten Wetters waren nur wenige Menschen am Strand. Ein paar schwammen im Meer, auch den älteren Mann im Bademantel, der sie am Strandvejen überholt hatte, sah sie jetzt wieder. Einige Jugendliche spielten johlend Beachvolleyball, zwei Segelboote zogen am Horizont vorbei, dahinter lag Schweden. Ganz still saß Charlotte da. Sie ließ den Wind mit ihren Haaren spielen und streckte der Sonne das Gesicht entgegen. Ob Mogens hier früher auch regelmäßig mit seinem Kajak unterwegs gewesen war, fragte sie sich. Es musste herrlich sein, so nah am Wasser aufzuwachsen. Hinter den Umkleidekabinen und einem kleinen Grünstreifen, der das Ende des Strandbades markierte, erkannte sie das Haus am Ufer sofort. Roter Backstein, zwei Schornsteine, ein Steg, der zum Wasser führte. Wie auf Bentes Aquarell in der Berliner Wohnung. Die wahre Größe des Grundstücks ließ sich von hier aus nur erahnen.

Sie strich sich durchs Haar und nahm ihren Koffer. Der kurze Ausflug ans Wasser hatte sie beruhigt.

—

»Endlich – da bist du ja.«
Troels zögerte einen Moment, als er die Tür öffnete. Dann nahm er Charlotte in den Arm
»Gut siehst du aus.« Er hielt inne. »Darf ich das überhaupt sagen? In deiner Situation? ... Mein Beileid.«
Charlotte nickte. Troels nahm ihr Mantel und Koffer ab.
»Komm mit.«
Charlotte folgte ihm durch das große Esszimmer auf die Terrasse. »Kaffee oder Tee? Oder doch lieber Wein?«
»Gerne Tee.«
»Kommt sofort. Setz dich doch. Bente lässt sich entschuldigen. Sie ist noch in Kopenhagen. Sie kommt etwas nachher ... später. Entschuldigung, mein Deutsch ist etwas zurück ...« Lachend zuckte er mit den Schultern.
Bevor Charlotte etwas sagen konnte, war Troels auch schon wieder verschwunden. Sie setzte sich in den breiten Holzstuhl und blickte auf einen offenbar schon länger nicht mehr gestutzten Rasen mit zwei prachtvoll blühenden Trompetenbäumen. Dahinter der in weiches Abendlicht getauchte Öresund. In der Ferne hörte sie Kinder lachen. Charlotte schloss die Augen.

»Lotte. Willkommen zurück.«

Bentes fröhliche Stimme durchbrach irgendwann die Stille. Strahlend nahm sie die Freundin in den Arm. Bente kam Charlotte knochiger, leichter vor als neulich in Hamburg.

»Sag mal, hat Troels dich hier vergessen? Du wolltest doch bestimmt etwas trinken, oder? Machen wir eine Flasche Champagner auf? Zur Feier des Tages?«

»Ich hatte eigentlich einen Tee bestellt.«

»*Nonsens*. Tee um sechs Uhr abends ... warte mal.«

Sie schüttelte den Kopf und verschwand. Charlotte hörte, wie Bente in einer wortgewaltigen Kaskade auf Dänisch und Deutsch offenbar ihren Bruder aufzog und seine gastfreundlichen Manieren infrage stellte. Offenbar war ihm der Anruf eines Klienten dazwischengekommen, außerdem sollte Charlotte erst mal in aller Ruhe die Aussicht genießen. Charlotte schmunzelte über die Wortfetzen, die an ihr Ohr drangen. Es klang leicht, verspielt, vertraut. Bente kam mit Champagner und Oliven zurück und stellte beides auf einen kleinen Holztisch. Sie selbst setzte sich neben Charlotte. »So, ich habe Troels in der Küche geparkt. Er macht jetzt das Abendessen. Schön, dass du da bist.«

Sie goss ein und reichte Charlotte das Glas. »Auf die Zukunft.«

»Wenn du meinst.«

»Na klar, kann doch alles nur besser werden.«

Eine Zeit lang schauten sie wortlos auf das Wasser und verfolgten, wie ein paar Jollen an ihnen vorbeisegelten. Irgendwann nahm Bente Charlottes Hand und hielt sie fest. Im ersten Moment war es Charlotte unangenehm, und sie überlegte, sie wieder wegzuziehen. Doch dann spürte sie, wie sehr die Wärme sie beruhigte.

Aus der Küche hörte Charlotte ein Piepen.

»Das wird der Schweinebraten sein.« Bente lachte und verdrehte die Augen.

»*Flaeskesteg om sommeren, Troels. Er du dumt?*«

Bente schüttelte den Kopf, als sie und Charlotte an dem hellgrauen Tisch im Speisezimmer Platz genommen hatten. Obwohl es draußen noch hell war, hatte Troels kleine Kerzen verteilt und angezündet.

»*Vente, skat.* Warte ab, meine Liebe. Nicht so voreilig.«

Troels holte unbeirrt nach und nach die Schalen mit Gemüse, Reis und Saucen aus der Küche, entkorkte eine Flasche Rotwein.

»Schweinebraten mit einem Twist«, verkündete er feierlich.

Charlotte ahnte, was es mit diesem Twist auf sich hatte: Der Duft von Koriander, Chili und Paprika zauberte ein Lächeln in ihr Gesicht. Troels stellte die letzten Platten mit gedünsteten Zuckerschoten, gebratener Papaya und krossem Fleisch ab und füllte die Teller.

»Nicht ganz so viel für mich, *bror*.« Bente schaute ihren Bruder an. Er nickte.

»Schön habt ihr es hier.« Charlotte blickte auf die lange Bücherwand aus braunem Holz, den angrenzenden Kamin aus rotem Backstein. Ein paar Holzscheite lagen in einem Korb. Alles wirkte so makellos, als ob hier niemand vor dem Kamin sitzen würde oder hier jemand sehr auf Ordnung und Sauberkeit bedacht war. Sie tippte auf Letzteres und vermutete, dass das vor allem Troels' Verdienst war.

»Viel Platz für zwei Personen, meinst du wohl«, lächelte Bente.

Charlotte dachte daran, wie gut es ihr in der geräumigen, aber überschaubaren Berliner Wohnung gefallen hatte, mit

Mogens – und allein. Ihr Haus in Hamburg kam ihr dagegen plötzlich viel zu groß vor, für ein oder zwei Personen. Einzig der gemeinsame Abend mit Gesine und Sabine war anders gewesen. Sie fragte sich, ob es am Essen lag, am Wein oder an der Schlagermusik, zu der sie alle drei getanzt hatten. Jedenfalls war Charlotte ihr Haus an diesem Abend kleiner vorgekommen. Kleiner und wärmer.

»Ja, für zwei alte Leute ist hier viel Platz.« Bente nickte und prostete Troels zu.

»Ich bin nicht alt«, erwiderte er lächelnd. »Das bist nur du.«

»*Gamle nar!*«

Charlotte überlegte. Bente war die älteste der vier Frederiksen-Kinder. Dann kamen Marten und Vibeke. Und schließlich, mit ein paar Jahren Abstand, Troels. »Mein kleiner Prinz«, so hatte Ingrid Frederiksen den Nachzügler immer voller Stolz genannt. Plötzlich sah Charlotte Ingrid wieder vor sich. In Hamburg. In einem hellblauen Kostüm und High Heels stand sie auf der Terrasse ihres Hauses in Blankenese, blickte auf die Elbe und fuhr Troels sanft durch die blonden Locken. Vierzehn oder fünfzehn Jahre alt musste er da gewesen sein. Kurz vor Ingrids Tod.

Charlotte lehnte sich zurück und ließ den Blick schweifen. Wie still ihr dieses Haus jetzt vorkam, ganz anders als damals. Troels schien ihre Gedanken zu erraten.

»Wenn die Kinder mal nach Hause kommen, zu Weihnachten oder so. Dann sollen sie ja auch alle ein Zimmer haben.«

»*Nå*, Troels, letztes Mal waren Mogens und seine Freundin da. Und davor haben wir viele Jahre allein unterm Baum gesessen.«

Charlotte sah, wie traurig Troels plötzlich wurde.

»Habt ihr noch ein Glas Wein für mich?«
»Was ist mit dir, Bente? Möchtest du auch noch?«
Bente schüttelte den Kopf. Die beiden wechselten einen Blick, dann ging Troels zurück in die Küche.
»Er hofft halt immer noch, dass alles wieder so wird, wie es einmal war. Dass Lise zurückkommt, dass Pernille die Kanzlei übernimmt, dass Mogens in Kopenhagen studiert, dass Thure noch lebt ... *Gamle nar.*« Sie seufzte. »Stattdessen sitzt er hier mit mir allein in diesem riesigen Haus. Mit seiner alten, verrückten, traurigen Schwester.«

Troels kam mit einer Flasche Wein zurück und schenkte Charlotte ein. »*Så, nu.* Wie geht es dir?«

»Wenn ihr bis morgen Zeit habt ...« Lächelnd schaute sie Bente und Troels an und begann zu erzählen. Zunächst zögernd, die Worte genau abwägend, unsicher, ob es auch die richtigen waren. Doch irgendwann spielte das keine Rolle mehr. Plötzlich öffneten sich Türen, hinter denen sich bislang Ungesagtes versteckt hatte. Plötzlich fand sie Worte für all das. In einem Haus, in dem sie erst das zweite Mal war. Bei Menschen, die sie fast fünfzig Jahre nicht mehr gesehen hatte. Die doch eigentlich Fremde für sie waren. Oder Freunde aus einem anderen Leben.

Irgendwann erleuchtete ein Feuerwerk auf der anderen Seite des Öresunds den Abendhimmel. Irgendwann nahmen sich die drei Kissen und Plaids und setzten sich auf die Terrasse. Irgendwann holte Troels die nächste Flasche Rotwein. Irgendwann wünschte er Charlotte und Bente eine gute Nacht und gab beiden einen Kuss auf die Wange.

—

Johannes las die SMS noch einmal durch. Freundlich, direkt, aber ohne Anzüglichkeiten. Er war sich nicht sicher, ob er das Richtige tat. Sollte er die Nachricht lieber löschen und das Ganze vergessen? Doch dann schickte er sie ab. Er legte sein altes Handy zurück in den Schreibtisch. Jetzt war er froh darüber, dass er es vor fünf Jahren nicht verschenkt oder verkauft hatte. Er nahm die Verpackung der SIM-Karte und warf sie in den Papierkorb.

—

»Danke für den schönen Abend.«

Charlotte schaut Bente an, nachdem sie die Weingläser in die Küche gebracht und die Lichter gelöscht hatten. Im ersten Stockwerk hatte sich Bente eine eigene kleine Wohnung eingerichtet. Ihr Schlafzimmer hatte sie Charlotte überlassen, sie selbst zog in eines der Zimmer, die Troels für seine Kinder bereithielt.

»Danke für dein Vertrauen, Lotte.«

»Es tut mir leid, wenn ich euch mit meinen Geschichten gelangweilt habe.«

Bente schüttelte den Kopf. Sie zog Charlotte zu sich heran und küsste sie auf den Mund.

»Nein, Bente«, flüsterte Charlotte.

»Wir sehen uns morgen. *Godnat, Skat.*«

TAG 36

»*Godmorgen*, Charlotte.«

Leise drangen Troels' Worte an ihr Ohr. Für einen Moment fragte sie sich, wo sie gerade war, in wessen Bett sie erwachte. Dann fiel es ihr wieder ein: die Ankunft in Klampenborg, das Strandbad, das Essen, der Wein, Bentes Kuss. Sie öffnete die Augen.

»Wie spät ist es?«

Noch ehe Troels antworten konnte, schaute Charlotte auf den Wecker neben ihrem Bett.

»Oh Gott, ich muss ...«

Troels unterbrach sie. »Unten wartet noch ein bisschen Frühstück auf dich. Und Gesellschaft.« Charlotte schaute ihn verwundert an. Troels grinste. »Meine Gesellschaft. Aber nur bis halb zwölf. Dann habe ich noch einen Termin in Lyngby.«

»Ich komme gleich.«

Zwanzig Minuten später saß Charlotte in der Küche bei Troels und frisch aufgebrühtem Tee. »Wo ist Bente?«, fragte sie.

»Sie ist wieder in Kopenhagen«, antwortete er knapp.

»Und wann kommt sie zurück?«

»Erst am späten Nachmittag.«

Troels holte Luft, als wollte er seiner spärlichen Information noch eine ausführliche Erklärung hinzufügen. »Ich soll dir aber von Bente sagen, dass sie sich auf heute Abend freut. Und wenn du jetzt nichts vorhast, empfiehlt sie dir das Karen-Blixen-Museum.«

»Natürlich ...« Der merkwürdige Traum von der zerrissenen Perlenkette fiel ihr ein. Als Lehrerin hatte sie versucht, ihre Schüler für Tania Blixen zu begeistern. Das war kurz nachdem »Jenseits von Afrika« in den Kinos gelaufen war und jeder eine Farm in Afrika haben wollte. Auch ihre Schüler, einige von ihnen zumindest. Die fantasievollen Geschichten wollten sie auf alle Fälle nicht. Charlotte hatte es bei dem einen Versuch belassen.

»Bente hatte mir damals ein Buch mit Geschichten von Tania Blixen geschenkt.«

»Ach, stimmt, bei euch heißt sie ja Tania Blixen. Sie hatte so viele Namen, typisch ... Bente liebt sie. Ihre Bücher, ihr Leben, sogar ihre extravaganten Kleider.« Charlotte sah, wie Troels gedankenverloren ein paar Brotkrümel zusammenschob, dann richtete er seinen Blick wieder auf sie. »Es ist nicht weit von hier. Du nimmst den Zug bis Rungsted Kyst. Das sind nur zehn Minuten oder so. Und dann folgst du einfach den Schildern.« Er machte eine Pause. »Und wenn du ein bisschen mutig bist, dann nimmst du den Weg durch den Wald. Er hat tatsächlich etwas Magisches.«

Fast hätte Charlotte die Abbiegung verpasst, so versteckt wies das Schild an der Hauptstraße auf den Waldweg zum Museum hin. Sie lief durch unebenes Gelände, vorbei an grünen Wiesen, auf denen Pferde oder Kühe standen, die sich von der Spaziergängerin nicht beeindrucken ließen. Immer wieder gab der Waldweg weite Blicke frei. Charlotte genoss die ins Wechselspiel von Sonne und Wolken getauchte Landschaft: Grüne Wiesen wechselten mit kleinen Wäldchen und lang gezogenen

Feldern. Wie damals an Sonntagen, auf den Spaziergängen ihrer Kindheit. Herrlich reizarm, hatte ihr Vater gerufen und es als Auszeichnung gemeint. Genauso ging es Charlotte gerade. Freundlich nickte sie den vereinzelten Spaziergängern zu, die offenbar auf dem Rückweg vom Museum waren, und stand plötzlich vor einer großen, schlichten Grabplatte aus grauem Marmor. Hier lagen also Karen Blixens Überreste, beschützt von einer riesigen Buche.

Charlotte hielt einen Moment inne. Ihr schien es, als würde der große Baum das Grab von der Sonne schützen oder, auch das hielt sie für möglich, vor den Strahlen abschirmen, sie aussperren. Denn das Licht war hier ein anderes als in Kenia. Dort, wo Karen Blixen fast zwanzig Jahre ihres Lebens verbracht hatte.

Der Weg führte sie langsam aus dem Wald und gab den Blick frei auf eine imposante Parkanlage. Wildrosen und Anemonen blühten auf den säuberlich angelegten und farbig leuchtenden Blumenbeeten. Gegenüber führte eine kleine weiße Brücke über einen Teich. Im Hintergrund Rungstedlund, das Geburtshaus von Karen Blixen. Dort war sie auch gestorben. Kein prunkvolles Anwesen, vielmehr ein schlichter, zweistöckiger, geweißter Bau. Bevor Charlotte eintrat, verharrte sie noch einen Moment im Garten neben einem Strauch Eisenkraut voller blasslila Blüten.

Erst gestern hatte Charlotte, zum zweiten Mal überhaupt, Bentes Elternhaus in Klampenborg betreten. Dorthin war sie offenbar immer wieder zurückgekehrt im Laufe ihres Lebens. Warum, das wusste Charlotte nicht. Vielleicht, weil dieser Ort am Öresund ein Anker, ein sicherer Hafen war, in einem Leben, das Bente durch die ganze Welt geführt hatte. Was konnten einem Orte über einen anderen Menschen verraten? Charlotte dachte an die Wohnung am Savignyplatz, daran, wie sie allein darin herumgewandert war. Hatte sie dort mehr über Bente erfahren? Die Bente, die sie nicht mehr kannte?

Ihr Blick wanderte über die schlichte weiße Fassade, die braun gerahmten Fenster, das rote Dach. Was konnte ihr dieses Gebäude, ein Museum, das ehemalige Heim eines völlig anderen Menschen, über Bente sagen?

Charlotte öffnete ihren Mantel, als sie eintrat, und ließ sich treiben. Sie bewunderte das weiße Kopenhagener Porzellan im Esszimmer, die messingbeschlagenen Töpfe in der Küche und war überrascht, als sie das Schlafzimmer im ersten Stock betrat: ein schmaler Raum mit ebensolchem Bett, angrenzend ein im Gegensatz dazu sehr großes Bad. Charlotte musste schmunzeln.

Mut, Humor und Liebe. Für Blixen war das die Essenz ihres Lebens. Zumindest prangten diese drei Worte auf T-Shirts, Fußmatten und Kugelschreibern in dem kleinen Museumsshop. Später saß Charlotte noch eine Weile vor dem Museum auf einer schmalen Holzbank und betrachtete den kleinen Hafen von Rungsted Kyst. Plötzlich war ihr, als sei der Ort in eine warme Stille getaucht. Die dort festgemachten Boote schwebten auf der spiegelglatten Oberfläche, und selbst die Möwen glitten lautlos über das Wasser. Charlotte ahnte in diesem Moment, was Bente an der Frau, die einst in dem Haus hier gelebt hatte, so bewunderte.

—

Johannes saß an seiner Predigt für den kommenden Sonntag. Er sprang für Pastorin Detering ein und dachte über ein passendes Thema nach. In seiner Schreibtischschublade vibrierte es. Das alte Handy! Sie hatte tatsächlich geschrieben. Freundlich und direkt. Sie wollte vor ihrer Begegnung gerne wissen, wie er sich das Treffen genau vorstellte. Außerdem benötigte sie die genaue Adresse. Johannes las die SMS noch zweimal. Ihre Forderungen stellten ihn vor ein paar Probleme. Noch konnte er die ganze Sache absagen oder sich einfach nicht mehr melden. Er legte das Telefon zurück in seinen Schreibtisch.

—

»Darf ich mitkommen?« Charlotte zuckte zusammen, als sie Bentes Stimme hörte. Sie schaute sich gerade das Kajak an, das etwas verloren an einem der beiden Trompetenbäume lehnte. Ein Doppelsitzer, ganz in Schwarz.

Nach ihrem Ausflug ins Museum hatte sie mit Troels auf der Terrasse gesessen und das Boot entdeckt.

»Da sitzen eigentlich nur Mogens und seine Freundin drin, wenn sie mal hier sind.« Troels schien sich fast dafür zu entschuldigen.

»Nichts für dich?«

Er schüttelte den Kopf. »Ich bin keine Wasserratte. Und in so eine Streichholzschachtel setze ich mich schon gar nicht. *Aldrig*. Niemals.« Troels ging zurück ins Haus. Er musste für einen beruflichen Termin nach Malmö und wollte anschließend bei einem Freund übernachten.

»Wo sind die Paddel?«

»Warte, ich schaue mal.« Bente ging in den hellblau gestrichenen Holzschuppen und kam mit zwei schwarzen Stangen zurück.

»Kann losgehen.« Charlotte betrachtete Bente, wie sie in ihrer beigefarbenen Bluse und dem dunkelbraunen Rock vor ihr stand.

»Auch wenn mich deine Zuversicht ehrt ...«, sagte sie kopfschüttend, »zieh dir bitte etwas ... weniger Festliches an.« Charlotte war froh, so gut im Training zu sein. Die Strömung hier auf dem Öresund war eine ganz andere als auf der Alster. Immer wieder musste sie gegensteuern, um nicht zu weit von der Küste abzudriften. Bente saß vor ihr. Nach ein paar Metern hatte Charlotte sie gebeten, ihr Ruder möglichst nicht zu benutzen und ihr das Navigieren zu überlassen. Bente war offensichtlich nicht besonders unglücklich über die Anweisung und hatte das Paddel sofort ins Kajak gelegt. Jetzt genoss sie die Abendsonne.

»Wie lange ging das denn zwischen Friedrich und Gesine?« Bentes Frage von vorne erreichte Charlotte wie eine überraschende Böe.

»Keine Ahnung.« Sie kämpfte gerade mit den Bugwellen eines Motorbootes.

»Hast du sie nicht gefragt?«

»Nein.«

»Interessiert es dich nicht?«

»Ändert das etwas?«

Charlotte sah, wie Bente Uhr und Armreif abnahm, ins Kajak legte und ihre rechte Hand ins Wasser tauchte. Eine Zeit lang glitten sie so über den Öresund. Auf dem *Strandvej* am Ufer kamen die Autos im Feierabendverkehr nur langsam in Richtung Norden voran. Ein weiteres Motorboot schoss an ihnen vorbei, aber diesmal war Charlotte vorbereitet und ließ sich von den Wellen Richtung Strand schieben. Sie zog das Paddel aus dem Wasser und schloss die Augen. Dieser Moment. Hier. Auf dem Wasser. Mit Bente. Charlotte fühlte, wie eine ungewohnte Wärme ihren Körper flutete.

Als sie ihre Augen wieder öffnete, sah sie, dass Bente sich

umgedreht hatte und sie anlächelte. Offenbar schon länger, vermutete Charlotte. Sie lehnte sich nach vorne, zog Bente zu sich heran und gab ihr einen Kuss. Und dann noch einen. Sie war überrascht, wie leicht ihr es fiel. Und wie schön es war, Bentes Lippen zu spüren. Dann löste sich Charlotte, und Bente drehte sich wieder um. Sie nahm das Paddel in die Hand.

»Fahren wir nach Hause?«

Bente nickte.

—

Charlotte nahm noch eine Olive aus dem kleinen getöpferten Schälchen. Mit dem Rest Öl beträufelte sie eine Scheibe Brot und hielt Bente beides an den Mund. So hatten sie es bereits den ganzen Abend gemacht. Bente hatte nach zwei Bissen Matjes verkündet, nichts mehr von dem frischen Fisch, der geräucherten Salami und den kleinen Pasteten essen zu wollen. Sie sei satt, das Mittagessen in Kopenhagen liege ihr noch im Magen. Doch dann schmierte Charlotte ein Stückchen Brot mit Butter und streute ein paar Salzflocken darüber, sah Bentes Lächeln und ließ sie probieren. Bente biss kräftig hinein. Mit dem Lachs und der Wurst machte sie es genauso.

»Du musst wirklich mehr essen.« Charlotte streichelte über Bentes dünnen Arm.

»*Ja, Mor.*«

Bente schenkte beiden noch ein Glas Weißwein ein.

»Warum hast du dich damals nicht mehr bei mir gemeldet?«

Charlotte stellte ihr Glas ab. »Wann damals?«

»Nach Klampenborg.«

»Ich weiß es nicht, es ist so lange her.«

»Du weißt es ganz genau, Lotte!« Bente schüttelte den Kopf. »Ich hatte Pläne und Ideen für uns. Es stand alles in dem Brief. Und du hast dich einfach nicht mehr gemeldet.«

»Welcher Brief?«

»Ach Lotte ...«

»Welcher Brief, Bente?«

Bente ging ins Haus und ließ Charlotte auf der Terrasse zurück.

Sie konnte sich an keinen Brief erinnern. Nach den romantischen und verstörenden Tagen in Klampenborg war sie nach Hamburg zurückgekehrt und wusste nicht mehr, was sie machen sollte. Sie schlief schlecht, war gereizt. Unzufrieden mit der Welt und vor allem mit sich selbst. Friedrich merkte, dass etwas anders war. Aber er sagte nichts. Er ließ sie in Ruhe. Sie stürzte sich in ihre Studien. Wenn sie nicht an der Universität war oder zu Hause lernte, saß sie in ihrem Kajak. Sie nahm an Wettkämpfen teil, die sie gewann. Sie wurde gefragt, ob sie es nicht auch einmal mit Rudern ausprobieren wollte. Irgendwann wartete jemand aus Augsburg vor ihrem Clubhaus und wollte, dass sie an den Olympiastützpunkt nach Bayern wechselte. Auch davon erzählte sie Friedrich nichts.

An einem Samstagnachmittag war Charlotte gemeinsam mit Sabine nach Altenwerder gefahren. Ihre Freundin wollte das Grab der Eltern neu bepflanzen und hatte sie gefragt, ob sie sie begleiten wolle. Charlotte war dankbar für die Ablenkung, Sabine war bereits mit dem zweiten Kind schwanger und freute sich über die Unterstützung.

»Bist du eigentlich glücklich?«, hatte Charlotte gefragt und ihr das Heidekraut gereicht. Sabine hatte mit ihren Gummihandschuhen die Erde festgeklopft und sich dann zu Charlotte umgedreht, die gerade dabei war, die Scheinbeeren einzupflanzen. »Ich weiß es nicht, Charlotte. Ich habe alles, was ich immer wollte«, sie strich sich lächelnd über den Bauch, »aber ich weiß es nicht.«

Am nächsten Tag hatte Charlotte Friedrich am Frühstückstisch mitgeteilt, dass sie gerne seinen Heiratsantrag annehmen würde, wenn er noch gelte. Friedrich strahlte und holte eine Flasche Champagner aus dem Kühlschrank. Charlotte hatte ihren Nachttisch ausgeräumt, überlegt, ob sie das Buch mit den Blixen-Erzählungen und den Stadtplan von Kopenhagen wegwerfen sollte, sich schließlich dagegen entschieden und beides in eine kleine Kiste gelegt, die noch am selben Nachmittag im Kleiderschrank verschwand.

Charlotte brachte die Schalen, Teller und Gläser in die Küche. Sie warf noch einmal einen Blick in den Garten. Das Kajak, das sie nach dem Ausflug am frühen Abend wieder gegen das Holzhaus gelehnt hatte, würde sicher längst wieder trocken sein. Dann ging sie nach oben. Sie klopfte leise an Bentes Zimmertür. Ohne eine Antwort abzuwarten, ging sie hinein.

TAG 37

»Gesine.« Es war eine sanfte Stimme, die da zu ihr sprach. Leise und warm. Von Weitem sah sie eine Gestalt mit langem blonden Haar langsam auf sie zukommen. »Gesine.« Jetzt sah sie, dass diese fremde Person sie anlächelte, milde, nachsichtig. So wie es früher ihre Mutter getan hatte, wenn Gesine wieder einmal etwas angestellt hatte. »Gesine.« Jetzt stand die Frau direkt vor ihr, streichelte ihre Wange und reichte ihr die Hand. »Kommst du?«, fragte die Stimme.

»Ja, ich komme, Mama. Ich komme ...«

»Du musst aufstehen. Komm.« Tanja Salden berührte Gesines Schulter. Sie kickte die Flaschen aus dem Weg, die rund um das Besuchersofa verstreut herumlagen. »Gesine, los jetzt.«

»Was ... ist denn los?« Gesine schluckte. Mit müden Augen verfolgte sie die Bewegungen ihrer Assistentin.

»Komm, jetzt mach mal«, sagte Tanja, während sie begann, die Spuren der letzten Nacht zu beseitigen. »In einer Viertelstunde kommen Peter und Fred ...« Sie öffnete die Fenster und die schmale Tür, die auf einen kleinen Balkon führte. Das Hupkonzert einiger Autos unten auf der Straße mischte sich mit dem Gurren zweier Tauben, die auf der Balkonbrüstung saßen. Kurz fühlten sie sich durch Tanja gestört und flogen weg, dann kehrten sie an ihren Platz zurück.

»Du bist ja gar nicht blond …« Gesine kniff die Augen zusammen und fixierte ihre Mitarbeiterin.

Tanja schüttete den Kopf. »Ich bin ja auch nicht deine Mutter. Steh jetzt auf, Gesine.«

Gesine starrte sie an. Die Gedanken schwirrten durch ihren Kopf. Irgendwann begannen ihre Lippen sich zu bewegen. Mühevoll formten sie Laute zu Buchstaben zu Wörtern: »Wer bist du dann?«

—

Noch bevor Charlotte die Augen aufschlug, hörte sie das Kreischen der Möwen, die längst ihren Tag über dem Öresund begonnen hatten. Charlottes rechte Hand suchte tastend nach Bentes Körper. Sie öffnete die Augen. Der Platz neben ihr im Bett war leer. Die Sonne schien bereits durch die sandfarbenen Vorhänge. Charlotte stand auf. Sie erschrak, als sie an sich herunterschaute. Natürlich kannte sie ihren Körper. Aber wie lange hatte sie ihn schon nicht mehr nackt außerhalb des Badezimmers gesehen? Sie fuhr mit den Handflächen über Brust und Bauch. »Welke Haut, altes Fleisch«, sagte sie leise zu sich. Und lächelte. Denn Haut und Fleisch waren für eine andere Person vergangene Nacht noch anziehend genug gewesen. Mehr als das. Sie schloss die Augen. Plötzlich war es wieder dunkel, und Charlotte spürte, wie Bentes Hände ihren Körper erkundeten und ihr eigener Mund auf Wanderschaft ging. Sie öffnete die Augen und versuchte, die Bilder von ihrer Netzhaut zu löschen. Sie waren ihr peinlich. Gleichzeitig durchströmte eine Wärme ihren Körper wie schon lange nicht mehr. Sie war gleichermaßen beschämt und beseelt. Sie ging in das angrenzende Badezimmer und betrachtete sich im Spiegel.

Zunächst hielt sie ihren Blick kaum aus und schloss schnell wieder die Augen. Doch dann gewöhnte sie sich an das, was sie da sah. Mehr noch, sie freute sich darüber: eine einundsiebzigjährige Frau mit rosigem Körper und strahlendem Blick.

»Machst du bitte die Tür auf?«, hörte sie Bente draußen im Flur.

Sie empfing Charlotte mit einem voll beladenen Tablett.

»*Morgenmad til den smukkeste pige.* Sie hatten Frühstück bestellt.«

Charlotte griff nach einem Morgenmantel, der in Bentes Badezimmer hing, und schlüpfte zurück ins Bett.

So verbrachten sie den Tag. Am Nachmittag steckte Troels den Kopf durch die Tür und teilte ihnen mit, dass er einen Tisch im *Røde Cottage* reserviert habe. Drei Personen, halb sieben.

—

Regungslos starrte Gesine aus dem Autofenster. Mühsam hatte sie während der Fahrt versucht, sich an die vergangene Nacht zu erinnern. Doch sosehr sie sich auch bemühte, immer wieder blieben ihre Gedanken irgendwo hängen, verhakten sich mit anderen Erinnerungen. Irgendwann, nachdem Tanja die Autobahn verlassen hatte, gab sie auf.

»Wo sind wir?«

»Am Schalsee.«

»Ah.«

Tanja parkte vor einer kleinen Villa und half Gesine aus dem Rücksitz. Untergehakt erreichten sie die Tür.

Ein Hamburger Gönner hatte der Kulturstiftung vor einigen Jahren das weiße Haus aus der Gründerzeit in der Nähe des Seedorfer Schlosses vermacht. Liebevoll hatten sie es umgestaltet: Im Erdgeschoss gab es einen Tagungssaal, im ersten Stock eine kleine Wohnung, die man Stipendiaten zur Verfügung stellte. Momentan war dort niemand untergebracht.

Im Haus hatte sich die warme Luft der vergangenen Wochen gesammelt. Von dem kleinen Ledersofa im Eingangsbereich aus sah Gesine, wie Tanja die Fenster aufriss. Sie hatte Durst und wollte sich ein Glas Wasser holen, schaffte es aber kaum, aufzustehen.

»Lass nur.« Tanja eilte in die Küche, drückte Gesine das Glas in die Hand. »Ich mache mal oben klar Schiff.«

Bald sah Gesine, wie sich vor der Tür im ersten Stock Laken und Handtücher türmten. Offenbar bezog ihre Assistentin das Bett und räumte im Bad auf. Dann holte sie eine Einkaufstasche voller Lebensmittel zurück. Sie hob sie leicht an, mit mahnendem Blick zu Gesine.

»Kein Alkohol, Gesine.«

»Jawohl, Fräulein Rottenmeier.«

Gesine sah, wie Tanja stutzte, aber schließlich darauf verzichtete, nachzufragen. Gesine erinnerte sich vage an kalte Sonntagnachmittage, als Friedrich und Charlotte ihre Kinder mal wieder bei ihren Eltern abgegeben hatten, weil sie auch am Wochenende arbeiten mussten. Manchmal war auch Gesine vorbeigekommen und sie hatten gemeinsam »Heidi« geschaut. Vor Fräulein Rottenmeier mit dem Dutt, der großen Nase und den langen dürren Fingern hatten Matthias und Franziska immer etwas Angst gehabt. Wenn die beiden sie nervten, hatte Gesine die langen Haare verknotet, ihr Gesicht verzogen und böse geschaut. Dann war meistens Ruhe.

»Schaffst du das hier allein?«

Gesine stand endlich vor dem kleinen Besuchersofa auf,

nickte und fiel Tanja in die Arme. »Danke«, flüsterte sie, so als dürfe sie niemand hören.

»Morgen kommt Johannes und bringt noch mehr Kleidung vorbei.«

Gesines Blick flackerte. Sie hielt es für ausgeschlossen, dass Tanja van Kamp und Meissner Bescheid gesagt hatte. Aber auch Bernhard sollte sie in diesem Zustand nicht sehen. Sie winkte Tanja hinterher und stand noch lange gedankenverloren auf dem sandigen Vorplatz in der Sonne. Sie war froh, endlich allein zu sein. Und hatte gleichzeitig Angst vor der nächsten Nacht.

—

Troels strahlte, als er mit Bente und Charlotte das Restaurant betrat. Beide trugen knielange Sommerkleider, Charlotte in einem fließenden Hellrot, Bentes in strengem Schwarz-Weiß. Der Ober fiel Troels zur Begrüßung in die Arme.

»*Nå, Troels, din gamle Don Juan.* Gleich zwei schöne Frauen, du alter Schwerenöter!«

Er gab Charlotte die Hand, Bente begrüßte er mit zwei Wangenküssen.

»*Nu bare ikke misundelig, Ebbe.* Nur kein Neid.« Bente grinste ihn an.

Die Vorspeise mit Smørrebrød-Variationen wurde gerade abgeräumt. Troels fiel auf, wie Bente und Charlotte keine Gelegenheit ausließen, sich zu berühren. Als Bente Charlotte eine Scheibe Brot herüberreichte, streichelte sie kurz über ihre Finger; als Charlotte aufstand, um sich auf der Toilette frisch zu machen, berührte sie wie selbstverständlich Bentes Rücken. Troels freute sich, seine Schwester nach langer Zeit endlich wieder so glücklich zu sehen. Bevor der Nachtisch serviert wurde, stand er auf und bestellte bei Ebbe an der Bar einen Whiskey.

»Deine Schwester sieht ja fantastisch aus. Geht es ihr wieder besser?«

Troels nickte abwesend. Gemeinsam beobachteten sie die beiden Frauen, die ganz in sich versunken lachten, erzählten, schwiegen. Als gäbe es niemand sonst heute Abend, nur sie.

TAG 38

Johannes' altes Handy piepte. Sie sagte den Termin mit ihm ab. Leider und mit großem Bedauern sei ihr etwas dazwischengekommen. Sie hoffe, er könne das verstehen. Johannes lächelte, er verstand.

—

Auf der Fahrt zum Schalsee sprachen sie kaum ein Wort miteinander. Sabine hatte zunächst gezögert, als Johannes sie gefragt hatte, ihn zu begleiten. Aber nachdem er ihr kurz von seinem Gespräch mit Tanja Salden erzählt hatte, war sie einverstanden gewesen. Sie waren zunächst ins Hotel gefahren, hatten die Rechnung beglichen und das Zimmer ausgeräumt. Zwei Koffer mit Gesines Kleidungsstücken, ein paar Büchern und ihrem Computer lagen jetzt hinten im Kofferraum.

Gesine stand vor dem Haus und telefonierte, als sie eintrafen. Sie winkte ihnen zu und ging in den angrenzenden Garten, um das Gespräch zu beenden. Offenbar freute sie sich, die beiden zu sehen. Bei der herzlichen Umarmung merkte Sabine, dass Gesine nach Schweiß roch. Sie wunderte sich darüber, denn zumindest während der kurzen Zeit ihres Zusammenlebens in Charlottes großem Haus hatte sie eine solche Nachlässigkeit bei ihr nie festgestellt.

»Gehen wir spazieren?«, fragte Gesine.

»Lass uns erst mal einen Kaffee trinken und etwas Hunger habe ich auch. Die Fahrt war anstrengend«, log Sabine. Sie wechselte einen kurzen Blick mit Johannes. Er nickte.

»Mach du dich in Ruhe fertig. Sabine und ich kümmern uns um ein kleines Mittagessen.«

Gesine hielt inne, strich sich durch das Haar und verzog ihr Gesicht. Sabine lächelte freundlich, nahm die Koffer, die sie aus Hamburg mitgebracht hatten, und brachte sie nach oben in die kleine Gästewohnung.

—

Troels war schon nicht mehr im Haus, so lange hatten sie geschlafen. Auf der Terrasse tranken sie einen Kaffee in der Mittagssonne. Während Bente Vorschläge für den weiteren Verlauf des Tages machte und einen Besuch der neuen Oper und des Schauspielhauses am Nyhavn in Betracht zog, hatte Charlotte immer wieder an die vergangene Nacht gedacht. An die Küsse und Berührungen, die ihr schon fast vertraut erschienen. Und die Lust, die sie dabei gespürt hatte und die immer größer wurde. Sie hatte Bentes Körper über Stunden erkundet. Zunächst analytisch wie eine Wissenschaftlerin, die dem Objekt neugierig, aber auch etwas unsicher gegenübertritt. Irgendwann hatte sie dann alle Zurückhaltung aufgegeben, glücklich, nach Jahren etwas entdeckt zu haben, von dem man lediglich ahnen konnte, dass es da war. Ein Rauschen durchströmte ihren Körper, auch jetzt wieder auf der Terrasse, Stunden später. Ein Rauschen, das die Schwerkraft ihres Körpers außer Kraft zu setzen schien. Charlotte musste an ihren Besuch in Berlin denken. Als sie sich nach ihrem Ausflug auf den Teufelsberg so leicht gefühlt hatte wie Mary Poppins und ihr nur der Schirm zum Fliegen fehlte. Jetzt hier in Klampenborg, nach der letzten Nacht, fühlte sie sich so, als bräuchte sie nicht einmal den.

»Und dann noch in den Tivoli.« Bente hatte gestrahlt, Charlotte einen Kuss gegeben und war zurück ins Haus gegangen.

—

Bente hatte sich vor dem Eisstand im Tivoli in eine Schlange eingereiht, die Charlotte absurd lang vorkam. So als hätte die dänische Regierung verkündet, die Produktion von Softeis aus Gründen der nationalen Sicherheit künftig einzustellen. Charlotte hatte sich derweil auf einer der Bänke in der Nähe niedergelassen. Bentes graue Haare glänzten, wenn sie sich lächelnd und winkend zu Charlotte umdrehte. Aber in dem kurzen Moment, wenn sie sich wieder nach vorne wandte, sah Charlotte ein verändertes Gesicht: nachdenklich, in sich gekehrt und plötzlich um Jahre gealtert.

Als Bente schließlich mit dem Eis zurückkehrte, setzten sie Händchen haltend ihren Spaziergang durch den alten Kopenhagener Vergnügungspark fort. Charlotte schob Bente in einen kleinen Fotoautomaten. Sie rutschten auf dem schmalen, runden Schemel hin und her, bis Charlotte Bente schließlich auf ihren Schoß zog und die Arme um sie schlang.

»Schöner wird's nicht, hat mein Vater in solchen Momenten immer gesagt.« Charlotte strich ihr eine Strähne aus dem Gesicht.

»Henner. So hat deine Mutter ihn doch immer genannt, oder?« Bente drückte auf den Auslöser. Charlotte dachte an ihre Eltern. An die vielen kleinen Gesten, die dem anderen immerfort signalisierten: Ich bin hier, mach dir keine Sorgen. Der Blitz der Kamera traf sie unvorbereitet.

»Niemals setze ich mich da rein«, protestierte Charlotte, als sie beide vor dem *Himmelskibet* standen. Mit einem Kettenkarussell, wie Bente den achtzig Meter hohen Turm genannt hatte, hatte das Himmelsschiff rein gar nichts zu tun.

»*Kom nu, din bangebuks.*« Bente zog sie am Arm. Charlotte merkte, dass auch ihre Freundin nicht ganz so entspannt war, wie sie tat. Ein nervöses Flackern in den Augen verriet sie.

Dann wurden sie langsam in die Luft gezogen. Ihre kleinen Sessel begannen sich zu drehen. Sie blickten auf den Bahnhof und das Rathaus. Charlotte krallte sich an den Ketten fest und versuchte, die Aussicht zumindest ein wenig zu genießen, während sich das Himmelsschiff weiter in die Höhe schraubte.

»Schau, Lotte, da hinten liegt Klampenborg«. Als sich ihre Sessel fast berührten, deutete Bente auf ein blaues Nichts in der Ferne. Charlotte entspannte sich, sah auf die Industrieanlagen am Nordhafen und die Neubaugebiete im Süden der Stadt.

»Ich sterbe, Lotte«, schrie Bente in die kalte Luft.

»*Bangebuks*«, rief ihr Charlotte lachend zu und entdeckte die Öresundbrücke. Sie meinte sogar die Autos erkennen zu können, die sich zwischen Dänemark und Schweden hin und her bewegten. Das Karussell verlangsamte die Fahrt, das Himmelsschiff suchte wieder Bodenkontakt. Als sich Charlotte ihrer Freundin das nächste Mal näherte, sah sie, dass Bente weinte. Ihre grauen Haare klebten an den Wangen.

—

»Was soll ich eurer Meinung nach tun?« Gesine hängte ihren Mantel an die Garderobe des Gästehauses und wandte sich zu Sabine und Johannes um. Beide schwiegen. Sie hatten während des Spaziergangs lange über Friedrichs Testament gesprochen. Johannes war hin- und hergerissen. Er war erschüttert darüber gewesen, wie Friedrich seine Frau hintergangen hatte, spürte aber, nachdem er den beigefügten Brief gelesen hatte, wie wenig er über die Ehe der beiden wirklich wusste. Und Franziska und Matthias ging es offenbar nicht anders, und sie bedrängten deshalb ihre Mutter, sich Friedrichs letztem Willen nicht zu beugen.

»Sie sind verletzt und enttäuscht. Ihr Vater hat sie mit keinem Wort in seinem Testament erwähnt.«

»Sie sind erwachsen.«

»Da merkt man, dass du keine Kinder hast.«

»Sagt der Richtige.«

»Kinder bleiben Kinder. Und Eltern bleiben Eltern. Ich fürchte, so einfach ist das. Und so schwierig.« Beide sahen Sabine an. Sie hatte Johannes einmal anvertraut, wie sehr sie darunter litt, keinen Kontakt mehr zu ihrem einzigen noch lebenden Kind zu haben. Beate hatte die größtmögliche Distanz zu ihrer Mutter gewählt. Und Sabine konnte nichts dagegen tun. Die seltenen Tage, an denen Post von der australischen Südküste kam, waren eigentlich die schlimmsten. Eine freundliche Geste mit toxischer Wirkung. Sabine hatte große Angst, Beate vielleicht nie wiederzusehen. Und noch größere, dass es doch dazu kam.

»Habt ihr etwas von Charlotte gehört?«, fragte Gesine, während sie sich auf der braunen Ledercouch im Tagungsraum niederließ, um sich die Schuhe auszuziehen. Ohne eine Antwort abzuwarten, sprang sie wieder auf und lief zurück in den Flur. Sabine und Johannes folgten ihr.

»Was suchst du?« Sabine berührte sie an der Schulter.

»Fass mich nicht an!« Gesine warf einen Blick in die Küche, öffnete dann die Haustür und rannte auf Strümpfen auf den kleinen Parkplatz. Sie schaute nach links, dann nach rechts und drehte sich schließlich um die eigene Achse. Ihr Blick fiel auf Sabine und Johannes, die in der offenen Haustür standen. Was starrten sie so? Wussten sie Bescheid?

»Ihr steckt doch dahinter«, fauchte Gesine sie an und hüpfte auf den feinen Kieselsteinen, die sich schmerzhaft durch die feine Strumpfhose drückten, zurück zum Eingang.

»Könntest du uns bitte sagen, was das hier alles soll?« Johannes hatte die Arme vor seinem Oberkörper verschränkt.

»Das wisst ihr genau.« Gesine drängte an den beiden zurück ins Haus, ging erneut in die Küche und fing dort an, die verschiedenen Schränke zu öffnen. »Sie muss doch hier irgendwo sein«, murmelte sie vor sich hin.

»Was, Gesine, was muss hier sein?«, fragte Johannes. Er stellte sich seiner Schwester in den Weg und wollte ihren Arm packen, aber Sabine ging dazwischen. Sie schüttelte den Kopf, griff nach Johannes' Hand und hielt sie fest. Gesine hatte sich inzwischen auf den Küchenstuhl fallen lassen und schlug mit der Faust auf die Tischplatte.

»Wo ist die verdammte Handtasche?«, schrie sie. »Sagt es mir endlich.« Dann sackte sie zusammen, legte ihren Kopf auf die Tischplatte und fing an zu weinen. Langsam vergrub sie sich immer weiter in sich selbst, wurde zu einem menschlichen Knäuel. Einem bebenden Etwas.

—

Draußen dämmerte es inzwischen. Johannes' Hand ruhte immer noch auf Sabine Unterarm. Ungläubig hatten sie Gesines merkwürdigen Auftritt verfolgt. Jetzt schob Sabine Johannes' Hand sanft beiseite, machte Licht und ging in den ersten Stock. Als sie vorhin die zwei Koffer aus Hamburg in dem Gästezimmer abgestellt hatte, glaubte sie, Gesines Handtasche auf dem Nachttisch gesehen zu haben. Und so war es. Sie nahm die Tasche, ging wieder hinunter und stellte sie neben Gesine auf den Tisch. Sabine sah sich kurz in der Küche um, entdeckte eine French Press aus schwarzem Edelstahl und setzte Wasser auf. Als sie den Kühlschrank öffnete, fand sie dort nicht nur eine aufgerissene Packung mit gemahlenen Kaffeebohnen. Neben Butter und Marmelade lag ein Bündel mit Briefen. Wie neulich bei Charlotte in der Walderseestraße. Diesmal gestattete sie sich einen kurzen Blick. Die Briefe trugen die Anschrift der Kulturstiftung, waren aber an Gesine persönlich adressiert. Sabine spürte, wie Johannes sie von der anderen Seite des Raumes aus beobachtete. Die kalte Luft tat ihr gut. Sie zögerte, dann nahm sie den Kaffee und schloss den Kühlschrank wieder.

Vom Küchentisch drang immer noch ein leises Wimmern zu ihnen herüber. Sabine zog Johannes in den Flur und flüsterte ihm ins Ohr, dass sie heute Nacht bei Gesine bleiben würde.

»Bist du dir sicher?«, fragte Johannes erstaunt. Sabine nickte, gab ihm seine Jacke, die in der Garderobe hing, und begleitete ihn zu seinem Wagen.

»Ich kann dich doch nicht hier mit ihr allein lassen, nicht in diesem Zustand«, versuchte er noch einmal, Sabine umzustimmen.

Sie lächelte ihn an, dann streichelte sie mit ihrer Hand kurz über seine Wange.

»Komm gut nach Hamburg«, sagte sie sanft und ging zurück ins Haus.

—

»Schon vor einem Jahr habe ich gemerkt, dass etwas nicht stimmte.« Bente schaute auf den Öresund. Nach ihrer Rückkehr saßen sie wieder auf der Terrasse. »Zuerst war da kein Knoten in der Brust wie damals, nur so eine Verhärtung. Ich kam gerade aus Brasilien zurück und musste in kürzester Zeit den Bildband fertigstellen. Also habe ich mich darum zuerst gekümmert. Vielleicht dachte ich auch, dass diese Verhärtung wieder verschwindet. Na ja, sehr optimistisch war ich schon damals nicht. Dann, das Buch war gerade im Druck, spürte ich an irgendeinem Morgen im Bad auch den Knoten. *Værsgo*. Mogens fand mich heulend am Tisch, als er von der Uni kam. Ich habe ihm alles erzählt und ihn gebeten, Troels erst mal nichts zu sagen. Dass das nicht besonders realistisch war, dachte ich mir natürlich. Ein Spion ist schließlich seinem Auftraggeber verpflichtet. Und Mogens ist einer von den guten und sorgfältigen. Er hat dann für mich einen Termin in der Charité gemacht. Von der Ärztin hagelte es Vorhaltungen. Mit ihrer Vorgeschichte hätten Sie sofort kommen müssen, Frau Frederiksen. Das darf man doch um Gottes willen nicht auf die lange Bank schieben, Frau Frederiksen. Sie wissen doch, was alles passieren kann, Frau Frederiksen. So in der Art ging das die ganze Zeit. Vorwürfe, Vorwürfe, Vorwürfe. Vielleicht mochte ich sie auch deshalb nicht, weil sie meinen Namen so verunstaltete. Frrrrrederrrrriksen, grauenvoll. Wie eine Schnellfeuerpistole. Ich habe sie nur angeschaut. Frau Frrrrrrederrrrrriksen geht jetzt, habe ich gesagt und die Tür geknallt. Mogens hat mir dann noch einen anderen Arzt gesucht. Dr. Berengier. Franzose mit tunesischen Vorfahren. Sehr attraktiv. Seine Diagnose war aber auch nicht besser. Er riet zu einer schnellen Operation. Ich willigte ein, was hätte ich auch sonst tun sollen? Doch dann begannen die echten Schmerzen. Ich nahm Tabletten und schlief den ganzen Tag. Troels hat mich damals in Berlin besucht. Ich war ein Totalausfall. In der Oper schlief ich ein, in der Galerie von seinem Freund Max fiel ich während eines Vortrags vom Stuhl und im Restaurant bekam ich Krämpfe. Weihnachten verbrachte ich allein im Bett. Mir war hundeelend. Mein ganzer Körper brannte. Wundinfektion, sagte der schöne Franzose mir ins Gesicht. Es war die Hölle. Das Einzige, was ich mir wünschte: dass diese Schmerzen aufhören. Neujahr war ich am Wannsee. Ich hätte nur ins eiskalte Wasser springen müssen. Na ja, Lotte, irgendwann habe ich mich wieder gefangen und saß am nächsten Tag erneut bei dem Franzosen. Sonore Stimme, volle Lippen. Egal, das Ergebnis war eindeutig: Der Krebs hatte längst gestreut. Last Exit Chemo. Ich habe gehadert, geheult und geschrien: Nicht noch einmal. Was soll's, meine Gebete wurden nicht erhört. Ich kam mir vor wie die alte Frau auf dem Feld in dieser Blixen-Geschichte. Mäht das Feld, um ihren Sohn zu retten. Und als es ihr nach unglaublicher Kraftanstrengung und zur Überraschung aller tatsächlich gelingt, fällt sie tot um. Ich dachte mir, wenn ich schon tot umfalle, dann hier in Klampenborg, bei meinem lieben, guten, traurigen Troels. Zurück in Kopenhagen bin ich sofort ins *Rigshospitalet* gegangen. Sooft Troels es einrichten konnte, war er da und hat mich besucht. Also jeden Tag.

Auf die dänischen Ärzte ist Verlass. Dachte ich zumindest. Die Therapie schlug gut an, und ich lief bald wieder munter durchs Haus. Im Mai bin ich dann zurück nach Berlin. Zunächst ging auch alles gut. Ich bereitete eine Reise nach Island vor. Die Verhandlungen mit einem Verlag, der interessiert war, liefen an. Dann die Nachricht von Friedrichs Tod. Ich dachte: *Fedt*, das wird ja doch ein gutes Jahr. Aber dann musste ich zur Nachuntersuchung nach Kopenhagen, und die Ergebnisse waren leider nicht gut. Der Krebs hatte weiter gestreut. Ziemlich weit. Jetzt wollen sie eine neue Therapie ausprobieren, wieder Chemo. Letzte Chance, allerletzte Chance. Nächste Woche geht es los. Stärkere Medizin, noch stärkere Nebenwirkungen, sagen sie. Und sie sagen auch, dass ich mir nicht so viele Hoffnungen machen soll. Und so sitze ich hier und mache mir keine Hoffnungen. Und wenn ich einmal nicht an diesen ganzen Mist denke und all das mal einen Moment vergessen kann, dann bin ich so froh, dass du da bist und ich hier mit dir sitze. Und wenn ich in einem Jahr, ha, oder noch viel früher nicht mehr da bin, dann denke bitte an diese Tage zurück und daran, wie glücklich ich jetzt bin.«

Charlotte starrte Bente an, die Tränen liefen ihr über das Gesicht. Als hätten sich sämtliche Weltmeere in ihr versammelt, so kam es Bente vor. Ihr selbst ging es nicht anders.

»*Nå, rolig, min Pige*. Ganz ruhig.« Sie lächelte, weil sie nicht wusste, was sie sonst tun sollte. Charlotte umarmen? Küssen? Halten? Sie wusste, dass sie dafür nicht die Kraft besaß, nicht jetzt. Sie stand auf, ging in die Küche und kam mit zwei Gläsern und einem Schnaps aus Buchengrün zurück. Troels hatte ihn bei einer Reise nach Bornholm entdeckt und stand seitdem in regelmäßigem Kontakt mit dem kleinen Geschäft in Svaneke.

»Jetzt mach nicht so ein Gesicht, Lotte. Noch lebe ich schließlich. *Skål!*«

—

»Entschuldige bitte noch mal meinen Auftritt vorhin. Das muss schlimm gewesen sein. Ich weiß auch nicht, was da in mich gefahren ist.« Gesine schüttelte den Kopf.

Nachdem Johannes gefahren war, hatte Gesine den Kaffee getrunken und sich anschließend schlafen gelegt. Nach zwei Stunden war sie wieder in die Küche erschienen, geduscht und geschminkt.

»Erwartest du noch Besuch?«, hatte Sabine lachend gefragt, als sie die Suppe abschmeckte, die auf dem Herd vor sich hin köchelte.

»Ich mache mich auch für Frauen hübsch.« Gesine schaute Sabine über die Schulter. »Kartoffelbrühe im Sommer?«

Sabine salzte ungerührt nach. »Warte ab.«

»Erkläre mir bitte mal, warum du eigentlich nicht Köchin geworden bist.« Gesine legte die Serviette neben den Teller und nahm einen Schluck Wasser. Die Kartoffelbrühe hatte sich als Gurkensuppe mit Räucherlachs entpuppt und Gesine gut geschmeckt. Sabine zuckte die Schultern.

»Nein, ich meine das ernst! Zumindest nach Jans Tod hättest du doch irgendetwas mit deinen Talenten machen sollen – wenn du mich fragst, auch schon davor.«

Sabine hatte keine Lust, auf die nachgeschobene Bemerkung einzugehen. »Ach, so gut war das doch nie. Außerdem hat es mir gereicht, für die vielen kleinen Feste in Johannes' Gemeinde zu kochen.« Sie begann die Teller einzusammeln. »Damit hatte ich genug zu tun.«

»Pff ...« Gesine schüttelte den Kopf. »Du bist einfach zu bescheiden, Sabinchen. Das warst du immer schon. Schon als du voller Engelsgeduld mit mir Kaufmannsladen gespielt hast ...«

Sabine erinnerte sich an lange Nachmittage in Gesines Kinderzimmer. Während Johannes und Charlotte längst ihren eigenen Interessen nachgegangen waren oder schlicht keine Lust hatten, sich um ihre sechs Jahre jüngere Schwester zu kümmern, harrte sie selbst mit stoischem Langmut aus.

Die Spielregeln dabei hatte stets Gesine festgelegt. Sie war die eigenwillige Besitzerin eines Kaufmannsladens aus Plastik und Pappmaschee, Sabine die brave Kundin. Eine Kundin, die nie das bekam, was sie wollte. Mal musste sie sich anraunzen lassen, dass es bestimmte Produkte gerade nicht gab, dann wurde in Zweifel gezogen, ob sie die gewünschten Artikel überhaupt bezahlen könne. Schließlich kassierte Gesine zu viel Geld ab. Sabine tat so, als würde sie das nicht merken.

»Du warst ein Kind, Gesine. Ein ziemlich exzentrisches zwar, aber ein Kind. Anna sagte immer zu mir: Lass sie, Gesine hat halt einfach viel Fantasie.« Lächelnd setzte sich Sabine wieder an den Tisch. Erschreckt stellte sie fest, dass Gesines Gesicht jede Farbe verloren hatte, ihre Augen starrten ins Nichts.

»Wie es Mama wohl gerade geht ...«, sagte sie mit tonloser Stimme. Plötzlich schien Gesine mit ihren Gedanken ganz woanders zu sein. Nicht an diesem Küchentisch am Schalsee, nicht hier an einem warmen Sommerabend, nicht in dieser Welt.

»Ich bin mir sicher, sie und Heinrich tanzen gerade. Vielleicht zu alten Schlagern ...«

»Machst du dich jetzt über meine Eltern lustig?«, fauchte Gesine sie an. Ihre Augen stachen hervor wie scharfe Klingen. »Sie waren da für dich, als du niemanden mehr hattest. Wie kannst du das vergessen? Undankbar bist du. Das habe ich schon immer gewusst.«

Sabine zuckte zusammen. Da war sie wieder, die andere Frau. Die Frau, die vorhin so verzweifelt ihre Handtasche gesucht hatte. Die Frau, die aussah wie Gesine. Eine Gesine aber, die sich ohne ersichtlichen Grund unvermittelt in etwas anderes verwandelt hatte. Wie sollte sie reagieren? Schreien, aufstehen, gehen? Sie blieb sitzen, ganz ruhig. Dachte an die Briefe aus dem Kühlschrank und daran, wie sie das Bündel in die Handtasche gelegt hatte, als Gesine schlief.

Dann sah sie, wie sich Gesines Gesicht langsam wieder entspannte. Endlich ausatmete, so kam es Sabine vor. Die tiefen Furchen auf der Stirn wurden wieder zu schmalen Strichen, aus den scharfen Klingen formten sich wieder zwei runde Augen.

»Ich weiß nicht, was mit mir los ist, Sabine. Irgendetwas passiert mit mir, aber ich weiß nicht, was. Ich weiß nur, dass ich das nicht will.«

—

Charlotte fand keine Ruhe. Neben ihr im Bett lag Bente und atmete leise. Nach dem dritten Schnaps waren sie ins Bett gegangen, müde und verwirrt, traurig und verzweifelt. In diesem Zustand war Charlotte immer noch. Erst vor vier Tagen war sie nach Klampenborg gekommen. Es kam ihr vor, als hätte sie hier bereits zwei Leben gelebt. Zwei Leben mit Tausenden Geschichten. Mindestens. Das Wiedersehen mit den Jacobsen-Häusern am Bellevuevej, die Kajaktour auf dem Öresund, ihr Besuch in Rungsted Kyst, die wunderschönen Nächte mit Bente, der Ausflug in den Tivoli, Bentes Krankheit. Charlottes Gedanken drehten sich weiter. Friedrichs Tod, sein Testament, sein Doppelleben mit Gesine, ihre Freundschaft mit Sabine, die gemeinsame Zeit in ihrem Haus in Hamburg. All das wollte sich in dieser Nacht nicht zusammenführen lassen.

TAG 41

Charlotte winkte Bente und Troels auch noch, als der Zug längst den Hauptbahnhof in Kopenhagen verlassen hatte. Sie winkte in die Leere hinein, weil alles andere in diesem Moment sinnlos erschien.

Gestern waren Bente und Charlotte nach Tisvilde gefahren, einen kleinen Ort im Norden, direkt an der Ostsee. Ein paar Windsurfer in ihren gelb-rot-grün-schwarzen Neoprenanzügen kämpften unermüdlich gegen Wind und Wellen an. Aus der Ferne schien es, als tanzten bunte Schaumkronen auf dem Wasser. Nachdem die Sonne hinter dichten Wolken verschwunden war, hatte Bente ein paar Decken aus dem Auto geholt. An einer Düne drückte sie Charlotte in den Sand und begann, sie in die Plaids einzuwickeln. Dann setzte sie sich hin und Charlotte übernahm.

»Wir sehen aus wie zwei Mumien«, lachte Bente.

Charlotte wedelte mit ihren eingepackten Armen. »Dafür sind wir zu lebendig.«

Bentes Eltern hatten in Tisvilde viele Jahre ein Sommerhaus gehabt, nicht weit vom Strand entfernt. Mindestens zwei Wochen im Juli und den Jahreswechsel verbrachten sie in dem rot gestrichenen Holzhaus. In dem eigentlich zu wenig Platz war für die große Familie. Und so war man auch nicht ganz so traurig, als Bente irgendwann lieber mit ihren Freunden verreisen wollte als mit Vater, Mutter und drei jüngeren Geschwistern. Nachdem in den späten Achtzigerjahren auch ihr Vater gestorben war, erbte Vibeke das Sommerhaus und nach ihrem überraschenden Tod war es für alle in der Familie klar, dass ihre Tochter Sanne hier einzog.

Eng umschlungen sahen Bente und Charlotte, wie ein Mann mit zwei Kindern aus einem Auto stieg und sich am Kofferraum zu schaffen machte, um einen sperrig verpackten Drachen herauszuziehen.

Vibeke war bei einem Unfall ums Leben gekommen. Ein Autofahrer hatte sie erfasst, als sie am frühen Morgen Laufen war. Er habe sie nicht gesehen, gab der Tourist aus Norwegen zu Protokoll. Jahre später hatten sie erfahren, dass sich der Mann umgebracht hatte. Mit hoher Geschwindigkeit war er mit seinem Auto absichtlich in einen Fjord gestürzt.

»Lass uns noch zu ihrem Grab gehen. Ich weiß, wo man hier frische Blumen kaufen kann.«

Charlotte und Bente sammelten die Decken ein und verstauten sie im Auto. Der Drachen flatterte inzwischen durch die Luft. Begleitet von lautstarken Navigationsempfehlungen seiner Kinder, hielt der Mann den Lenkbarren mit viel Geschick in der Hand.

Charlotte erzählte Troels von dem Ausflug nach Tisvilde, nachdem Bente bereits ins Bett gegangen war. Er lächelte.

»Sie hat Hoffnung.«

Charlotte schaute ihn fragend an.

»Sie fährt nur dorthin, wenn es ihr gut geht.«

—

Sabine wartete am Hamburger Hauptbahnhof auf sie. Sie winkte, als sie Charlotte auf dem Bahnsteig sah.

»Schön, dass du wieder da bist.« Sie betrachtete ihre Freundin auf dem Weg zum Auto. Charlotte kam ihr verändert vor. Sabine wusste nicht, warum. Und sie wusste nicht, ob das etwas Gutes war.

TAG 42

»Bitte, setz dich.«

Franziska wies auf die Sitzgruppe in Chrom und schwarzem Leder. Charlotte war zu einem längst überfälligen Mutter-Tochter-Gespräch gebeten worden. So zumindest hatte sich Franziska am Telefon ausgedrückt. Und sie hatte Charlotte in die Kanzlei bestellt, zu einem Gespräch unter vier Augen. Ohne Matthias. Als wäre ich eine Mandantin, dachte Charlotte, während sie sich auf dem Sofa niederließ. Die wurden, das wusste sie, von Franziska entweder am Schreibtisch oder, die renitenteren, in der Sitzgruppe empfangen. In ganz schwierigen Fällen bestand sie auf einem neutralen Ort, ohne Publikum, ohne Ablenkung. So betrachtet bin ich wohl ein mittelschwerer Fall. Bei diesem Gedanken hätte Charlotte beinahe gelächelt.

»Offenbar haben dir die Tage in Berlin und Kopenhagen gutgetan, Mutter«, stellte Franziska fest. »Hast du dich etwas von dem Schock erholt?«

»Bente hat Krebs.«

»Oh.«

»Ich werde mich um sie kümmern.« Charlotte schaute ihrer Tochter in die Augen.

»Was meinst du damit?« Franziska nestelte an ihrer Hose herum, zupfte an einem Faden, immer wieder. So als würde sie überprüfen, ob er sich lösen würde oder doch fest vernäht war.

»Ich ziehe zu ihr nach Kopenhagen.« Charlotte räusperte sich und nahm einen Schluck Wasser, das vor ihr auf dem niedrigen Tisch stand.

»Du willst was?« Franziska ließ von ihrer Hose ab und starrte Charlotte an. »Mutter, du hast diese Frau niemals erwähnt, und jetzt ziehst du zu ihr nach Kopenhagen, um dich um sie zu kümmern? Tut mir leid, aber da stehe ich wohl etwas auf der Leitung.«

Sie stand auf und ging an ihren Schreibtisch. Aus der untersten Schublade holte sie eine kleine Nagelschere und schnitt den Faden ab. Sie legte die Schere zurück und schaute Charlotte an, die immer noch mit übereinandergeschlagenen Beinen auf dem Sofa saß.

»Nicht nur kümmern, Franziska. Vor allem will ich mit ihr leben.«

—

Charlotte zitterten noch die Knie, als sie längst wieder auf der Straße stand. Sie musste sich an einem Laternenmast festhalten, ihre eigenen Worte hallten jetzt lauter in ihr nach als der Feierabendverkehr. Was hatte sie getan? Es schien ihr, als habe sie die Kontrolle über ihr Sprachzentrum verloren.

Nur wenige Minuten zuvor, im Büro ihrer Tochter, hatte sie die Worte mehrfach genau gewägt und für passend und sinnvoll empfunden. Erst dann hatten sie ihren Weg nach draußen gefunden.

Charlotte ließ den Laternenmast los und beschloss, den Weg in das türkische Restaurant, in dem sie mit Gesine nach deren Rückkehr vom Schalsee verabredet war, zu Fuß zurückzulegen. Sie sah Franziskas entsetztes Gesicht vor sich. Vermutlich telefonierte sie bereits mit Matthias. Jetzt war plötzlich nicht nur das Testament ein Problem, sondern auch ihre Mutter. Die sachliche, überlegte, emotional ausgeglichene Mutter.

Auf einmal gefiel ihr der Gedanke. Den zweiten Schritt vor dem ersten zu machen. Unvernünftig sein, wenigstens jetzt. Denn natürlich ging es erst einmal darum, dass Bente wieder gesund wurde. Das war ungewiss genug. Sie hatte am Morgen mit Troels gesprochen und sich nach dem Zustand seiner Schwester erkundigt. Offenbar konnten die Ärzte noch nicht mit der neuen Chemotherapie beginnen, weil in ihrem Körper noch ein weiterer Herd mit Metastasen entdeckt worden war. Dieser müsse zunächst isoliert werden, meinte Troels. Aber, gab er zu, vielleicht habe er das auch falsch verstanden. Er wolle am Abend mit Mogens telefonieren, um sich zu vergewissern.

Charlotte hatte entschieden, am Wochenende wieder nach Kopenhagen zu fahren. Der Gedanke daran beruhigte sie. Sie spürte, wie ihr Gesicht langsam wieder mit Blut versorgt wurde.

Ein Hund schoss an ihr vorbei. Ohne Leine, ohne Begleitung. Charlotte erschrak und schaute dem anatolischen Hirtenhund hinterher, wie er sehnig und stolz den breiten Alsterweg entlangrannte. Wie ein Hundertmeterläufer, allein auf sein Ziel fokussiert. Erst jetzt hörte Charlotte, wie sich ihr eine laute Stimme näherte.

»Lydia! Komm sofort zurück! Lydia!«

Das junge Mädchen, offenbar die Hundebesitzerin, entschuldigte sich bei ihr und rief das Tier erneut. Aber längst nicht mehr so durchdringend. Offenbar hatte Lydia ein Einsehen, den Spurt beendet und war nun in Sichtweite. Charlotte drehte sich um. Sie sah, wie der Hirtenhund an die Leine genommen wurde und wieder neben dem Mädchen herlief. Lydia.

Lydia Somerset. Ja, so hieß sie, erinnerte sich Charlotte. Es war der letzte gemeinsame Urlaub mit Friedrich gewesen, das wusste sie noch ganz genau. Aber das Jahr? 2001? 2002? Ein Sommerabend in St. Kilda.

Melbourne war die letzte Station ihres fünfwöchigen Urlaubs durch Australien gewesen. Erschöpft waren sie von ihrem Trip an den Uluru, dem Inselberg in der Wüste, zurückgekehrt. Sie freuten sich auf ein paar entspannte letzte Tage in St. Kilda, bevor es wieder nach Deutschland ging. Tagsüber fuhren sie mit der Tram in die Innenstadt, besuchten den Botanischen Garten und den Queen Victoria Markt. Sie ließen sich treiben, kauften ein paar Mitbringsel und genossen ein kühles Glas Chardonnay in der kleinen Strandbar. Friedrich hatte im Sommer zuvor die Reederei mit großem Gewinn verkauft und Charlotte gedrängt, an ihrer Schule ein Sabbatjahr zu nehmen. Mach es für uns, hatte er gesagt. Zunächst sträubte sich Charlotte gegen Friedrichs Wunsch. Aber da sie ein Angebot bekommen hatte, in die Hamburger Schulbehörde zu wechseln, kam ihr die Auszeit gelegen, um darüber nachzudenken. Ihr wurde dann zwar kein ganzes Jahr bewilligt, aber schon die sechs Monate stimmten Friedrich schließlich milde. Sie hatten eine gute Zeit miteinander gehabt, endlich wieder einmal. Sie mochten die demonstrative Entspanntheit der Australier, die Weite des Landes beruhigte sie. Ein paarmal schliefen sie sogar miteinander.

Am vorletzten Abend lernten sie Lydia kennen. Sie trafen sie auf der Veranda ihres Hotels, als sie nach einem Abendessen am Meer noch einen letzten Drink nehmen wollten. Friedrich war sofort begeistert von ihr. Sie war ein paar Jahre jünger als Charlotte und genauso schlank. Ihr langes, blondes Haar trug sie offen. Sie lachte, als Friedrich sie an ihren Tisch bat. Lydia war Australierin, lebte aber inzwischen in Birmingham. Gerade hatte sie ihre Eltern in Canberra besucht, in zwei Tagen würde sie zurück nach England fliegen. Friedrich freute sich, dass sie sich über seine anekdotenreichen Urlaubsgeschichten amüsierte, und strahlte, als sie meinte, er sei *in fantastic shape*. Gerne trank sie noch ein zweites Glas. Charlotte beobachtete die beiden überrascht und amüsiert. Doch sie spürte auch einen kleinen Stich. Bei ihr strahlte und glühte Friedrich schon lange nicht mehr so wie in der Gegenwart der blonden Australierin. Hatte er es je getan, fragte sie sich in diesem Moment.

Obwohl Friedrich die abendliche Plauderei bestimmte und vor allem er sich mit Lydia unterhielt, wandte diese sich regelmäßig an Charlotte und versuchte, sie in das Gespräch einzubinden. Wollte wissen, was sie tue *for a living* und welche Länder sie gerne als Nächste bereisen wolle. Lydia schien interessiert zu sein und so antwortete Charlotte zunehmend entspannter und auskunftsfreudiger. Gegen halb eins verabschiedete Lydia sich und machte Charlotte und Friedrich einen Vorschlag: Sie wolle am nächsten Tag noch nach Philipp Island fahren, eine kleine Insel, etwa zwei Autostunden von Melbourne entfernt. Sie liebe es, dort die Zwergpinguine zu beobachten. Ob sie nicht mitkommen wollten?

Friedrich zögerte nicht lange und sagte begeistert zu. *What about you?*, fragte sie Charlotte und lächelte sie an. Charlotte nickte und so war der Plan perfekt.

Um kurz nach zehn am nächsten Morgen waren Lydia und Charlotte auf der State Route Richtung Philipp Island. *Where is Friedrich?*, hatte sie gefragt, als Charlotte alleine vor dem

Auto stand. Es gehe ihm nicht gut, antwortete Charlotte, ohne Details zu nennen. Lydia startete lächelnd den Wagen.

Friedrich hatte sich die ganze Nacht übergeben. Er schob es auf die Muscheln, Charlotte vermutete eher einen Sonnenstich als Ursache. Irgendwann am Morgen war er endlich eingeschlafen. Sie hatte kurz überlegt, den Trip mit der Australierin ebenfalls abzusagen, freute sich dann aber doch auf den Ausflug und ließ Friedrich im Hotelzimmer zurück.

Den morgendlichen Teil der Pinguin-Parade hatten sie verpasst. Und bis zur Rückkehr der Tiere in ihre Bauten an der Felsküste würde es noch dauern. Lydia zeigte Charlotte das Haus, wo sie mit ihren Eltern viele Jahre lang die Sommerferien verbracht hatte. Eine ehemalige Farm mit hohen Giebeln und einer angrenzenden Scheune, nur wenige Schritte von der Steilküste entfernt. Lydia hatte Tränen in den Augen. Sie stiegen aus und der Wind fegte durch ihre Haare. *Here's where he died.* Eine starke Böe hatte ihren jüngeren Bruder Danny in den Abgrund gerissen, während Lydia und ihre Schwester im Gras gelegen und in den Himmel gestarrt hatten. Einunddreißig Jahre war das jetzt her. *Buck up, kiddo,* sagte sie zu sich selbst und wischte die Tränen aus ihrem Gesicht. An einem Diner machten sie Halt, holten sich zwei Portionen Calamaris mit Cocktailsauce und aßen sie auf einer Holzbank. Lydia schaute auf die Uhr. *Hurry up, get your ass into gear,* rief sie und lachte. Der Parkplatz, von dem aus man die Wanderung der Zwergpinguine beobachten konnte, war bereits gut gefüllt, die vielen Stative und Kameras der Touristen längst aufgestellt. Und dann kamen sie tatsächlich. Hunderte Pinguine mit Fischen in ihren Schnäbeln watschelten zurück in ihre steinernen Verstecke. Dorthin, wo der Nachwuchs bereits gierig auf die Nahrung wartete. Charlottes Augen saugten sich an den

Tieren fest. Irgendwann legte Lydia den Arm um ihre Hüfte. *Ready?* Aber Charlotte schüttelte den Kopf und bat darum, noch ein wenig bleiben zu dürfen. Lydia lächelte und ging zurück zum Wagen.

Auf dem Weg zurück nach St. Kilda sprachen sie kaum ein Wort. *Are you happy, Charlotte?*, fragte Lydia, kurz bevor sie von der State Route abfuhr. Charlotte wunderte sich über diese Frage einer ihr beinahe völlig fremden Person.

»Darüber habe ich schon lange nicht mehr nachgedacht«, antwortete sie wahrheitsgemäß. »Ich glaube, ich weiß es nicht.«

Auf dem Parkplatz vor ihrem Hotel gab Lydia Charlotte einen Kuss auf den Mund. Überrascht ließ sie es geschehen. Sie ahnte nicht, dass Friedrich sie vom Balkon aus beobachtete.

Beim zweiten Kuss stand er fast neben ihnen. Lydia hatte sich freundlich von Friedrich verabschiedet und ihn gefragt, ob mit ihm wieder alles *okay* sei. Friedrich hatte genickt und schweigend seinen Koffer genommen. Am Ende der Lobby drehte er sich um. Er sah, wie Lydia seine Frau umarmte und sie erneut küsste. Und er sah, wie Charlotte diesen Kuss erwiderte. Als Lydia Charlotte etwas ins Ohr flüsterte, hatte er sich längst wieder abgewendet.

—

Gesine sah ihrer Schwester entgegen. Irgendetwas schien sie zu beschäftigen, das sah sie ihr an. Charlotte spielte dann immer mit einer Haarlocke. Mal drehte sie das kleine Büschel zusammen, mal zog sie es in die Länge.

Gesine saß bereits seit zwanzig Minuten hier. Sie hatte auf keinen Fall zu spät kommen wollen und sich zeitig auf den Weg gemacht. Vorher war sie noch beim Frisör gewesen und hatte sich für das dunkelrote Sommerkleid entschieden, von dem sie wusste, dass Charlotte es mochte. Und das, wie sie selbst fand, ihre Figur so gut betonte. Jetzt fragte sie sich jedoch, ob das hier das richtige Publikum für einen solchen Auftritt war. Die Männer jüngeren bis mittleren Alters mit schwarzen Bärten begegneten ihr auf alle Fälle mit freundlichem Desinteresse. Zumindest kam es Gesine so vor.

Dafür blieb mehr Zeit für eine erste Inspektion. Der Duft von Zwiebeln und Knoblauch füllte den ganzen Raum. Dazu dudelte orientalische Popmusik. Jeder Tisch in diesem mit hellem Buchenholz getäfelten Restaurant war besetzt. Die Einrichtung passte, fand Gesine, besser zu einer skandinavischen Schnellimbisskette als zu einem traditionellen türkischen Restaurant. Aber ganz sicher war sie sich nicht, denn das hier war ihr erster Besuch. Wie kam Charlotte nur auf die Idee, sich hier zu treffen? Wurde sie vielleicht wunderlich? Für einen kurzen Momente gefiel Gesine dieser Gedanke.

Dann stand Charlotte vor ihr am Tisch. Unwillkürlich zuckte Gesine zurück.

»Keine Angst, meine Hand habe ich im Griff.«

»Heute wäre ich vorbereitet.« Gesine sah sich um. »Ich fühle mich hier wie ein außerirdisches Wesen.«

»Das Tischbarbecue soll sehr gut sein.« Charlotte setzte sich und schlug die Menükarte auf, ohne auf Gesines Bemerkung einzugehen. Sie wirkte entspannt, geradezu ausgelassen. So hatte Gesine sie schon lange nicht mehr gesehen.

»Gut siehst du aus.«

»Danke. Was macht die Stiftung?«

Gesine vermutete bei dieser Frage einen Hinterhalt. Doch ihre Angst war offenbar unbegründet. Charlotte gab bei dem jungen Kellner die Bestellung auf und wandte sich dann mit freundlicher Miene Gesine zu, die Ellbogen locker auf die Tischplatte gestützt.

Gesine entspannte sich ein wenig. Sie erzählte, dass man sich nun schweren Herzens auf einen Nachfolger für Theresa Nonnenmacher geeinigt hatte: Bernd Hasloch, ein Freund von Fred Meissner. Sie hielt ihn für die totale Fehlbesetzung. Ein grober Kerl mit Hang zum Jähzorn. Leider hatte sie sich zu spät über ihn informiert. Hasloch, Meissner und van Kamp waren unangemeldet am Schalsee aufgetaucht, um mit ihr zu sprechen. Gesine gab zu, an diesem Morgen in keiner guten Verfassung gewesen zu sein. Damit sie sie schnell wieder in Ruhe ließen, hatte sie dem Vorschlag zugestimmt. Den Besuch von Sabine und alles, was währenddessen geschehen war, erwähnte sie nicht.

»Das klingt so gar nicht nach dir«, stellte Charlotte fest. Der Kellner stellte den Grill in die Mitte, das rohe Fleisch auf zwei Tellern. In den kleinen Schalen, die auf dem Tisch verteilt wurden, waren Salate, milde Joghurtdips und scharfe Gemüsepasten. Gesine sah überrascht, wie sehr sich Charlotte über die unterschiedlichen Düfte freute, die sich an ihrem Platz vereinigten, und wie schnell die Kulturstiftung, die Nachfolge Theresas und auch sie selbst vergessen schienen. Unruhig stocherte Gesine in dem Salat, den sie sich auf ihren Teller gefüllt hatte.

»Was ist mit Friedrichs Testament?«

Immer wieder waren in den vergangenen Tagen ihre Gedanken um genau diese Frage gekreist. Manche Nacht war sie schweißgebadet aufgewacht, weil sie wusste, dass sie diese Dinge weder entscheiden und noch nicht einmal beschleunigen konnte. Sie war zur Passivität verdammt, ein für sie unerträglicher Zustand. Nicht genug, dass dieses Thema in ihrem Hirn herumspukte, ständig fragten Peter und Fred, ob es diesbezüglich Neuigkeiten gebe. Fred konnte dabei ein süffisantes Lächeln kaum verbergen. Er spürte wohl, dass ihm der Tod von Theresa und Gesines Verfassung in der Stiftung neue Optionen eröffnen könnten. Charlottes Hähnchenspieß versank in der feurigen Sauce.

»Weißt du, was mich fast wahnsinnig macht? Dass ich nicht weiß, auf wen ich wütender bin. Auf dich, auf Friedrich oder auf mich.«

TAG 43

Sie hatte sich gemeldet und Johannes gefragt, ob er sich immer noch mit ihr treffen wolle. Bei ihm, in Barmbek. Johannes ließ ein paar Tage verstreichen, weil er nicht wusste, was er ihr antworten sollte. Die Scharade beenden und die Wahrheit sagen? Nicht mehr reagieren und die Sache im Sand verlaufen lassen? Es auf einen Versuch ankommen lassen und hoffen, dass sie seinen Wunsch verstand? Er schüttelte den Kopf. Wie sollte Sabine etwas verstehen, was ihm selbst ein Rätsel war?

Er nahm sein Handy und fragte, ob sie übermorgen zu ihm kommen wollte.

—

Charlotte saß auf dem Balkon, noch im Morgenmantel, in der Hand einen Becher mit dampfendem Tee. Die Sonne brauchte bereits länger, bis sie wärmte. In dem Ahornbaum, der den Garten überragte, entdeckte sie die ersten gelben Blätter. Sie war froh, dass der Abend mit Gesine friedlicher verlaufen war, als sie zunächst gedacht hatte. Wobei sie selbst dazu beigetragen hatte. Ihre Entscheidung, Friedrichs letzten Willen nicht noch einmal juristisch prüfen zu lassen, hatte Gesine dankbar zur Kenntnis genommen. Mit einem Glas Raki stießen sie an. Damit war das Thema erledigt.

Sie hatte die Angelegenheit nüchtern betrachtet: Die Stiftung leistete seit Jahren hervorragende Arbeit, unterstützte junge Künstlerinnen und Künstler und förderte Projekte, die sich sonst nicht realisieren lassen würden. Friedrichs Geld wäre dort also gut angelegt. Charlotte hatte das Engagement ihrer Schwester und deren Arbeit in der Stiftung immer bewundert. Mit Friedrichs Geld wäre die gute Arbeit über Jahrzehnte gesichert. Und sie selbst war auf das Geld nicht wirklich angewiesen. Mit ihrer Pension und dem Haus würde sie gut über die Runden kommen. Jetzt musste sie nur noch ihre Kinder davon überzeugen.

—

»Hättest du eigentlich etwas dagegen, wenn Gesine wieder einzieht?«

Charlotte und Sabine standen vor Jans Grab in Altenwerder. Sabine hatte ein schlechtes Gewissen, weil sie sich ein paar Wochen nicht darum gekümmert hatte. Nach den vielen warmen Sommertagen waren die Zwergdahlien und Begonien längst vertrocknet. Sabine legte überrascht das mitgebrachte Heidekraut auf den Grabstein. »Nein, hätte ich nicht. Ich wollte dich auch schon fragen.«

»Gut.«

Sabine zupfte die Stängel des Heidekrauts zurecht.

»Möglicherweise werde ich in den kommenden Wochen seltener in Hamburg sein«, fuhr Charlotte fort.

»Das habe ich mir schon gedacht.« Sabine lächelte, ohne von ihrer Arbeit aufzublicken.

Lange hatten die beiden in Sabines Auto gesessen, nachdem sie Charlotte vom Bahnhof abgeholt hatte. Bis Charlotte plötzlich zu weinen und zu erzählen begonnen hatte. Die Worte waren nur so aus ihr herausgeflossen. Sabine hatte die ganze Zeit danebengesessen, zugehört, ihre Hand gehalten. Nur ab und zu hatte sie eine Frage gestellt, die Charlotte dankbar zu beantworten schien.

»War es nicht wunderschön, einen anderen Körper im Arm zu halten?«, fragte sie ins Heidekraut. Charlotte nickte und reichte ihr die letzte Pflanze.

TAG 44

Charlotte drückte sich gegen das dunkle, weiche Leder. Der braune Bezug der Armlehnen war an vielen Stellen verschlissen. Ihre Hände lagen auf dem Schreibtisch. Akazienholz, massiv. Ein Statement in Schwarzbraun, ein abgestecktes Königreich. Charlotte musste Friedrich nachträglich recht geben: Hier saß man wirklich gut, auch wenn die andere Seite des Tisches Weltmeere entfernt schien.

Charlotte rückte mit dem Stuhl wieder ab. Sie sah die beiden Türen, die links und rechts in den Schreibtisch eingelassen waren, und die Schublade in der Mitte. Sie zögerte. Weder hatte sie hier jemals gesessen, noch wusste sie, was Friedrich dort aufbewahrte oder vor ihr versteckte. Sie versuchte, Türen und Schubladen zu öffnen. Ohne Erfolg. Sie sah sich in dem Zimmer um, stand auf und steuerte auf das Bücherregal zu. In der Mitte stand ein Containerschiff aus Plastik. *Holtgreve Shipping*, eine Spardose aus den frühen Neunzigerjahren. Sie nahm es in die Hand. Im Hohlraum klackerte etwas. Charlotte suchte die Öffnung, eine Schiffsschraube, zog einen Schlüssel heraus und ging zurück an den Schreibtisch. Der Schlüssel passte, so wie Gesine es vermutet hatte.

Charlotte hatte sie nach dem Brief gefragt, als sie vor dem türkischen Restaurant auf ein Taxi warteten. Den Brief, den Bente in Klampenborg erwähnt und der sie nie erreicht hatte.

Nach einigem Zögern hatte Gesine dessen Existenz schließlich zugegeben. Friedrich hatte ihn einmal erwähnt, als sie beide gemeinsam in diesem Zimmer saßen. Sie habe ihn gefragt, warum er den Brief damals abgefangen habe. Er hatte nur den Kopf geschüttelt.

Gesine war sich nicht sicher gewesen, ob der Brief überhaupt noch existierte. Charlotte durchsuchte die Schublade, streifte oberflächlich Friedrichs Korrespondenz, fand aber keinen Brief, der nicht an ihn adressiert war. Hinten, in der linken Ecke, ertastete sie einen weiteren Schlüssel. Er passte in die rechte Schreibtischtür. Charlotte kniete sich hin. In ihrem linken Knie knackte etwas, das sie an Yoga, Pilates und ihr Kajak, auf alle Fälle an mehr Bewegung erinnerte. Sie erblickte eine ganze Armee an identisch aussehenden Ordnern, penibel nach Jahren sortiert. An der Seitenwand, halb verdeckt, stand ein Bild. Charlotte zog es heraus. Ein stolzer, staatsmännisch lächelnder Friedrich in seinem alten Büro. Von dort, in der Nähe des Fischmarktes, schaute er gütig und wissend durch das Fenster, den Hafen oder vielmehr die ganze Welt im Blick. Charlotte konnte sich nicht daran erinnern, dieses Foto schon einmal gesehen zu haben. Hinter dem Bild sah sie etwas Glänzendes: eine Goldschatulle mit vier kleinen Beinen, versehen mit Ornamenten auf schwarzem Grund. Charlotte setzte sich wieder in den Stuhl. Hier hatte Friedrich also seine Geheimnisse deponiert, dachte sie. In einer goldenen Box, einer alten Schachtel, so wie sie.

Sie fand Liebesbriefe von Gesine, adressiert an *F.*, den *Geliebten*, den *Tiger*. Der Einfallsreichtum ihrer Schwester überraschte sie nicht. Charlotte hatte sie nicht gefragt, wann die Geschichte mit Friedrich begonnen hatte. Nun bekam sie den Eindruck, dass das bereits vor vielen Jahren geschehen sein musste. Sie kniff sich ins Ohrläppchen und drückte den Zeigerfinger immer tiefer in das Fleisch, je mehr Briefe ans Tageslicht kamen.

Ganz unten lag er. Der Brief aus Dänemark, der nicht an Friedrich adressiert war, sondern an sie, Charlotte Klindworth, unverkennbar Bentes Handschrift. Abgestempelt am 11.8.1972. Sie nahm den Brief aus der Schatulle und legte ihn vor sich auf den Schreibtisch. Der Umschlag war an zwei Stellen bereits leicht eingerissen, das Papier so dünn wie Pergament. Offenbar hatte man den Brief mehrfach herausgeholt und gelesen.

Charlotte spürte, wie sich ihr Herz bemerkbar machte. So als würde es sich langsam ausdehnen, weil es mehr Platz benötigte, als ihm zustand.

TAG 45

Johannes wusste, dass es noch nicht zu spät war, die ganze Sache abzusagen. Noch war Zeit, Sabine eine Nachricht zu schicken, sich mit großem Bedauern zu entschuldigen und dann nicht mehr zu melden. Stattdessen saß er im Wohnzimmer auf der Couch seines Freundes Hans Baader aus der St.-Bonifacius-Gemeinde und rieb sich die schweißnassen Hände an seiner Cordhose. Übermorgen würde Hans aus dem Urlaub kommen und hoffen, dass Johannes sich um seine Pflanzen gekümmert hatte.

War es das wert? Eine jahrzehntelange Freundschaft aufs Spiel zu setzen? Und wofür genau? Für schale Gewissheit und wenig Verständnis? Johannes ging ins Bad. Im Spiegel sah er einen alten Mann mit Bart. Rosa Flecken im Gesicht. Lächerlich, dachte er.

Sie hatten verabredet, sich im abgedunkelten Schlafzimmer zu treffen. Hans sollte im Bett auf sie warten, bekleidet lediglich mit seiner Unterhose. Sie würde dafür ein wenig länger im Flur bleiben und dort Vorbereitungen treffen.

Er fühlte sich wie damals, im Sommerurlaub am Ammersee. Er hatte an jenem Tag wenig Lust verspürt, mit seinen Eltern wandern zu gehen. Noch viel weniger wollte er seine Schwestern und Sabine zum See begleiten. Er hatte eigene Pläne. Und diese kreisten um Eva Magerl, die dralle Tochter des Vermieters ihres kleinen Ferienhauses. Schon während des gesamten Urlaubs hatte sie ihn angelächelt und einmal sogar seine Hand flüchtig berührt. Als sie sein Glas mit Limonade fallen ließ und er ihr half, die Scherben aufzusammeln. Nachdem sich seine Eltern in die Berge verabschiedet hatten, gab er den Mädchen noch ein wenig Geld, damit sie sich möglichst lange die Zeit vertrieben. Eva wollte nach dem Mittagessen zu ihm kommen, wenn der Gasthof Küche und Restaurant für ein paar Stunden schloss. Johannes versuchte, sich mit Lesen abzulenken, was nicht wirklich half. Er konnte es nicht glauben, dass sich eine Abiturientin für ihn, den schüchternen Fünfzehnjährigen, interessierte. Doch dann klopfte Eva an die Tür, und sie führte ihn ohne Umschweife in sein Zimmer. Er wollte etwas sagen, aber sie legte ihren Mittelfinger auf seine Lippen. Später dachte er, dass sie das in einem französischen Liebesdrama gesehen haben musste. In dieser holzvertäfelten Ferienwohnung wirkte die Geste reichlich deplatziert. Er spürte, wie ihm an den Schläfen langsam ein Film aus Schweiß und Angst herunterlief, während seine Lippen auf einen Kuss von Eva hofften.

Fünfzehn Minuten war sie bei ihm gewesen. Sie hatte ihre Bluse glatt gestrichen und ihm zum Abschied ein aufmunterndes Lächeln geschenkt. »Bassd scho.«

Sabine war pünktlich. Johannes drückte den Summer für die Haustür, die Wohnungstür lehnte er an. Er ging ins Schlafzimmer, zog sich aus und schlüpfte unter die Decke. Er hörte, wie Sabine die Wohnung betrat.

»Hallo, Herr Baader. Ich komme gleich zu Ihnen.«

Sabines vertraute Stimme, Johannes schloss die Augen. Im Flur wurden Schuhe abgestreift und Reißverschlüsse heruntergezogen. Dann war es still. Er hörte sie atmen. Sie stand unmittelbar vor seinem Bett. Sein Puls raste. Er öffnete er die Augen.

»Na, Herr Baader, schön, dass wir uns jetzt doch einmal kennenlernen.«

—

Charlotte stellte drei Gläser auf den Wohnzimmertisch. Dazu eine Karaffe mit dekantiertem Rotwein und ein Schälchen mit gesalzenen Mandeln. Sie spürte, wie Franziska und Matthias jeden ihrer Schritte verfolgten und mit Blicken kommentierten: Was ist mit unserer Mutter passiert, dem Anker in unserem Leben? Der rationalen und vernünftigen Frau, die allen Unwägbarkeiten und Veränderungen des Lebens zum Trotz einen wachen, kühlen Geist bewies? Und jetzt schien alles plötzlich anders. Charlotte lächelte. Sie freute sich, ihren Kindern ein paar Rätsel aufzugeben. Wobei sie sich vieles auch selbst nicht erklären konnte. Manchmal hatte sie das Gefühl, neben sich zu stehen und eine Fremde zu betrachten. Spontan, sprunghaft, egoistisch, so kam ihr diese Frau vor. Oder war sie schon immer so gewesen, dachte Charlotte, und nur durch die Spiegelung mit Friedrich hatte sich ein anderes Bild ergeben? Für sie selbst, für die anderen?

Oft hatte sie in den vergangenen Wochen darüber nachgedacht, hatte sich gefragt, was seit Friedrichs Tod mit ihr passiert war. Doch sie hatte keine Antwort. Es kam ihr so vor, als sammelte sie jeden Tag ein paar neue Teile von sich ein. Wie Kleidungsstücke. Etwas Buntes, Ausgefallenes, Abgewetztes. Kombiniert mit einem schönen Accessoire oder Schuhen, die ihr mal zu groß, dann zu klein und letztlich doch ganz passend erschienen.

Gestern Abend hatte Charlotte lange mit Matthias gesprochen. Noch einmal hatten sie das Haus für sich allein gehabt. Sabine war erst heimgekehrt, als Charlotte bereits im Bett gelegen hatte und las, Gesines Wiedereinzug war für morgen geplant.

Es war ein schöner Abend gewesen, auch wenn sie später fast ein schlechtes Gewissen hatte. Während sich für sie plötzlich mit Leichtigkeit neue Wege auftaten, kam ihr Matthias seltsam still und verschlossen vor. Nur zögerlich hatte er von sich erzählt. Von dem schwierigen Forschungsprojekt in Peru, dem die Geldgeber abgesprungen waren, der fehlenden Perspektive, den einsamen Nächten. So traurig und in sich gekehrt hatte sie ihn schon lange nicht mehr erlebt, auch wenn sie die dicke Schicht aus Ironie und Überheblichkeit erst einmal abtragen musste. So wie damals, als Matthias sein Geologiestudium in München als Jahrgangsbester abgeschlossen hatte. Stolz hatte er die ganze Familie in das beste Fischrestaurant der Stadt eingeladen, als er übers Wochenende seine Eltern besuchte. Bis zur Vorspeise wurde die Etikette aufrechterhalten. Aber Matthias und alle anderen merkten schnell, welchen Wert dieser Prädikatsabschluss für seinen Vater hatte. Einem Geologen würde er niemals die Reederei übertragen und schon gar nicht diesem. Viel zu oft hatte Matthias ihn enttäuscht. Charlottes aufmunternde Worte und Franziskas echte Bewunderung waren für Matthias in diesem Moment bedeutungslos gewesen. Als sich an dem Familientisch dann noch zwei Geschäftsfreunde von Friedrich aus England einfanden, die angeblich vollkommen zufällig ebenfalls an diesem Sonntag einen Tisch reserviert hatten, war das Thema endgültig abgeschlossen. Matthias hatte seine Enttäuschung überspielt, indem er das Mittagessen mit den Londonern torpedierte, auf

Englisch über seinen Vater herzog, den teuersten Rum bestellte und seinem Vater schließlich die Rechnung überließ.

Auch über Friedrichs letzten Willen hatten sie gesprochen. Darüber, dass er seine beiden Kinder im Testament nicht einmal erwähnt hatte. Franziska war tief getroffen, im Leben des eigenen Vaters offenbar keine Rolle gespielt zu haben. Bei Matthias lag die Sache anders. Ihm ging es um Wiedergutmachung. So hatte er sich Charlotte gegenüber ausgedrückt. Als würde nach dem Tod seines Vaters Matthias' Wert als Sohn neu berechnet. Charlotte hatte nur den Kopf geschüttelt. Mathematik und Wut ergaben ganz sicher keinen Seelenfrieden. Diese Gleichung würde nicht aufgehen. Sie hoffte, dass ihr Sohn das möglichst auch bald begriff. Ganz sicher war sie da aber nicht, so wütend und verloren, wie ihr Matthias vorgekommen war.

Über Charlotte selbst hatten sie kaum gesprochen. Matthias schien zu sehr mit sich selbst beschäftigt zu sein, genauso wie Franziska neulich in ihrem Büro. Kleine Planeten auf ihren eigenen Umlaufbahnen. Erst kurz bevor sie zu Bett gegangen waren, hatte Matthias gefragt, wie es ihr ginge. Und gleich nachgeschoben, so als benötige er eine Antwort gar nicht, dass sie sehr gut, ja fast erholt aussähe. Sie hatte ihn angelächelt und mit einem Kuss auf die Wange eine Gute Nacht gewünscht.

Es wurde ein kurzer Abend: die Weingläser noch halb voll, die Mandeln fast vollzählig vorhanden. Alle drei bemühten sich um einen munteren Plauderton. Beiläufig hatte sie Matthias und Franziska mitgeteilt, dass sie zum Testament noch keine Entscheidung getroffen habe. Das entsprach zwar nicht der Wahrheit, aber sie hatte keine Lust auf Diskussionen. Charlotte war mit ihren Gedanken ganz woanders. Nicht in Hamburg und schon gar nicht bei ihren Kindern.

»Seid mir nicht böse, aber ich muss noch ein paar Dinge packen für morgen. Bitte drückt die Daumen, dass alles gut wird.« Charlotte stand auf und umarmte ihre Kinder zum Abschied.

Sie legte sich angezogen aufs Bett, betrachtete den längst reisefertigen Koffer und vertiefte sich in eine von Tania Blixens *Kamingeschichten*.

TAG 46

»Da bist du wieder. *Hvor dejligt,* wie schön.«

Charlotte gab Bente einen Kuss, sanft streichelte sie ihre Wange.

Bente legte die Hand auf ihre und drückte sie. »Hilf mir einmal.«

Charlotte nahm Bentes Kissen, rollte es ein und schob es an das Kopfteil. Dann half sie ihr, sich aufzurichten, indem sie sich Bentes Arme um den Hals legte und sie nach oben zog. Sie sah, wie anstrengend bereits diese kleine Bewegung für ihre Freundin war. Charlotte wischte sich eine Träne aus dem Augenwinkel. Eine Krankenschwester kontrollierte die Infusion und bot Charlotte an, ihr etwas zu trinken zu bringen.

»*Hun er tysker,* sie spricht nur Deutsch«, klärte Bente sie auf und fragte Charlotte, ob sie einen Kaffee haben wollte. Dankbar bejahte sie.

»Troels macht einen Spaziergang. Ich habe ihn rausgeschickt. Er kommt mich in jeder freien Minute besuchen, *gamle nar.* Ich habe Angst, dass er selbst noch krank wird.« Bentes Versuch zu lachen endete in einem Hustenanfall.

Charlotte nahm einen Stuhl, stellte ihn ans Bett und nahm Bentes knochige Hand. »Leicht wie eine Feder«, flüsterte sie.

Bente lächelte und schloss die Augen.

Irgendwann stand Troels am Bett. »Wann bist du gekommen?«, fragte Charlotte und dämpfte ihre Stimme, als sie sah, dass Bente noch schlief.

»Gerade eben erst.«

Offenbar musste auch sie etwas weggedämmert sein, denn sie entdeckte auf dem Tisch die Tasse Kaffee, die sie vorhin bei der Krankenschwester bestellt hatte. Er war inzwischen kalt geworden.

Troels ließ sich in einen zweiten Stuhl fallen. Charlotte musterte ihn. Seine Wangen schienen sich zusammengezogen zu haben, unter seinen Augen hingen tiefe Schatten.

Auch er leidet, dachte sie.

—

In Klampenborg räumte Charlotte das Geschirr zusammen und brachte es in die Küche, während Troels eine zweite Flasche Rotwein öffnete. Er war dankbar gewesen, dass Charlotte heute Abend gekocht hatte. Aus Resten im Kühlschrank und dem, was sie in der Vorratskammer fand, hatte sie einen Auflauf gemacht. Ein echtes Seelenessen, sagte Troels und bat sie, von Hamburg zu erzählen. Von der Alster und dem großen Haus. Sie spürte, wie gut es ihm tat, sich mit ihren Geschichten ablenken zu können. Erst danach erstattete er Bericht. Auf die Medikamente, die Bente seit Montag einnahm, hatte sie zunächst mit Erbrechen und Durchfall reagiert. Die Ärzte wollten sie deshalb lieber im Rigshospitalet behalten. Jetzt hatte sie den ersten Zyklus fast überstanden. Übermorgen könne sie nach Hause, wenn es ihr besser gehen sollte. Offenbar rechneten die Ärzte mit einem Behandlungszeitraum von achtzehn Wochen. Troels zuckte mit den Schultern.

»*Vi må vente.*« Er merkte, dass er dänisch mit Charlotte sprach. »Wir müssen abwarten. Es ist alles noch so früh.« Seine Stimme brach. »Nicht auch noch Bente«, stieß er hervor. Charlotte stand auf und umarmte ihn.

Ein Jahr nach ihrer Rückkehr aus Hamburg war Ingrid Frederiksen ihrem Krebsleiden erlegen. Charlotte wusste, wie sehr ihn der Tod seiner Mutter belastet und verändert hatte. Ihn, den kleinen Prinzen mit den blonden Locken, Ingrids Liebling. In der Schule musste er die Klasse schließlich wiederholen, ein Psychologe kümmerte sich um ihn. Als Charlotte zwei Jahre später Bente in Klampenborg besucht hatte, war sie einem traurigen, zurückgezogenen Troels begegnet. Und da ging es ihm schon besser, hatte Bente gesagt.

»Charlotte, von deiner Schwester hast du viel erzählt, aber was macht eigentlich dein Bruder? Er ist Pastor, oder?«

Charlotte nickte. »Durch und durch, schon sein ganzes Leben. Als Kind ist er unserem Vater auf Schritt und Tritt gefolgt. Er löcherte ihn bei jeder Gelegenheit, fragte nach den Geschichten in der Bibel und liebte es, bei den Gottesdienstvorbereitungen zu helfen. ›Gottes Liebe ist so wunderbar‹ konnte er schon singen, bevor er richtig lesen konnte. Besonders mochte er, wenn sein Vater seinen Talar anhatte. Er wurde dann für Johannes zu einem anderen Menschen, einem, dem er mit Ehrfurcht begegnete, begegnen wollte. Er liebte seinen fröhlichen, zugewandten und unkonventionellen Vater. Aber offenbar brauchte er noch eine andere, eher geistige Instanz.«

Charlotte hielt inne. Warum hatte sich Johannes als Kind so nach dem Spirituellen gesehnt? Bei ihr und später auch bei Gesine war das anders gewesen. Für sie beide gab es nur den einen Heinrich Klindworth, Vater und Pastor in einer Person.

Charlotte erinnerte sich an einen Abend, als Johannes plötzlich verschwunden war. Heinrich und Anna hatten überall gesucht, konnten ihn aber nicht finden. Erst viel später entdeckte ihn Heinrich in der Sakristei. Johannes hatte sich aus dem Talar seines Vaters ein Bett gemacht und war darin eingeschlafen.

»Dein Vater muss doch sehr stolz gewesen sein, dass sein Sohn in seine Fußstapfen treten wollte.«

»Es war ihm egal, in einem guten Sinne. Unsere Eltern wollten vor allem, dass wir glücklich werden. Egal, womit und mit wem.«

Vor zehn Jahren, kurz vor ihrem Tod, hatte Charlotte ihre Mutter im Altenheim besucht. Lange hatte Anna sie damals gemustert und dann gesagt: »Ach Charlotte, wann bist du nur so ernst geworden? Du warst doch ein so fröhliches Kind.« Charlotte hatte gelacht und den Satz sofort wieder vergessen. Jetzt fiel er ihr plötzlich ein.

Heinrich und Anna hatten nie ein böses Wort über Friedrich verloren. Sie waren beeindruckt davon, wie er das Familienunternehmen geführt und erfolgreich saniert hatte. Sie hatten ihm sogar finanzielle Unterstützung angeboten in Zeiten, als es nicht so gut aussah, auch wenn sie gewusst hatten, dass Friedrich ihr Geld nie angenommen hätte.

»Hat Johannes nie geheiratet?«

Sie schüttelte den Kopf. Natürlich hatte sie sich früher häufig gefragt, warum das nie passiert war. Bewerberinnen gab es schließlich genug. Mit seinen schlanken 1,85 Metern, dem vollen braunen Haar und dem markanten Kinn zog er die Blicke auf sich. Zwei oder drei seiner Freundinnen hatte sie kennengelernt, aber daraus hatte sich nichts ergeben.

Warum war er eigentlich nicht mit Sabine zusammengekommen? Was hatte sie gehindert? Von dem Tag an, als sie damals bei ihnen eingezogen war, hatten die beiden sich gut verstanden. Sabine, das Einzelkind, hatte sich immer einen älteren, verständnisvollen Bruder gewünscht. Eine Aufgabe, die Johannes sehr gerne übernommen hatte. Seine eigenen beiden Schwestern hatten an dieser Rollenverteilung kein Interesse gehabt. Charlotte war nur zwei Jahre jünger und bereits damals nicht gerne auf fremde Hilfe angewiesen. Und Gesine, die Nachzüglerin, hatte früh gelernt, alle um den Finger zu wickeln, nicht nur den älteren Bruder.

Johannes hatte gerade sein Theologiestudium in Hamburg begonnen, als Sabine Jan kennenlernte. Nach dem Grundstudium und Sabines Hochzeit war Johannes nach Freiburg gezogen. Dort hatte er auch Marlene getroffen. Aber kaum war er mit ihr zurück nach Hamburg gekommen, trennten sie sich wieder. Den Grund dafür hatte Charlotte nie erfahren. Seine Erklärung, Marlene, der jungen Frau aus dem Berner Oberland, fehlten hier im Norden die geliebten Berge, hatte in Charlottes Ohren wie eine Ausrede geklungen.

Nach Jans Tod hatten Johannes und Sabine angefangen, sich wieder häufiger zu sehen. Und bereits nach wenigen Monaten war die alte Vertrautheit zwischen den beiden wieder da gewesen. Warum sich daraus dann nicht mehr entwickelt hatte, wusste Charlotte nicht. Sie hatte Sabine einmal danach gefragt. Ihre Antwort, das könne sie Jan nicht antun, hatte sie überrascht, denn damals war Jan bereits einige Zeit unter der Erde und Sabine immer noch eine attraktive Frau. Charlotte trank noch einen Schluck Wein.

»Jetzt weißt du alles, Troels.«

»*Det er bedre at være ulykkeligt forelsket end at være ulykkeligt gift. For mange mennesker lykkes begge dele.*«

Troels überlegte. »Ich glaube man sagt *på tysk:* Es ist besser, unglücklich verliebt zu sein, als unglücklich verheiratet. Manchen Menschen gelingt sogar beides.«

»Ist das von Troels Frederiksen?« Charlotte lachte.

»Könnte sogar sein. Ist aber von Guy de Maupassant.« Er schaute Charlotte an. »*Tak for i aften.* Danke für den Abend.«

TAG 47

Johannes schaute auf sein Handy. Sabine hatte geschrieben und gefragt, ob Herr Baader einen neuen Termin benötige. Beim nochmaligen Lesen spürte er die Ironie. Oder war es gar Boshaftigkeit? Einerseits sehnte er sich nach einer Fortsetzung dessen, was er erlebt hatte. Doch die andere Seite in ihm mahnte zur Vorsicht. Denn war es wirklich das, was er von Sabine wollte?

Er dachte an die zwei schönen Stunden vorgestern Mittag in der fremden Barmbeker Wohnung. Wie sie ihn geküsst hatte, ihren Büstenhalter öffnete und seine Unterhose abstreifte. So, wie sie es wohl schon sehr viele Male gemacht hatte, nur nicht bei ihm. Er spürte, wie ihm das Blut auch jetzt wieder ins Gesicht schoss. Sie hatte sein Spiel offenbar von Anfang durchschaut. Warum sie sich darauf eingelassen hatte, wusste er nicht. Das würde er sie gerne fragen. Auch würde er gerne wissen, ob es ihr so gefallen hatte wie ihm und wie sie damit jetzt umgehen sollten. Und natürlich wollte er wissen, wie lange das alles schon ging. Und mit wem. Und warum. Es waren törichte und eitle Fragen, das wusste er. Und doch ließen sie ihn nicht mehr los. Seit zwei Tagen konnte er an nichts anderes denken als an ihre Begegnung, bei geschlossenen Gardinen am hellen Tag. Immer noch beschäftigte, verwirrte und, das musste er sich eingestehen, erregte ihn der Gedanke an

ihren nackten Körper. Erst hatten sie zögernd und behutsam ihre Hände auf Entdeckungsreise geschickt. Als die Lust dann immer größer wurde, hatte Sabine die Initiative übernommen. Sie wusste genau, was ihm Freude bereitete. Er war letztendlich so einfach zu durchschauen wie alle anderen auch.
Aber da war ja noch etwas anderes, eine andere Sehnsucht. Davon hatte er ihr einmal erzählt, und sie hatte die Flucht ergriffen. Er hatte Angst, dass das noch einmal passieren könnte. Und er sie dann vielleicht für immer verlor.

—

Charlotte legte das Buch beiseite, nachdem sie die letzte Zeile vorgelesen hatte. Die ganze Zeit über hatte sie Bentes Hand gehalten. Jetzt sah Charlotte, dass sie weinte. Sie gab ihr einen Kuss auf die Wange.
»Was bittest du mich auch, dir traurige Geschichten vorzulesen.« Charlotte drückte Bentes Hand noch ein wenig fester. Auf dem Krankenhausflur klapperte es. Die Reste vom Mittagessen wurden eingesammelt.
»Das Leben ist letztlich doch nur eine Enttäuschung. Voller Facetten und irrer Wendungen zwar, aber eine Enttäuschung.« Bente schaute aus dem Fenster. Sie hatte Charlotte gebeten, ihre Lieblingsgeschichte von Tania Blixen vorzulesen. »Leidacker«. Ein Baron, dem die Kinder genommen werden und der schließlich die junge Frau seines Sohnes heiratet, um die Erbfolge zu sichern. Ein junger Mann, der Neffe des Barons, der in England lebt und dort mit den Idealen der französischen Revolution infiziert wird. Nach seiner Rückkehr nach Dänemark versucht er, diese jetzt auch in seiner Heimat zu verbreiten, und scheitert. Und schließlich die Dorfbewohnerin, deren

einziger Sohn der Brandstiftung verdächtigt wird und die vom Baron letztendlich ihr Todesurteil empfängt. Ihr Sohn kommt frei, wenn die Mutter ein Roggenfeld an einem Tag und ohne Hilfe abernten kann. Das gelingt ihr unfassbarerweise auch, doch dann bricht sie auf dem Acker tot zusammen.

Wie immer überkam Charlotte bei der Lektüre ein seltsames Unbehagen. Die Moral fand sie zu düster, zu schicksalsergeben schien ihr das Leben der Personen, die dort auftraten. Und hier, im Kopenhagener Rigshospitalet neben der kranken Bente im Bett, ganz besonders.

»Warum ist der junge Mann nicht nach Amerika gegangen, wie er es eigentlich vorhatte?«

»Weil er wusste, dass das nicht sein Schicksal ist. Er musste in Dänemark bleiben.« Bente hatte sich aufgesetzt. Ihre Augen blitzten angriffslustig. »Hast du dir nie solche Fragen gestellt? Ob es vielleicht dein Schicksal war, Lehrerin in Hamburg zu sein?«

»Das war mein Wunsch, Bente.« Charlotte musterte ihre Freundin.

»Und dass du bis zu Friedrichs Tod mit ihm zusammenleben würdest, war auch dein Wunsch?«

»Du meinst, Friedrich war mein Leidacker?« Charlotte kniff die Augen zusammen.

»Vielleicht warst du seiner!« Jetzt musste Bente lachen. Sie zog Charlotte zu sich heran und drückte ihr einen Kuss auf die Lippen.

»Schön, dass du so voller Energie bist. Morgen geht's nach Hause.«

TAG 48

Charlotte hatte Bente bei sich untergehakt. Neben ihnen der kleine Reisekoffer und eine Tasche. Troels hupte, als er mit seinem Auto um die Ecke bog.

Dr. Jørgensen war zufrieden mit Bentes Testergebnissen gewesen. Jetzt sollte sie sich zu Hause von dem ersten Zyklus erholen. In zwei Wochen werde man die Behandlung dann fortsetzen. Wenn Bentes Körper sich bis dahin weiter stabilisiert hatte, könne sie nach der Einnahme der Medikamente auch gleich wieder nach Klampenborg. Sein Nicken zum Abschied wirkte zuversichtlich, fand Charlotte.

»Gehen wir später noch ein wenig spazieren?«, fragte Bente voller Tatendrang. Troels und Charlotte, die neben Bente auf dem Rücksitz Platz genommen hatte, tauschten einen kurzen Blick.

»*Selvfølgelig, skat*, selbstverständlich, mein Schatz.« Troels lächelte, während Charlotte die Hand ihrer Freundin hielt. Dann war Bente eingeschlafen.

—

Sabine ließ die fremde weiße Wohnungstür hinter sich ins Schloss fallen und blieb im Flur stehen. Sie sah die Tür in Barmbek vor sich, die sie zugezogen hatte, vor jetzt drei Tagen. Den Körper dahinter, den sie gestreichelt hatte. Johannes' Körper. Seitdem hatten sie keinen persönlichen Kontakt mehr gehabt. Gestern hatte sie ihm eine SMS gesendet und ihr kleines, geheimes Spiel fortgesetzt. Der Gedanke gefiel ihr. Doch sobald sie die Nachricht abgeschickt hatte, ärgerte sie sich. Sie hatte das Gefühl, die Kontrolle zu verlieren.

Zunächst war Sabine wütend auf ihn gewesen. Johannes' irritierten Blick hatte sie wohl bemerkt, als ihnen Herr Ziesemer an jenem Vormittag in Barmbek in die Arme gelaufen war. Sie ahnte, dass diese kurze Begegnung bei Johannes Neugier geweckt hatte. Als sie dann unter einer ihr unbekannten Nummer eine Nachricht bekam, fehlte nur noch eine kurze Auskunft. Herr Ziesemer war ein schlechter Lügner. Von einem Johannes Klindworth oder Hans Baader habe er noch nie etwas gehört und selbstverständlich auf keinen Fall ihre Nummer weitergegeben. Nachdem Sabine damit gedroht hatte, sämtliche Termine mit ihm zu streichen und sich traurig von ihm verabschiedete, war er eingeknickt. Sie war selbst ein wenig überrascht, wie einfach es gewesen war.

Warum hatte sie sich auf eine Verabredung mit dem falschen Hans Baader eingelassen? Wenn sie ehrlich war: weil sie Lust auf Johannes hatte. Lust auf einen Mann, den sie seit beinahe sechzig Jahren kannte. Und Lust auf einen Körper, den sie immer schon gerne betrachtet hatte. Da musste sie Jan recht geben. Bei allem anderen nicht. Einmal wollte sie diesen Körper nicht nur anschauen, sondern anfassen und spüren. Sie mochte das, was sie da schließlich in den Armen hielt.

Aber nun wusste sie nicht mehr, wie es weitergehen sollte.

—

»Viel Spaß mit eurer Ladies Night«, rief Troels ins Wohnzimmer hinein und verließ das Haus. Er wollte den Abend bei seinem Freund in Malmö verbringen.

»Troels tut es gut, dass du da bist.« Bente bemerkte, dass der Satz etwas schief saß. »Mir natürlich auch. Mir erst recht.«

»Und dieser Freund in Malmö, zu dem Troels regelmäßig fährt?«

»*Nej Lotte, ikke Troels*. Troels doch nicht. Anders und er kennen sich schon viele Jahren. Seit Lise ihn verlassen hat und Anders' Frau bei einem Flugzeugabsturz ums Leben kam, sehen sich die beiden wieder regelmäßig. Ab und zu fahren sie sogar zusammen in den Urlaub. Anders ist ein feiner Kerl, aber eben auch ein Kerl.«

Bente hatte den ganzen Tag geschlafen. Einmal war sie aufgewacht und hatte um einen Tee gebeten. Aber als Charlotte ihn ihr auf den Nachttisch gestellt hatte, war sie bereits wieder eingeschlafen. Irgendwann hatten Charlotte und Troels das Haus verlassen und in Klampenborg noch ein bisschen Salat und Gemüse fürs Abendessen gekauft. Als sie wiederkamen, war Bente im Bad und duschte.

»Gab es nach Lise keine Frau mehr an Troels' Seite?«

Da es abends jetzt wieder kühler wurde, hatten sie entschieden, im Wohnzimmer zu bleiben. Charlotte hatte Kissen und Decken zusammengesucht und sie vor dem Kamin verteilt, Bente das Feuer gemacht.

»Keine Ahnung. Ich glaube, Troels ist den Frauen zu traurig.«

»Ich finde, er ist ein wunderbarer Mann. Hilfsbereit, zugewandt und niemand, der nur um sich selbst kreist. Davon gibt es nicht so viele.«

»Du hast recht. Er ist kein Macho und kein Idiot. Aber er

kreist auch um sich selbst. Um sich und seine Traurigkeit, *hans tristhed.* Und steckt mich damit an.« Bente schüttelte ein Kissen auf und schob es sich in den Rücken.

—

Sabine war ein wenig überrascht gewesen, dass Gesine sie ins »Pilauw« eingeladen hatte. Ein angesagtes neues Restaurant mit arabisch-israelischer Küche am Oberhafen war nicht unbedingt der Ort, den sie ansteuern würde. Sie war froh, dass Gesine wieder eingezogen war. Die letzten Wochen war sie sich ein wenig allein vorgekommen in dem großen Haus. Hätte Sabine der Rückkehr von Gesine nicht zugestimmt, säße Charlottes Schwester jetzt immer noch irgendwo, aber sicher nicht in der Walderseestraße. Vielleicht war die Einladung in den hippen Laden an der Elbe Gesines Art, sich bei ihr zu bedanken. Die offizielle Erklärung war ein wenig schnöder: Gesine war auf der Suche nach einem Ort für die jährliche Benefizgala der Hanseatischen Kulturstiftung. Eine ungewöhnliche Location, gutes Essen, ein paar kulturelle Darbietungen und prall gefüllte Geldbeutel der Eingeladenen. Das waren für Gesine stets die Leitplanken erfolgreicher Stiftungsarbeit gewesen. In den letzten Jahren hatte sie das Scouting von interessanten Locations, wie sie sich gegenüber Sabine ausdrückte, immer gemeinsam mit Theresa Nonnenmacher gemacht. Dieses Jahr, hatte Gesine gesagt, würde Theresas Nachfolger Bernd Hasloch übernehmen und ihr würde jetzt schon vor dem Gedanken grausen.

Sie hatten sich zunächst durch allerlei Mezze probiert, wurden dann von Lammfrikadellen mit Pistazien und Joghurt überrascht und freuten sich schließlich über Clafoutis mit Feigen und Thymian. Zum Mokka schließlich erschien der Besitzer des Restaurants, Ali Zahkar, und wurde umgehend von Gesine umgarnt. Sie sprachen über den exakten Termin der geplanten Benefizveranstaltung, da das »Pilauw« Ende November bereits mehrere Weihnachtsfeiern ausrichten wollte. Man einigte sich schließlich lächelnd und augenklimpernd auf einen Montag Mitte des Monats, an dem das Restaurant exklusiv für die Kulturstiftung öffnen würde.

Sabine genoss das Essen und das ganze Spektakel, das sich ihr bot, auch wenn sie sich in dieser jungen, bunten Umgebung zehn Jahre älter fühlte. Sie musterte Gesine, die wie verwandelt wirkte seit ihrem Zusammenbruch neulich am Schalsee. Natürlich tat es ihr gut, sich wieder mit Charlotte versöhnt zu haben. Aber auch die Rückkehr in das Haus in der Walderseestraße schien sie zu erden, glücklicher zu machen. Sabine war froh, Gesine so verwandelt zu sehen. War vielleicht doch alles nicht so schlimm?

»Hast du seine langen Wimpern gesehen?«, flüsterte Gesine, nachdem Zahkar ihren Tisch wieder verlassen hatte.

»Ganz schön jung auf alle Fälle.«

»Wag es bloß nicht.« Gesines Augen funkelten. »Und überhaupt, Sabinchen, du lebst doch seit dem Tod von Jan auch nicht wie eine Nonne, oder?«

Sabine schluckte und nestelte an ihrer Serviette.

»Ach komm, sag schon. Wie ist er denn so?« Gesine schaute sie mit einem verschwörerischen Grinsen an.

Sabine spürte, wie ihre Wangen anfingen zu glühen. »Wer?«

»Wer wohl!«

»Ich weiß nicht, wen du meinst. Wir sollten auch langsam mal zahlen.«

»Mein Bruder natürlich. Der heilige Johannes.«

Sabine schüttelte den Kopf.

»Er ist in dich verknallt, seit du damals bei uns eingezogen bist.«

Durch Sabines Kopf rasten die Gedanken so schnell wie auf einer Carrera-Bahn. Sie könnte Gesine doch jetzt nichts von ihrem Treffen erzählen? Oder hatte Johannes das bereits getan? Sie sah, wie Gesine ungerührt noch einen Schluck von dem scharfen Ingwerschnaps nahm, der neben dem Mokka auf dem Tisch stand. Wahrscheinlich wusste sie nichts, entschied Sabine.

»Ich möchte wirklich zahlen.«

In der Dunkelheit des Taxis, das sie und Gesine zurück in die Walderseestraße brachte, ging es Sabine wieder besser. Plötzlich kam ihr das eigene Verhalten kindisch vor.

»Du wirst es nicht glauben, aber Johannes und ich sind tatsächlich nur gute Freunde«, sagte sie zu der vor ihr sitzenden Gesine. Entweder war sie bereits eingeschlafen oder hing eigenen Gedanken nach, auf Sabines Worte reagierte sie zumindest nicht. »Außerdem kann niemand einen so großartigen Mann wie Jan ersetzen.«

»Jan hat sich umgebracht. In Johannes' Sakristei. Das weißt du genau. Machen das großartige Menschen so?« Gesines Stimme vom Beifahrersitz war kühl und klar.

—

Charlotte stand auf, legte zwei Holzscheite in den Kamin und schenkte Bente und sich noch etwas Rotwein ein. Dann ging sie nach oben und kam mit ihrer Handtasche zurück. In warme Decken gehüllt, schaute Bente sie fragend an. Charlotte gab ihr einen Kuss und setzte sich neben sie. Dann öffnete sie die Tasche und holte einen Umschlag hervor.

»*Quid pro quo.* Gestern habe ich dir etwas vorgelesen, heute bist du dran.«

»Was ist das?«

»Ein Brief. Dein Brief.«

»*Nå*, woher hast du den denn?«

Charlotte nahm ihre Hand und küsste sie sanft. »Aus Friedrichs Schreibtisch«, sagte sie nüchtern und überreichte ihr den Brief.

Bente kamen die Tränen. Charlotte drückte die Hand noch ein wenig fester.

»Hast du ihn gelesen?«

Charlotte schüttelte den Kopf.

Bente streichelte Charlottes Wange, wischte sich die Tränen aus dem Gesicht und zog den Brief aus dem Umschlag.

Til den smukkeste pige,
kære Lotte,
vor einer Woche bist du zurück nach Hamburg
gefahren und erst jetzt kann ich dir schreiben. Ich
wollte das eigentlich schon viel früher tun, gleich
nachdem du Klampenborg verlassen hast. Aber es ging
nicht. Ich habe mich eine Woche ins Bett gelegt und
an die Decke gestarrt. Mehr nicht. Nur gestarrt. So als
müsste ich nur lange genug schauen und dann fällst du
von oben herab in meine Arme.
Mein armer Vater dachte, jetzt sei ich endgültig
verrückt geworden, und hätte fast einen Arzt
gerufen. Aber Troels hielt ihn davon ab. Sie hat nur
Liebeskummer, sagte er. Sonst nichts. Dabei stimmte
auch das nicht. Denn die Liebe macht mir keinen
Kummer. Im Gegenteil.

Ich habe einmal einen Satz von Karen Blixen gelesen. Du weißt, das ist die seltsame Frau mit den merkwürdigen Geschichten und dem bedrohlichen schwarzen Lidstrich, über den wir so oft gelacht haben. Du hast einmal gesagt, dieser Lidstrich habe die Fähigkeit zu töten. Und das stimmt, min smukke pige. Also, das Zitat vom Lidstrich geht auf Deutsch, glaub ich, so:
»Kannst du dir überhaupt eine neue Vollkommenheit vorstellen, kannst du einen neuen Wunsch formen und dir wirklich etwas Begehrenswertes denken – dann blicke empor: Es hängt schon an den grünen Zweigen.«
Seit den Tagen mit dir hier blicke ich empor.
Ich erinnere mich an das Eis und den Kuss an der Kleinen Meerjungfrau, den alle sehen konnten und der doch niemanden interessiert hat. Wir waren die Einzigen, die aufgeregt und unsicher waren. Auf dem Rückweg nach Klampenborg bin ich mit dem Fahrrad durch Glasscherben gefahren. Ich wollte schon schieben oder am liebsten das Rad gleich in den Öresund werfen. Du hast nur gelacht und das Rad mit ans Wasser genommen, geschaut, wo das Loch war und dann mit einem Gummiflicken abgedichtet. Schließlich holtest du, Simsalabim, eine kleine Luftpumpe aus deiner Tasche. Du hast gesagt, du hättest all das immer dabei, seit du in Hamburg nach unserem Ausflug ins Schwimmbad mit zwei platten Reifen nach Hause gekommen warst. Zwei Minuten später fuhren wir wieder auf dem Strandvej. Da wusste ich: Mit dem Mädchen will ich leben, alt werden und dann, viel, viel später, sterben.

Bente zog ein Taschentuch aus der Hosentasche. »*Sikke noget forfærdeligt kitsch!* Was für ein furchtbarer Kitsch, ist das peinlich«, sagte sie, während ihr die Tränen über das Gesicht liefen. Charlottes Hirn kramte die alten Bilder hervor. Der Kuss neben der Kleinen Meerjungfrau, das geflickte Fahrrad am Öresund. Etwas verblichen waren die Bilder inzwischen, aber sie waren alle noch da.

> *Ich schreibe jetzt auf der Terrasse weiter, Lotte. Auf dem Wasser rauschen die Segelboote vorbei. Vom Bellevue Strand höre ich Kinderlachen. Und plötzlich Geschrei. Ich glaube, es geht um einen Ball.*
> *In unserer letzten Nacht war es dort ganz still. Wir hatten Decken und Tücher mitgenommen und uns ein Bett unter den Sternen gebaut. Ich habe dich geküsst und dann du hast genickt. Es war die schönste Nacht meines Lebens.*
> *Du hast zum Abschied gesagt, dass du in Hamburg ein paar Dinge klären willst und dann zurückkommst.*
> *Ich weiß, dass du zurückkommst, denn der Gott, den du suchst, ist dein eigener Gott. Noch so ein Satz vom Lidstrich.*
> *Lotte, ich werde auf dich warten: neben der Kleinen Meerjungfrau mit einem Eis, am Öresund mit dem Fahrrad und am Strand mit meinem ganzen Herzen.*
> *Immer deine Bente.*

Charlotte nahm Bentes Hand und ließ sie lange nicht mehr los.

—

Sabine saß in dem alten hellbraunen Sessel aus Kunstleder und betrachtete das gerahmte Foto neben der kleinen Lampe. Das Foto aus ihrer Barmbeker Küche. Jans letzter Tag auf hoher See. Sie erinnerte sich, wie sehr sie sich auf die Zeit mit ihm gefreut hatte. Vorüber endlich die Jahre, in denen das gemeinsame Leben aus Tagen und wenigen Wochen bestand, aus kurzen Landgängen zwischen den langen Monaten auf See. Jan hatte immer von einem kleinen Restaurant geträumt. Wieder und wieder lag er damit Sabine in den Ohren und bekam leuchtende Augen. Bodenständige Küche, viel Fisch und kein Seemannsgarn, lautete der Plan. Jan hob Sabine in die Luft. Und du machst natürlich die Salate und den Kuchen und ... lachend und glücklich lagen sie sich in den Armen. Johannes hatte sich in seiner Gemeinde umgehört und tatsächlich etwas aufgetan. Ein kleiner Raum in Altona mit angrenzender Küche. Genau das Richtige für den Anfang, war sich Sabine sicher. Sie hatte den Laden gedanklich längst eingerichtet und sah sich bereits jeden Morgen frisches Brot backen. Auch Jan war zunächst begeistert. Aber dann erschien ihm der tägliche Weg von Barmbek zu weit, die Küche zu marode und die Lage nicht ideal. Sabine wurde aus ihm nicht schlau. Immer wenn sie darüber reden wollte, blockte er ab. Später, als sie an einem Sonntag an der Elbe entlanggeradelt waren, hatte Jan Sabine den wahren Grund genannt. Zunächst glaubte sie, er mache einen Scherz und lachte. Aber dann sah sie seine traurigen Augen und den festen Blick. Er wollte das Restaurant nicht übernehmen, weil Johannes es entdeckt hatte. Weil Johannes sich gekümmert hatte, weil Johannes ein gutes Wort für ihn eingelegt hatte und weil Johannes ihm sogar Geld leihen wollte. Vor allem aber, weil Sabine immer so strahlte, wenn sie von Johannes kam, ihn in seiner Gemeinde unterstützte oder sich um den großen Garten kümmerte.

Sabine hatte irgendwann eingesehen, dass gutes Zureden hier nicht half. Sie stellte die Arbeit in Johannes' Gemeinde ein, mied den Kontakt und sah auch Charlotte seltener als früher. Bald hatte sie das Gefühl, dass es Jan wieder besser ging. Sie waren an irgendeinen Baggersee im Umland gefahren, um zu schwimmen. Jan hatte sogar einen Picknickkorb vorbereitet. Zum ersten Mal seit Langem erzählte er ihr von seinen Plänen. Er wollte seine Arbeit im Hafen kündigen und einem Freund helfen, der einen Imbiss übernommen hatte. Bodenständige Küche, viel Fisch und kein Seemannsgarn. Jan lächelte, packte Sabine mit seinen kräftigen Armen und trug sie ins Wasser.

Zwei Wochen später war er tot, erhängt in der Sakristei, ausgerechnet an einem Sonntag. Johannes fand ihn nach dem Gottesdienst.

Sabine sah auf die Uhr. Fast halb eins. Sie hatte den Seewetterbericht verpasst.

—

Rot und gelb schimmerten im Kamin die wenigen Glutnester, die übrig geblieben waren. Ihre Wärme hing noch im Raum. Charlotte wickelte sich in eine Decke ein, öffnete die Terrassentür und setzte sich auf einen der Gartenstühle. Es war eine sternenklare Nacht. Sie atmete die kühle Luft ein. Von der schwedischen Küste blinkten helle Lichter zu ihr herüber. Bente war irgendwann erschöpft nach oben gegangen. Ganz langsam hatte sie sich am Treppengeländer hochgezogen. Froh, endlich wieder in ihrem eigenen Bett schlafen zu können, so war es Charlotte vorgekommen.

Bente hatte Charlotte ihr Leben erzählt. Fünfzig Jahre in zwei Stunden. Zum Schluss hatte sie fast nur noch dänisch gesprochen. Charlotte verstand lediglich ein paar Worte, aber sie wollte ihre Freundin nicht unterbrechen. Sie wusste, wie schwer Bente alles fiel: das Reden, das Leben, die Erinnerung.

TAG 63

Sanft schnurrte das Kajak durchs Wasser. Ein sonniger Herbsttag, nur eine leichte Böe aus Nordwest, ideale Voraussetzungen. Charlotte hatte es sofort gewusst, als sie am Morgen die Fenster geöffnet hatte.

Troels und sie hatten Bente nur mit Mühe überreden können, mit ihnen wieder ins *Rigshospital* zu fahren. In den letzten Tagen war sie zu Kräften gekommen, hatte gekocht und sogar wieder einen kleinen Bummel durch Kopenhagen gewagt. Als sie gestern Abend zu dritt am Tisch saßen, sagte Bente plötzlich, dass es ihr so gut ginge wie lange nicht mehr und dass sie die Therapie nicht mehr fortsetzen würde. Durch die anschließende Stille hallte ihr kehliges Lachen.

»*I skulle bare se hinanden.* Wenn ihr euch sehen könntet. Natürlich mache ich weiter.« Charlotte lächelte, aber sie wusste, wie müde Bente war, ausgelaugt von ihrem langen Kampf.

Da es beim ersten Mal Komplikationen gegeben hatte, wollten die Ärzte Bente zumindest für eine Nacht dortbehalten. Sie hatte schließlich zugestimmt.

»Dann kannst du endlich auch einmal durchschlafen, *Skat.*«

Bente hatte einen unruhigen Schlaf. Mehrmals in der Nacht wurde sie wach, warf sich hin und her. Manchmal stand sie auch auf und verschwand in ihrem Arbeitszimmer, um zu lesen. Doch Charlotte bekam von alldem nur wenig mit. In den vielen Jahren, die Friedrich und sie getrennte Schlafzimmer besaßen, hatte sie sich ein paar Atemübungen angeeignet, um nicht stundenlang wach zu liegen. Gleichzeitig freute sie sich darüber, wie schnell sie sich wieder daran gewöhnt hatte, neben einem anderen Menschen einzuschlafen und aufzuwachen. Charlotte war sich nicht sicher, ob es Bente ähnlich ging oder sie den Aufenthalt im Krankenhaus nicht vielleicht sogar genoss. Ein Bett endlich wieder für sich allein, wie in all den Jahren zuvor auch.

»Warum bist du damals nicht zurückgekommen?«

Charlotte klang der Satz auch auf dem Öresund nach. In den vergangenen Wochen hatte Bente ihr die Frage drei Mal gestellt. Das erste Mal kurz nach ihrer Ankunft in Klampenborg, als Charlotte von Bentes Brief erfuhr. Das zweite Mal nach ihrem langen Abend vor dem Kamin, als Troels in Malmö übernachtet hatte. Charlotte saß noch lange auf der Terrasse und musste an Bentes Reisen denken, von denen sie erzählt hatte. Reisen an den Amazonas und in die Antarktis, nach Wladiwostok und New York. Reisen, so kam es Charlotte an jenem Abend vor, die Bente überall dort hingeführt hatten, wo sie hoffte, glücklich zu werden. Matthias kam ihr in den Sinn. Seine Reisen, sein Fortsein. Bei ihrem Sohn vermutete Charlotte jedoch einen anderen Grund als bei Bente, ein anderes Ziel. Aber was wusste sie schon von der Ferne?

Als Charlotte sich schließlich an diesem Abend müde und voller Gedanken neben ihre Freundin ins Bett gelegt hatte, war Bente noch wach gewesen. »Warum bist du damals nicht zurückgekommen?«, flüsterte sie in die Stille. Charlotte sah die auf sie gerichteten Augen, die in der Dunkelheit auf eine Antwort hofften. Sie hatte Bente einen Kuss gegeben, sich auf die Seite gedreht und war sofort eingeschlafen.

Charlotte merkte, wie sie immer weiter abtrieb. Klampenborg war bereits ein gutes Stück entfernt. Im Süden sah sie die Hafenanlagen von Kopenhagen, im Osten schien die schwedische Küste plötzlich zum Greifen nah. In ihren Fingern kribbelte es. Charlotte blickte zum Himmel. Lediglich ein paar Schäfchenwolken zogen über sie hinweg. Auch der Wind schien weiterhin kein Problem zu sein. Dann erhöhte sie die Schlagfrequenz.

»Warum bist du damals nicht zurückgekommen?« Gestern hatte Bente die Frage noch einmal gestellt. Und ihr Blick hatte Charlotte gesagt, dass ein Kuss als Erklärung dieses Mal nicht ausreichen würde. Sie hatten gerade einen Kaffee im chinesischen Pavillon getrunken. Das Haus mit den markanten Holzpagoden lag inmitten des *Frederiksberg Have*, einem Park, den Charlotte bei ihrem ersten gemeinsamen Besuch in Kopenhagen mit Friedrich durchquert hatte. Seit Wochen hatte sie sich das selbst gefragt, hatte wieder und wieder in sich hineingehorcht und doch keine Antwort gefunden, der sie traute. Sie hatte das Bente gestern genauso gesagt, nachdem sie den Pavillon verlassen hatten und noch eine kleine Runde gehen wollten. Fluchend hatte Bente Charlotte den Mantel aus den Fingern gerissen und war in Richtung Parkplatz gelaufen. Charlotte hatte Mühe hinterherzukommen, auf ihre lauten Rufe reagierte sie nicht. An den Bänken, die den Eingangsbereich des Parks säumten, hatte sie Bente schließlich atemlos eingeholt. Nur widerwillig ließ sie sich von Charlotte umarmen.

»Was ist los? Warum rennst du vor mir weg?«, flüsterte sie.

»Ich muss das wissen, Lotte.« Sie sah die Tränen in Bentes Augen. »Ich muss wissen, warum du nicht zurückgekommen bist. Lag es an mir? *Det var min skyld, ikk?*«

Das dumpfe Tuten eines Horns riss Charlotte aus ihren Gedanken. Im nächsten Moment drohte eine Welle, ihr Kajak zu kippen. Nur mit Mühe hatte ein Boot im letzten Moment ausweichen können. Ihr Zweisitzer füllte sich sekundenschnell mit Wasser. Charlotte wurde panisch. Sie drehte sich mit ihrem Kajak einige Male um sich selbst, bis der Wellengang wieder etwas nachließ. Mit zitternden Fingern wischte sie sich die nassen Haare aus dem Gesicht und schlug mit der flachen Hand gegen ihre Wangen. Sie fixierte das noch einige Hundert Meter entfernt liegende schwedische Festland und ließ das Paddel wieder in das Wasser eintauchen.

Mit letzter Kraft erreichte sie die Küste. Zwei Strandspaziergänger halfen ihr, das Kajak an Land zu ziehen. Mit zitternder Hand holte sie das Handy aus ihrer Hosentasche, das sie immer in einem kleinen Plastikbeutel verstaut hatte, wenn sie auf dem Wasser unterwegs war, und rief Troels an.

»Wo bist du, Charlotte?«

»In Schweden.« Sie fragte die Spaziergänger auf Englisch nach dem Ort. »In Barsebäckshamn.« Am anderen Ende hörte sie ein Glucksen, das schnell zu einem donnernden Prusten anwuchs.

»Nå, Charlotte, such dir einen Platz, wo du dich aufwärmen kannst. Das dauert jetzt etwas.« Lachend beendete er das Telefonat.

TAG 71

Johannes sah auf die Uhr. In einer halben Stunde würde Sabine kommen. Dann würde er den Spuk endlich beenden. Fast vier Wochen waren inzwischen vergangen, und die Erinnerungen an jenen Barmbeker Mittag, als er zum ersten Mal mit Sabine geschlafen hatte, erschienen ihm mit jedem Tag diffuser. Obwohl sie sich immer mal wieder begegnet waren, hatte er das Gefühl, Sabine ginge ihm aus dem Weg. Manchmal tauchte er unangekündigt in der Walderseestraße auf, um mit ihr oder Gesine spazieren zu gehen. Sabine schüttelte nur den Kopf, selbst halbgare Ausreden kamen ihr nicht über die Lippen. Auch im Gemeindehaus entzog sie sich ihm. Johannes schien es sogar, als achte sie darauf, möglichst nicht allein mit ihm in einem Raum zu sein. An einem regnerischen Abend vor ein paar Tagen hatte er schließlich sein altes Handy aufgeladen, angeschaltet und ihr geschrieben. Er hatte vorgeschlagen, das Treffen dieses Mal in seiner Wohnung stattfinden zu lassen.

In Jeans, T-Shirt und Strickjacke stand Sabine schließlich vor ihm. Johannes war erleichtert. Ihm schien es, als würde auch sie das merkwürdige Spiel beenden wollen. An dem großen Holztisch in der Küche hatten sie Hunderte Male gemeinsam gesessen. Auch an jenem Sonntag, als Johannes Jan erhängt in der Sakristei gefunden hatte. Erst als Notarzt und Polizei ihre Arbeit längst beendet hatten, war er zu ihr nach Hause gefahren.

Sie hatte geschrien und geweint, mit den Fäusten gegen seine Brust geschlagen und sich mit einem Messer an ihren Armen zu schaffen gemacht. Der Küchentisch war voller Blut, als er aus dem Schlafzimmer zurückkam. Er hatte dort ein paar von Sabines Kleidungsstücken in eine Tasche geworfen. Notdürftig verband er die Wunde mit einem Tuch und stellte erleichtert fest, dass sie nicht besonders tief war.

An seinem Küchentisch war Sabine schließlich zusammengesackt. »Jetzt habe ich nichts mehr«, hatte sie leise geflüstert und noch ein Glas von dem Aquavit getrunken, den Johannes für sie aus dem Gefrierfach geholt hatte.

»Du hast uns, das weißt du.« Er hatte die Hand auf ihre Schulter gelegt. Sie hatte sie abgeschüttelt wie ein lästiges Insekt.

»Schön, dass du da bist.« Johannes versuchte eine Umarmung. Aber Sabine entwand sich ihm, indem sie sich setzte, den Stuhl an den Tisch zog und ihre Hände dort ablegte. Sie schaute ihn mit festem Blick an. Er hatte das Gefühl, auf verlorenem Posten zu sein, mit seinen Fragen, seiner Ungewissheit, seiner Sehnsucht.

»Was kann ich für Sie tun, Herr Baader?«

»Wollen wir damit nicht aufhören?«, fragte Johannes sanft.

»Du hast damit angefangen.« Sabine imitierte seinen Tonfall.

Einen Moment saßen sie schweigend da und schauten sich an. Johannes wusste nicht, wie er dieses Gespräch führen sollte. Dabei war er sich eben noch sicher gewesen, klare Gedanken zu fassen und die richtigen Worte zu finden.

»Weißt du, wie es Gesine geht? Ich habe das Gefühl, sie weicht mir aus.« Johannes war froh, dass überhaupt ein paar Worte den Weg nach draußen fanden.

Sabine machte ein überraschtes Gesicht. »Du kennst deine Schwester besser als ich. Die Scheidung wurde eingereicht. Dem lautstarken Streit vorgestern bei uns im Flur nach zu urteilen müssen die Details aber noch geklärt werden. Zumindest scheinen sich die Wogen in der Kulturstiftung geglättet zu haben.«

»Gut.« Johannes nickte. Er hatte das Gefühl, Sabine ahnte, was in ihm vorging.

Dann stand sie auf. Johannes verließ der Mut. Er ärgerte sich über sich selbst. Er hatte seine Chance verpasst. Gleich würde Sabine gehen und ihn allein lassen mit seiner Unsicherheit und seinen Sehnsüchten.

»Kommst du?«, fragte sie leise. Im Schlafzimmer zog sie die Vorhänge zusammen, legte ihren Schmuck ab und wandte sich zu ihm um.

—

Sabine küsste ihn noch einmal auf den Mund.

»Ich muss los.« Sie schlug die Bettdecke beiseite.

»Bleib noch, bitte.«

Sabine ließ sich zurück auf das Kissen fallen und drehte sich zur Seite, um Johannes in die Augen zu sehen.

»Ich liebe dich. Aber das weißt du ja.«

Sabine schluckte. Sie hob die Hand und streichelte seine Wange.

»Und wie geht es jetzt weiter mit uns? Ich wünsche mir ...«

Sabine ließ die Hand sinken und schloss die Augen. »Es ist doch gut, wie es jetzt ist, Johannes.« Beide schwiegen. Johannes legte die Hand auf ihren Unterarm.

»Meinetwegen ist schon Jan unglücklich geworden. Ich möchte nicht, dass es dir ähnlich ergeht.«

Er drehte sich auf den Rücken und strich sich über die Augenbrauen. So als herrschte dort ein großes Durcheinander, das es schleunigst zu ordnen galt.

Sabine stand auf und nahm ihre Kleidung, die sie über einen Stuhl gelegt hatte. Johannes verfolgte aufmerksam jeden ihrer Schritte.

»Ich verstehe dich nicht. Du machst mich gerade sehr glücklich.«

Die Jeans, das T-Shirt und ihre Unterwäsche an ihren Körper gepresst, ging Sabine noch einmal zurück ans Bett.

»Wie andere auch, Johannes. Wie andere auch.«

Eine Minute später hörte er, wie die Tür ins Schloss fiel.

TAG 84

Matthias hatte seinen Besuch angekündigt. Sie hatte eine kurze Nachricht von ihm erhalten. Er wolle sie gerne treffen, wo auch immer. Er würde auch nach Kopenhagen kommen. Mehr nicht. Charlotte hatte zugesagt. Nun stand sie selbst am Kopenhagener Hauptbahnhof und nahm Besuch aus Hamburg in Empfang. So wie das Bente und Troels einige Male bei ihr gemacht hatten.

Nachdem Bente auch den zweiten Zyklus gut überstanden hatte, hatte sie sich über die Gelegenheit gefreut, endlich einmal eines von Charlottes Kindern kennenzulernen. Auf Friedrichs Beerdigung war sie den beiden zwar begegnet, hatte aber weder mit Matthias noch mit Franziska ein Wort gewechselt. »Die Kinder gehören doch zu dir, Lotte«, hatte sie gesagt. »Ich will alles von dir wissen.«

Charlotte wartete unten am Gleis, direkt an den Rolltreppen, die hinauf in die Bahnhofshalle führten. Matthias hatte offenbar am anderen Ende des Zuges gesessen, langsam sah Charlotte ihn auf sie zukommen. Als Erstes fiel ihr sein schleppender Gang auf. Zog er sein linkes Bein nach? Er hatte weiter abgenommen, das sah sie sofort. Seine Cordhose schlackerte um die Hüfte.

Matthias zögerte, als er vor ihr stand. Sie lächelten sich an, wie es ehemalige Arbeitskollegen tun, die sich nach vielen

Jahren plötzlich zufällig auf der Straße begegnen. Charlotte nahm ihn schließlich in den Arm und spürte, wie gut ihr das tat.

Im *Café Europa* inmitten der Fußgängerzone erzählte er seiner Mutter von dem Grund für seinen überraschenden Besuch. Er werde kommende Woche zurück nach Peru fliegen. Sein Projekt habe noch einmal Geld von einer Stiftung bekommen, sodass zumindest einige Forschungen in der Wüste beendet werden könnten. Charlotte freute sich, dass Matthias jetzt wieder eine Perspektive zu haben schien.

»Wie lange wird das Geld reichen?« Sie lehnte sich zurück und schaute aus den großen Panoramafenstern auf den Storchenbrunnen. Ein junger Musiker spielte Gitarre. Offenbar mit Verstärker, denn das Lied schwappte bis ins Café. Charlotte kannte es nicht.

»Ein, maximal zwei Jahre. Und dann ist auch gut.«

Sie schaute ihren Sohn fragend an.

»Paläomagnetik.« Matthias grinste.

Er hatte sich in München mit einem ehemaligen Studienfreund getroffen, der an der Universität ein neues Forschungsgebiet betreute und Unterstützung gebrauchen könnte. Er lobte Matthias' Expertise auf dem Gebiet der alternativen Energiegewinnung und verwies auf seine zahlreichen Auslandsaufenthalte und Veröffentlichungen. Matthias fühlte sich geschmeichelt, wusste aber nicht genau, was er mit dem Angebot anfangen sollte. Schließlich hatte er versprochen, sich die ganze Sache einmal zu überlegen.

»Schön, wenn du wieder in Deutschland wärst.«

Matthias lächelte.

»Du meinst, es reicht, wenn einer aus der Familie weg ist?«

Seine Bemerkung versetzte ihr einen kleinen Stich. Natürlich dachte Charlotte an ihr Haus in Hamburg, ihr Zuhause. Oft fragte sie sich, wie es Gesine ging und was Sabine machte. Sie stand auch mit Johannes und Franziska in Kontakt, aber eine SMS ersetzte nicht das persönliche Gespräch. Und sie vermisste ihr Boot, ihre kleinen Touren auf der Alster im Kajak am frühen Morgen. Und die angenehm spärliche Konversation mit dem alten Jörn Wuhlisch. Charlotte hielt inne. Hatte sie das gerade wirklich gedacht? Der alte Jörn Wuhlisch? Wuhlisch, den sie schon seit Jahrzehnten kannte und der, wie sie einmal herausgefunden hatten, nur ein paar Monate älter war als sie selbst? Sie musste schmunzeln.

Sie sah in Matthias' fragendes Gesicht. »Mein Platz ist gerade hier, ja.«

»Ich bin auf jeden Fall gespannt auf die neue dänische Verwandtschaft.«

Bisher hatten Franziska und Matthias kaum etwas über ihr neues Leben wissen wollen. Sie fragten nie nach, wenn die Rede auf Bente, Klampenborg oder ihr Wiedersehen kam. Hatten sie kein Interesse, weil sie zu sehr mit ihren eigenen Problemen beschäftigt waren? Überforderte sie das alles? Oder steckte dahinter eine freundlich gemeinte Zurückhaltung, weil beide davon ausgingen, dass Charlotte ihnen schon etwas mitteilte, wenn sie es selbst für angebracht hielte? Eigentlich eine noble Geste, dachte Charlotte. Mit der sie es sich dann aber doch zu einfach machten.

Sie starrte auf den Storchenbrunnen. Der Mann hatte aufgehört zu spielen und warf einen Blick in seinen Gitarrenkoffer. Offenbar war er mit den Spenden zufrieden. Charlotte ärgerte es jetzt, dass sie sich selbst und ohne Zutun von Matthias,

Franziska oder sonst jemandem ein schlechtes Gewissen einreden ließ.

»Du wirst sie mögen. Sie sind herrlich unkompliziert.«

—

Teller und Platten waren leer. Weder vom Kachumbari, einem bunten Salat, noch von dem scharfen Schaschlik, dem Suya, war etwas übrig geblieben. Bente schaute in zufriedene Gesichter.

»Ich glaube, ich habe noch nie so gut afrikanisch gegessen wie bei euch, selbst in Afrika nicht«, sagte Matthias freundlich.

»Wer hat dir das beigebracht?«

»Niemand«, sagte Bente entrüstet und zwinkerte ihm zu.

»Ich habe einfach eine schnelle Auffassungsgabe. Ich schaue zu, frage nach und mache dann selbst. Ganz einfach.«

»Nur manchmal nicht in dieser Reihenfolge.« Troels grinste.

»*Gamle nar.* Glaub ihm bloß kein Wort.«

»Vermisst du Afrika?«

»Das Wetter definitiv nicht. Viel zu heiß. Ich mochte aber die Mentalität dort. *Pole, pole,* riefen sie mir immer hinterher, wenn ich Tempo gemacht habe.« Bente hielt inne. »Eigentlich musste ich nur irgendwo auftauchen und schon schallte es mir entgegen. Aber es hatte dann doch einen Effekt. Irgendwann wurde ich tatsächlich langsamer und ruhiger.« Sie streckte ihrer Freundin den linken Arm entgegen. Charlotte drückte ihr einen Kuss auf den Handrücken.

»Charlotte hat erzählt, dass du auch in Afrika gelebt hast?«

»Drei Jahre in Tansania. Ist aber auch schon zehn Jahre her.«

»Kaffee?«, fragte Troels in die Runde.

Charlotte stand auf. »Ich helfe dir.«

»Dann lass uns rübergehen.« Bente zeigte auf die Couch.
»Dort kann ich meine zappeligen Beine ein wenig ausstrecken.«

»Erzähl, wo warst du?« Sie stupste Matthias mit der großen Zehe an, nachdem auch er auf dem langen Sofa Platz genommen hatte.

In Arusha hatte er gelebt, im Norden des Landes, am Fuße des Kilimandscharo. Die Gegend dort sei wegen ihres vulkanischen Ursprungs sehr interessant für die Wärmegewinnung. Matthias sprach von Energiemix, geothermischer Stromerzeugung und Magnetotellurik. Bente hörte aufmerksam zu. Ab und zu nickte sie. Als Bestätigung und Ermunterung für Matthias, mit seinem Bericht fortzufahren.

»Warum bist du nicht länger geblieben? Das klingt doch alles gut.«

Bente hörte ein leises Seufzen von der anderen Seite des Sofas.

»Die Liebe?«

Und so erzählte Matthias von den zwei Frauen, die ihm in Tansania das Herz gebrochen hatten.

Vicky war von der kanadischen Regierung nach Arusha geschickt worden, um das Energieprojekt zu begleiten. Matthias und sie begannen eine leidenschaftliche Affäre. Irgendwann gestand sie ihm, dass sie in Toronto einen kranken Ehemann habe, den sie nicht im Stich lassen könne. Zwei Wochen später verließ sie Tansania. Matthias hatte nie wieder etwas von ihr gehört.

Mit Emefa war es anders. Sie war die Tochter des regionalen Chefs der staatlichen Geothermiegesellschaft. Zurückhaltend, aber interessiert. Selbstbewusst, ohne Allüren.

»Emefa, wie schön. Die Sanfte.« Bente blickte aus dem Wohnzimmerfenster in den wilden Garten. Matthias nickte.

Emefa und er hatten sich bei einem feierlichen Abendessen am Mount Meru kennengelernt. Sie studierte Literaturwissenschaft in Arusha und war besessen von Schriftstellern der westlichen Hemisphäre, ausschließlich Männer. Sie liebte Hemingway und Conrad, Sartre und Grass dagegen verachtete sie.

»Emefa war immer einhundert Prozent, heiß oder kalt. Halbe Sachen waren ihr zuwider.« Matthias lächelte, doch Bente sah, wie seine Augen traurig glänzten.

»Was ist mit ihr passiert? Wo ist sie?«

Jetzt blickten auch Charlotte und Troels interessiert zu ihm.

»Emefa wurde schwanger. Ein Mädchen, meinte der Arzt, nachdem er sie untersucht hatte. Wir überlegten uns schon Namen. Emefa wollte etwas Deutsches, ich wünschte mir einen afrikanischen, Fatou oder Jamal.« Matthias schluckte. »Als sie im sechsten Monat war, bekam sie plötzlich heftige Blutungen. Von Tag zu Tag wurden sie stärker. Per Hubschrauber wurde sie schließlich nach Dar gebracht, ins beste Krankenhaus des Landes. Ihr Vater hatte seine Verbindungen in die Hauptstadt genutzt und die fähigsten Ärzte organisiert. Eine Woche lang hat sie gekämpft. Sie war doch so stark.« Er schloss die Augen.

»In der Nähe der Klinik gab es eine Kirche. Ich war jeden Tag dort und habe gebetet. Für sie, für das ungeborene Kind, für uns. Es hat nichts genützt.« Matthias kamen die Tränen. Bente sah, wie Charlotte aufstehen und ihren Sohn trösten wollte. Sie schüttelte den Kopf. »Du kennst die Azania-Front-Kathedrale, *sikke et tilfælde*. Was für ein Zufall.« Sie nickte ihm aufmunternd zu. »Ich habe diese Kirche geliebt, mit ihren roten Ziegeldächern und den Baldachinen über den Fenstern.«

Matthias rieb sich die Tränen aus den Augen. »Warst du im Glockenturm?«

Bente nickte.

»Am Tag vor Emefas Tod bin ich die schmale Holztreppe nach oben gestiegen. Im Turm war ein Mann, vermutlich der Pfarrer, aber ich bin mir nicht sicher. Er fragte mich, was ich hier oben wolle, und ich erzählte ihm die ganze Geschichte. Er nahm mich wortlos in den Arm, einfach so, und ich begann zu weinen. Ich weinte, wie ich es nie zuvor getan hatte, ich konnte gar nicht mehr aufhören. Ich weinte in den Armen eines Fremden, und es fühlte sich richtig an. Er drückte mich noch ein wenig enger an sich, sagte nichts und war ganz ruhig. Er ließ mich weinen, und so weinte ich noch mehr. Wir beide müssen ein komisches Bild abgegeben haben. Zwei Männer, schwarz und weiß vereint, in einem Kirchturm bei zweiunddreißig Grad, mit Blick auf den Indischen Ozean. Minuten hielt er mich so, vielleicht waren es auch Stunden. Dann flüsterte er mir ins Ohr, ganz leise und in einem gebrochenen Deutsch: ›Jesus Christus spricht: Siehe, ich bin bei euch alle Tage bis an der Welt Ende.‹« Matthias atmete aus.

»Am nächsten Tag waren Emefa und das Kind tot. Die Blutungen waren zu stark. Ihr Herz hatte aufgehört zu schlagen.«

Mit drei schnellen Schritten war Charlotte bei ihm und legte ihm die Hand auf den Arm. »Matthias, ich wusste ja nicht, dass ...« Sie wischte sich über die Augen.

»Woher kennst du diese Kirche?«, fragte Matthias an Bente gewandt.

Sie richtete sich auf. »*Nothing to write home about*, wie Simon immer sagte. Nicht der Rede wert.« Bente lachte kurz auf. »Eine schwedische Diplomatin war der Grund. Es lief nicht so gut.«

Troels hatte sich jetzt im Sessel nach vorne gebeugt und fixierte seine braunen Schuhe.

»Und in der Kirche hast du Trost gesucht?«, fragte Matthias.

Bente überlegte. »Trost, vielleicht, auf alle Fälle eine Eingebung, eine Lösung.«

»Und?«

Bente sah Charlotte lange an. Dann drehte sie sich zu Matthias.

»Ich hatte nicht so einen Engel an meiner Seite wie du. Aber ja, es ging mir danach wieder besser.«

TAG 85

Charlotte gab Matthias noch einen Kuss auf die Wange. Nach nicht einmal vierundzwanzig Stunden stand sie erneut am Hauptbahnhof in Kopenhagen und umarmte ihren Sohn. Und doch fühlte es sich jetzt anders an, vertrauter und näher.

»Du hattest recht, Mutter. Ich mag Bente und Troels sehr. Aber wie bitte kommst du darauf, dass sie herrlich unkompliziert sind?«

Die Lautsprecherdurchsage auf Gleis 6 kündigte die Abfahrt des Zuges nach Hamburg in zwei Minuten an. Menschen mit Rollkoffern und Funktionsrucksäcken liefen an ihnen vorbei.

»Warum hast du nie von Emefa erzählt?« Charlotte streichelte Matthias' Hand.

»Ich weiß nicht. Vielleicht, weil mich allein der Gedanke an sie schon traurig macht. Und so konnte ich sie wenigstens näher bei mir behalten, ohne Angst haben zu müssen, dass Worte sie endgültig davontragen würden.« Er zuckte mit den Schultern. »Vielleicht war das albern, aber was weiß man schon wirklich von dem anderen? Seinen Geschichten, seinen Träumen?« Matthias schluckte. »Es tut mir leid, dass ich in den letzten Wochen so ...«

Charlotte schüttelte den Kopf. »Lass dir Zeit und mach das mal alles so, wie du denkst.«

»Das Mantra meiner Mutter, deiner Großmutter. Ich weiß.«

Matthias nickte. »Ich habe Omama immer zur Weißglut gebracht mit meinen Fragen: ›Was ist, wenn ich mir viel Zeit lasse?‹

›Dann wird es einen Grund haben.‹

›Und wenn es den Grund nicht gibt?‹

›Dann musst du ihn suchen.‹

›Und wenn ich ihn nicht finde?‹

Spätestens dann hatte mich Omama angeschaut, mit stechendem Blick:

›Dann lass dir Zeit. Das wird schon.‹«

Matthias nahm seine Tasche und stieg in den Zug. Durch die geschlossene Tür winkte er seiner Mutter noch einmal zu.

TAG 97

»Sie können jetzt gehen. Es war doch auch für Sie ein langer Tag.«
Tanja Salden nickte und nahm Jacke und Tasche.
Sabine wartete, bis die Tür ins Schloss gefallen war und es ganz still wurde. Dann betrat sie leise Gesines Büro und tastete sich an den Schreibtisch heran, um Licht zu machen. Überall auf dem Teppich verteilt lagen Glasscherben. Spuren des Kampfes von Gesine mit sich selbst, wie Tanja Salden es genannt hatte. Sabine öffnete die Balkontür. Die kühle Abendluft strömte ihr entgegen. Sie zog einen Sessel nah an das Sofa, auf dem Gesine still und friedlich in eine Decke gehüllt lag, und setzte sich vorsichtig.
Zum ersten Mal überhaupt war sie hier, betrat Gesines Refugium. Der Raum hatte eine klare Struktur. In die Front war eine weiße Schrankwand eingelassen, lediglich unterbrochen von der Zimmertür und einem Fenster, durch das man ins Vorzimmer blicken konnte. An den beiden schmalen Seiten, die auf die Fenster zuliefen, hing jeweils ein großes Bild. Das eine war übersät von bunten Punkten. Sabine hatte zunächst den Eindruck, dass sie beliebig über die Leinwand zu springen schienen, ohne jede Ordnung, ohne jeden Sinn. Sie stand auf und sah, als sie sich dem Bild näherte, dass sich die Punkte offenbar doch zu etwas formten. In der rechten unteren Ecke

fand sie die Erklärung. *Punkt Hamburg* stand da. Die Punkte sollten also die Umrisse der Stadt darstellen. Sabine zuckte mit den Schultern. Sie drehte sich wieder um. Auf dem Sofa blieb es ruhig, Gesine bewegte sich nicht. Sabines Blick wanderte auf die gegenüberliegende Seite. Eine alte, dürre, nackte Frau in grellem Rosa. Fasziniert schlich Sabine ihr entgegen. Die Greisin hatte sich hingehockt, die Beine gespreizt, so als wollte sie zum Sprung ansetzen. Ihre Gesichtszüge waren verzerrt, Augen und Mund lediglich schmale rote Striche. Wie ein Gespenst. Voller verzweifelter Lust. Sieh her, schau mich an, ich bin noch da, schien sie zu rufen. Sabine dachte an ihren eigenen einundsiebzigjährigen Körper. Dachte an Charlotte und Bente und betrachtete die schlafende Gesine. Seht uns an. Schaut her. Wir sind noch da.

Ihr Gesicht glühte. Sie trat auf den Balkon und atmete tief ein.

Ali Zahkar, der Besitzer des »Pilauw«, war am Nachmittag im Büro erschienen, um mit Gesine, Bernd Hasloch und Fred Meissner die Einzelheiten der Benefizgala im November zu besprechen. Die Einladungen waren längst verschickt, die Verträge mit den Künstlern geschlossen. Jetzt ging es lediglich noch um das Essen und den detaillierten Ablauf des Abends. Tanja war, hatte sie berichtet, die Erste, die merkte, dass beide Seiten offenbar von unterschiedlichen Terminen ausgingen. Mitte November bedeutete für die Kulturstiftung der neunzehnte, während Zahkar vom zwölften ausging. Tanja suchte verzweifelt Blickkontakt mit Gesine, so als könnte sie schnell zur Lösung des Problems beitragen und alles mit einem perlenden Lachen aufklären. Doch in Gesines Kopf schien bereits alles durcheinanderzupurzeln, kam es Tanja vor.

Hasloch und Meissner starrten Gesine fragend an, die jetzt mit flatterndem Blick Hilfe bei Zahkar suchte.

»Der Neunzehnte war nie im Gespräch, weil wir dort bereits die Weihnachtsfeier einer großen Versicherung ausrichten.«

Meissner und Hasloch warteten immerhin, bis Zahkar gegangen war, bevor sie über Gesine herfielen. Fred warf ihr rufschädigendes Verhalten vor, nannte den Vorfall peinlich und bezeichnete ihre Managementqualitäten als so professionell wie die einer Dreijährigen. Hasloch blickte zwischen den beiden hin und her, als könne er nicht fassen, in was für einer Klitsche er da angeheuert hatte. Irgendwann bat er um einen sachlicheren Ton, um mögliche Lösungen zu diskutieren, aber Fred hörte nicht auf. Tanja wusste genau, warum. Auf diese Weise konnte er Hasloch demonstrieren, dass Gesine inzwischen zu einer Bürde, einem unkalkulierbaren Risiko für die Stiftung geworden war. Er hingegen sah sich als die ordnende Kraft, als frisches und gleichzeitig erfahrenes Gesicht der Zukunft.

Irgendwann presste Gesine ihre Hände auf die Ohren.

»Haltet endlich die Klappe. Alle.«

Hasloch und Meissner waren erstarrt.

»Schluss jetzt. Raus!«

Meissner hatte sich als Erster wieder gefangen und lehnte sich zurück, als warte er gespannt auf den nächsten Akt in diesem bürgerlichen Trauerspiel. Tanja sah sein süffisantes Lächeln.

»Ihr geht jetzt besser.« Sie stand auf und ging zur Tür. »Kommt.«

Langsam folgten Hasloch und Meissner ihr.

»Es wird sich sicherlich eine Lösung finden.« Tanja durchschritt das Vorzimmer, öffnete die Eingangstür und verabschiedete die beiden.

»Ich weiß auch schon, wie diese Lösung aussieht ...« Meissner hatte sich auf dem Weg zum Fahrstuhl noch einmal umgedreht. »Du hörst von uns.«

Als Tanja zurückkehrte, beobachtete sie, wie Gesine durch ihr Büro rannte, kurz stehen blieb und sich dann wieder in Bewegung setzte, sah, dass ihre Chefin bereits Schweißperlen auf der Stirn hatte, als sie schließlich an den Schrank ging, eine Whiskeyflasche hervorholte und diese ansetzte. Nachdem sie leer war, wischte sich Gesine mit dem Ärmel über den Mund, hielt kurz inne und warf die Flasche dann gegen die Wand. Dann schrie sie etwas durch den Raum. Sie ging zurück an den Schrank, nahm eine Flasche Gin und donnerte auch diese an die Wand. Dann fand sie einen Cognac und trank einen Schluck. Wieder landete das Glas an der Wand, gefolgt von spitzen Schreien. Dann sackte Gesine zusammen. Kniend warf sie die Flaschen, die sie noch in ihrem Schrank fand, auf den Boden und beruhigte sich erst, als sie eine ungeöffnete mit Wodka in den Händen hielt. Fahrig versuchte sie, den Schraubverschluss zu lösen. Es misslang. Sie sammelte ihre letzten Kräfte, kippte dabei hintenüber und landete rücklings auf dem Teppichboden. Mit der Wodkaflasche in der Hand schlief sie ein.

Leise betrat Tanja das Büro, holte Kissen und Decke und half ihrer Chefin auf das Sofa. Noch nie hatte sie Gesine so gesehen, vollkommen außer sich. So als hätten sich fremde Kräfte ihrer bemächtigt. Der Lärm von zerborstenem Glas, Gesines spitze Schreie. Zum ersten Mal hatte Tanja Angst vor ihr gehabt.

Auf Zehenspitzen verließ sie das Trümmerfeld und schloss

die Tür. Sie ließ sich gerade in ihren Bürostuhl fallen, als das Telefon klingelte. Peter van Kamp, der Vorsitzende des Freundeskreises, wollte Einzelheiten des Treffens erfahren, Fred Meissner war auf der Suche nach Hasloch und vermutete ihn nun ausgerechnet bei Gesine. Hasloch wiederum wollte mit Gesine sprechen und auch der Restaurantbesitzer rief noch einmal an. Dann tauchte eine junge Frau auf, die mit Gesine über die vakante Volontariatsstelle reden wollte. Tanja vertröstete sie auf die kommende Woche. Dann war Ruhe. Sie rief Sabine an, zog das Verbindungskabel aus dem Hörer und schaltete ihr Diensthandy aus.

All das hatte Tanja Sabine mitgeteilt.

Sabine ging zurück ins Zimmer. Die Balkontür ließ sie offen, die kalte Nachtluft tat ihr gut. Langsam ließ sie sich zurück in den Sessel gleiten.

Irgendwann bewegte sich etwas auf dem Sofa nebenan. »Willst du mich umbringen?« Gesine zog die Decke über ihr Gesicht.

»Noch nicht.« Sabine lächelte und schloss Tür und Fenster.

»Kannst du auch das Licht ausmachen? Bitte«, flüsterte Gesine.

Lange saßen sie schweigend im Dunkeln. Nur gedämpft drang eine Polizeisirene von der Straße herein, bevor sie sich wieder entfernte.

»Ich habe heute an deinen Jan gedacht ...« Zwei Augenpaare schauten sich im Dunkeln an. »Vielleicht ist er jetzt ja wirklich glücklich, da wo er ist. Oder was glaubst du?«

»Wir werden es nie erfahren, Gesine. Und das ist auch besser so.«

TAG 103

Bente beobachtete, wie Charlotte die kurze Treppe hinabstieg, die direkt ins kühle Wasser führte. Lächelnd ließ sie sich fallen und schwamm ein paar Züge. Bente kannte das Gefühl, wie schnell sich ein Körper der neuen Umgebung anpassen kann, wie flexibel diese Substanz aus Wasser, Haut, Knochen und Blut doch sein konnte. Gerne hätte sie Charlotte begleitet, aber sie wollte ihren Körper, den sie schon so oft in ihrem Leben drangsaliert hatte, ausnahmsweise schonen und blieb auf der Liege. Schon die Saunagänge hatte ihr Dr. Jørgensen eigentlich verboten, aber zumindest dabei wollte Bente keine Abstriche machen. Sie wollte die wenigen Stunden genießen, bevor übermorgen der letzte Zyklus ihrer Chemotherapie begann.

Ein Freund von Troels hatte ihnen an diesem grauen Oktobernachmittag seine Sauna in Taarbæk zur Verfügung gestellt. Bei achtzig Grad genossen sie den Ausblick auf den Öresund und freuten sich auf ihre weißen Flanellbademäntel, in denen sie nach ihren Gängen immer wieder wegdösten.

Bente sah, wie Charlotte aus dem Wasser stieg: ein schlanker, definierter Körper, der all die Jahre offenbar ohne größere Blessuren überstanden hatte. Das Gegenteil zu ihrem eigenen Baukastenmodell. So hatte Bente das neulich einmal ausgedrückt, als sie neben Charlotte im Bett gelegen hatte. Ein Körper, an dem immer wieder herumgeschnitten wurde, der schlaff und kraftlos war von all den Therapien, zu dem sie manches Mal jeden Bezug verloren hatte. So als gehörten Haut, Knochen und Organe gar nicht zu ihr.

Jetzt und hier, in der wohligen Wärme ihres Bademantels, spürte sie einen spitzen Schmerz. Sie musste sich eingestehen, dass sie neidisch auf Charlotte war und ihr sorgloses Leben. Sorglos, so wie Bente es sah. Mit zwei Kindern, einem erfolgreichen Ehemann, einer guten gesellschaftlichen Stellung, eigenen Erfolgen im Beruf, einem schönen, großen Zuhause. Bente wusste, dass all das stimmte, aber eben auch nur die halbe Wahrheit war. Von den Träumen, Sehnsüchten und Ängsten erzählten diese Dinge nämlich nichts. Davon hatte ihr Charlotte berichtet, an den sonnigen Tagen, in den ruhelosen Nächten. Erst heute Morgen hatte sie sie angestrahlt und gesagt, irgendeine Macht habe nach Jahren im dritten Gang bei ihr plötzlich den Turbo gezündet. Auf der Zielgeraden zwar, aber immerhin. Sie hatte sich an den Tag erinnert, Friedrichs Todestag, als sie in ihrem Garten saß und überlegte, wie viel Zeit ihr möglicherweise noch bliebe. Zwanzig Jahre, hatte sie damals optimistisch geschätzt. Jetzt, hier neben Bente, stellte sie fest, dass generell nichts gegen eine Zielgerade sprach. Zumindest nicht, solange kein Ziel in Sicht war. Charlotte hatte bei diesen Worten so glücklich ausgesehen, so voller Energie und Zuversicht, dass Bente nichts anders übrig blieb, als zu lächeln und sie in den Arm zu nehmen. Sie hatte gehofft, Charlotte würde in diesem Moment nicht merken, wie schwer ihr das fiel.

»*Nå, der er du igen.* Da bist du wieder. Machen wir noch eine Runde?«

Charlotte nickte. Sie nahm den Bottich mit Wasser und Eukalyptusextrakt und befeuchtete die Steine. Dann faltete sie das Badetuch zu einer Rolle zusammen, so als werfe sie ein

Lasso nach irgendetwas aus, und verteilte die warme Luft im ganzen Raum.

»*Yee-haw*«, schrie Bente begeistert und klatschte in die Hände.

Ein paar Minuten lagen sie still auf ihren Tüchern und blickten auf den inzwischen ins Dunkel getauchten Öresund. Bente hoffte, sie könnte ihre negativen Gedanken, ihre vergifteten Freundlichkeiten gleich mit ausschwitzen, so ungerecht und deplatziert kamen sie ihr jetzt vor.

»Was war eigentlich mit dieser Schwedin, von der du erzählt hast, als Matthias da war?«

Bente hatte Charlotte vieles aus ihrem Leben erzählt. Von ihren ausschweifenden Liebesgeschichten mit Männern und Frauen während ihrer Zeit in London. Als sie dort die Fotografie für sich entdeckt und nebenbei Kurse für kreatives Schreiben an der Universität besucht hatte. Dort hatte sie auch Simon getroffen, der gerade an seiner Doktorarbeit in vergleichender Literaturwissenschaft saß. Gemeinsam zogen sie durch Soho, amüsierten sich in Clubs, wo die sexuelle Ausrichtung keine Rolle spielte, und experimentierten mit Drogen jeglicher Art. In Hamstead bezogen sie ein kleines Haus, das für Gleichgesinnte immer offen stand und von diesen auch gerne genutzt wurde. Bente hatte Charlotte davon in jener Nacht erzählt, als sie, in Decken gehüllt, vor dem Kaminfeuer in Klampenborg saßen. Charlotte wusste, dass Bente in Afrika gelebt hatte, bevor sie Simon heiratete und zu ihm nach New York gezogen war. Wie viel Zeit dazwischenlag und ob das eine zum anderen geführt hatte, wusste sie nicht.

»Das ist eine lange Geschichte«, sagte Bente leise und richtete sich auf. Sie klemmte sich ein Handtuch in den Rücken und schaute aus dem Fenster.

»Ich renne nicht weg.« Charlotte, die auf der Saunabank über ihr lag, lächelte und drückte Bente einen Kuss auf den Rücken.

»Maria habe ich über Simon kennengelernt. Sie hat für die Botschaft eine kleine Reihe mit Lesungen schwedischer Autorinnen und Autoren organisiert. Per Olov Enquist, Jan Myrdal und selbst Astrid Lindgren kamen damals nach London, um den Engländern die skandinavische Literatur näherzubringen. Ein Freund von Simon hat ihn gedrängt, ihn eines Abends zu begleiten. Eigentlich wollte Simon gar nicht. Aber die Fragestunde mit Jan Myrdal im Anschluss an die Lesung hat er fast allein bestritten, so elektrisierend fand er den Austausch mit dem eigenwilligen Schriftsteller. Dessen Positionen zur chinesischen Kulturrevolution und zum Nationalsozialismus waren für Simon eine dankbare Zielscheibe. Aber bevor es zu Tumulten in der schwedischen Botschaft kommen konnte, hat Maria die Lesung beendet. Im Anschluss kam sie auf Simon zu und hat ihn gebeten, künftig nicht mehr zu den Literaturveranstaltungen zu erscheinen. Hat das *Volksheim* etwa Angst vor mir, hat er lachend gefragt und damit das Eis gebrochen. Simon lud Maria nach Hamstead ein und dort lernte ich sie schließlich kennen.«

»Und lieben.« Charlotte lag mit geschlossenen Augen auf der Bank und wartete auf Bentes Fortsetzung der Geschichte.

»Ich muss raus, *Skat*.« Bente stand auf, nahm ihr Badetuch und verließ die Sauna. Sie stieg jetzt doch die kleine Leiter ins Wasser hinab, um sich abzukühlen, und hoffte, dass ihr Körper ihr das ausnahmsweise nicht übel nehmen würde.

»Ja, ich war in sie verliebt, sehr sogar«, fuhr Bente fort, als sie im warmen Aufenthaltsraum nebeneinander auf den Liegen lagen.

»Die ersten Monate waren sehr spannend. Eine kurze Zeit hatten wir sogar eine echte Ménage-à-trois. Simon war eigentlich mehr an Männern interessiert. Aber er fand es aufregend, Maria und mir beim Sex zuzuschauen. Ich muss nicht bei allem mitmachen, hat er gesagt. Wir beide waren von ihrem Körper wie hypnotisiert. Sehnig, wohlproportioniert, wie von Michelangelo. Ihre langen blonden Haare, die sie im Alltag immer wild zusammengesteckt hatte, fielen ihr beim Sex über die Brüste. Wir konnten uns kaum sattsehen daran.« Bente drehte sich zu Charlotte um, aber sie hatte die Augen geschlossen und atmete gleichmäßig.

»Nach einem Jahr musste sie zurück nach Stockholm, ihre Zeit in London war vorüber. Wir verabredeten, uns regelmäßig zu sehen. In Schweden, Dänemark, England oder sonst wo. Ich wurde inzwischen immer häufiger von Zeitungen und Magazinen als Fotografin und Autorin gebucht und konnte mir die Reisen sogar aussuchen. Ich glaube, die Leser des *Observer Magazine* konnten irgendwann einfühlsame Reportagen über die Samen, Polarlichter und Elchjäger nicht mehr sehen. Als ich Maria irgendwann in Stockholm besuchte, war sie schwanger. ›Das war doch klar, dass das mit uns nicht für die Zukunft taugt!‹, hielt sie mir entgegen. ›Für mich schon‹, antwortete ich trotzig.

Sie hatte inzwischen Stellan Bengtsson geheiratet und war mit ihm zusammen in ein kleines Haus in der Altstadt gezogen. Natürlich hatte Maria den Namen auch früher schon einige Male erwähnt. Ein Freund aus der Schulzeit, ein Banker, ein Mann, der Jazzmusik mag. Das war's.«

Charlotte drehte sich zu Bente um. »Aber ihr habt euch weiter getroffen.«

Jetzt schloss Bente die Augen.

»Zunächst nicht. Kein Anruf, kein Brief, nichts. Das ging etwa drei Jahre so. Dann, eines Nachts, ich lebte nicht mehr in London, sondern war gerade bei Simon in New York zu Besuch, rief sie an. Sie sehne sich nach mir und würde fast verrückt, die Heirat sei ein großer Fehler gewesen und so weiter.«

»Was hast du gemacht?«

»Ich habe den nächsten Flug nach Stockholm gebucht. Als ich in den europäischen Morgen flog, hatte ich die wildesten Gedanken. Ich würde sie und das Kind vor ihrem furchtbar langweiligen Leben retten und wir würden durch die Welt ziehen. Immer dorthin, wo der schwedische Staat sie als Nächstes hinschickte. Vereint und glücklich bis in den Tod.« Bente schüttelte den Kopf. »Es war dann alles ganz anders. So ein großer Fehler war die Heirat mit Stellan offenbar doch nicht gewesen. Und den kleinen Gustav wollte sie seinem Vater auch nicht wegnehmen. Das sagte sie mir, als wir uns in einem kleinen Café trafen. *Stor ståhej for ingenting.* Viel Lärm um nichts.

Ein Buchverlag hatte meine Reportage über die Samen gelesen und ermunterte mich, weitere indigene Völker zu porträtieren. So begann meine kleine Weltreise. Ich lebte ein paar Monate bei den Aymara in Bolivien, besuchte die Moken in Thailand. Für die Massai kam ich schließlich nach Kenia und Tansania. Mein Blixen-Moment, habe ich Troels damals geschrieben. Wie sich herausstellte, waren Maria, Stellan und Gustav zeitgleich dort. Stellan brachte den Einheimischen bei, mit Mikrokrediten kleine Firmen zu gründen, während Maria ihren ersten Posten als schwedische Botschafterin genoss. Wir sahen uns in einem Hotel in Dar, wann immer es bei ihr passte. Und wieder gab sie mir das Gefühl, dass sie eigentlich nur auf den richtigen Zeitpunkt wartete, um sich endgültig für mich zu entscheiden. Ich habe gehofft und gebetet und mir nichts mehr als das gewünscht.«

»Warst du deshalb in dieser Kirche?«, fragte Charlotte. »Die Kirche, die auch Matthias kannte?«

Bente schüttelte den Kopf. Sie spürte, wie ihre Augen feucht wurden.

»Das war später. Nach drei Monaten hatte ich die Bilder, die mein Verlag von mir erwartete, meine Mission bei den Massai war beendet. Maria wollte nicht, dass ich ging. Ich überredete meinen Lektor, auch die San in Botswana noch für das Projekt gewinnen zu wollen. Nach mühseligen Telefonaten willigte er schließlich ein. *Det var vanvid*, ein Wahnsinn. Ich hatte von Anfang an kein gutes Gefühl. Zwei Monate später bekam ich Malaria. Die San brachten mich nach Gaborone in eine Klinik. Mehrere Wochen lag ich da zwischen Himmel und Hölle, Leben und Tod. Maria hat mich nicht ein einziges Mal besucht. Ich habe sie am Telefon angebettelt, geweint und geschrien. Zum Schluss legte sie schon auf, wenn sie nur meine Stimme hörte. Ach was, sobald sie meinen Atem durchs Telefon spürte.«

Mit dem Ärmel des Bademantels trocknete Bente ihre Augen.

»Als ich wieder transportfähig war, habe ich auf dem Weg zurück nach Kopenhagen noch einen Stopp in Dar gemacht. Ich ließ mich mit einem Taxi zu ihrer Villa im Botschaftsviertel bringen. Vermutlich weil ich so skandinavisch aussah wie alle, die auf dem Grundstück lebten, ließ mich der Wächter am Eingangstor passieren. Stellan öffnete die Tür und schaute mich fragend an. Ich sagte meinen Namen und woher und wie lange ich Maria kannte, aber er schüttelte nur den Kopf. Da wusste ich, dass Maria ihm in all den Jahren nichts von mir erzählt hatte. Wir blickten uns einen Moment stumm an, dann nahm ich meinen Koffer und ging zurück zum Tor. Als ich mich noch einmal umdrehte, sah ich sie neben ihm in der Tür stehen. Sie fuhr Stellan liebevoll durchs Haar und schob ihn zurück ins Haus. Das war das letzte Mal, dass ich sie gesehen habe.«

»Weißt du, was aus ihr geworden ist?« Charlotte nahm Bentes feuchten Ärmel und hielt ihn mit beiden Händen fest.

»*Aner det ikke*, keine Ahnung. Aber ich war seitdem nie wieder in Afrika. Oder in Stockholm.« Bente versuchte ein Lächeln. Charlotte klappte ihre Liege nach vorne und stand auf. Sie nahm ihre Freundin in den Arm und küsste sie.

»Weißt du, was das Schlimmste war, Lotte? Lernen zu müssen, dass man sich selbst nicht mehr vertrauen kann.«

»Die Kirche? Der Glockenturm, Bente?«

»Das weißt du genau.«

Charlotte schaute ihre Freundin an. Bente hatte recht, mal wieder. Charlotte wusste genau, was sie meinte.

TAG 131

»In die Walderseestraße 117, bitte.«

Gesine ließ sich in das dunkle Kunstleder fallen.

Langsam schob sie das taubenblaue Abendkleid etwas nach oben, streifte sich die braunen Plateaupumps ab und begann, die Zehen zu massieren. Erschöpft schaute sie in den Nachthimmel. Letzten Endes war alles gut gegangen. Das Essen schmeckte vorzüglich, die jungen Musicaldarsteller rührten die Herzen und der Singer-Songwriter mit iranischen Wurzeln brachte den Raum zum Grölen mit einer speziellen, auf Hamburg getexteten Rap-Version von »Take me home, country road«. Ein bisschen zu sehr »auf die Zwölf«, wie Tanja immer zu sagen pflegte. Aber was soll's, ihr konnte es nur recht sein. Der junge Mann sorgte für minutenlange Standing Ovations und lockte den jubelnden Gästen die Scheine aus den Portemonnaies. Hasloch und sie hatten die Einnahmen des Abends grob überschlagen. Danach war diesmal noch einmal mehr Geld zusammengekommen als in den vergangenen Jahren.

Gesine wusste, wem sie den spektakulär erfolgreichen Abend zum großen Teil zu verdanken hatte. Ohne Sabines Drängen und Insistieren hätte die Gala nicht stattgefunden und Gesines Ruf in der Kulturszene der Stadt erheblich gelitten. Ohne Sabines Hilfe in jener Nacht würde sie hier vielleicht gar nicht mehr sitzen. Irgendwann nach Sonnenaufgang waren sie damals aufgebrochen. Arm in Arm, sich einander stützend, hatten sie die Kulturstiftung verlassen und waren in dem kleinen Fiesta nach Hause gefahren. Am Mittag war Sabine dann mit Kaffee und Aspirin erschienen, hatte geräuschvoll die Vorhänge beiseitegezogen und sich auf die Bettkante gesetzt.

»Was willst du jetzt tun?«

»Keine Ahnung. Sag du es mir.«

Das tat Sabine. Aus ihrer Sicht gab es nur eine Lösung. Die Weihnachtsfeier der Versicherung musste vorgezogen oder verschoben werden.

»Aha, und wie soll das gehen?«, fragte Gesine gequält. »Soll ich den Laden abfackeln?«

»Du musst mit dem Vorstand sprechen oder wer dafür auch immer verantwortlich ist. Dann entschuldigst du dich millionenfach, lädst sie zu deiner Gala ein und versprichst, im kommenden Sommer ein Fest zu ihren Ehren auszurichten.«

Sabine war ohne jedes weitere Wort aus dem Zimmer gegangen. Während Gesine die Aspirin in Wasser auflöste, musste sie zugeben, dass ihre absurde Idee die vermutlich einzige Lösung darstellte. Die Gala abzusagen und Fred und Hasloch den schalen Triumph zu überlassen, kam schließlich nicht infrage. Gesine stand auf und öffnete das Fenster. Diese Demütigung wollte sie sich und der Stiftung unbedingt ersparen.

Ein paar Tage später, Sabine war gerade dabei, den Garten winterfest zu machen, kam Gesine auf sie zu.

»Läuft übrigens. Und danke.«

Sabine sah nur kurz hoch und wandte sich dann wieder dem gelben Jasmin zu.

Jetzt im Taxi fiel Gesine ein, wie sehr auch ihre Mutter den Winterjasmin immer geliebt hatte. Ein bisschen Farbe in all dem Grau, hatte sie geschwärmt und die Kübel rund um die Kirche bepflanzt.

»Fahren Sie mich bitte in die Eulenstraße.«

»Also nicht in die Walderseestraße?«

»Danach.« Gesine lächelte ihn vom Rücksitz aus an. Er nickte.

Fünf Minuten später standen sie vor der alten Kirche und ihrem Elternhaus. Gesine zog die hochhackigen Schuhe wieder an und warf ihren braunen Mantel über die Schultern.

»Dauert es lange?«, fragte der Taxifahrer. Gesine zuckte mit den Schultern.

Sie ging um das dunkle Pfarrhaus herum und blieb mitten auf dem kleinen Platz vor der Kirche stehen. Alles sah noch so aus wie früher: der wuchtige Spätgotik-Bau aus rotem Backstein, der vorgelagerte Glockenturm mit dem Kreuz aus Granit. Wie lange war sie hier schon nicht mehr gewesen, fragte sie sich. Seit dem Tod ihres Vaters und dem Umzug von Anna in ein Altenheim? Gesine wusste es nicht mehr.

Die Kübel vor der Kirche waren leer. Gesine schob den Ärmel ihres Kleides nach oben, griff hinein und spürte, dass sich am Boden bereits eine Moosschicht gebildet hatte. Winterjasmin war hier schon lange nicht mehr gepflanzt worden.

Sie trat ein paar Schritte zurück. Ihre Schuhe knirschten auf den groben Kieseln. Charlotte hatte dieses Geräusch als Kind gehasst. Dann verzog sie das Gesicht und bekam eine Gänsehaut. Manchmal hatte Gesine ihre ältere Schwester deswegen ausgelacht. »Kiesel, Kiesel«, hatte sie ihr hämisch zugerufen. Einmal hatte sie sich dafür von Charlotte eine Ohrfeige eingefangen. Für sie selbst hatte das Knirschen und Scharren vor allem etwas Fröhliches, Lebendiges. Und es erinnerte sie an die gemeinsamen Familienausflüge.

»Ein Hut, ein Stock, ein Regenschirm ...«, begann sie zu singen. Immer wenn eines der Kinder keine Lust mehr auf den Spaziergang hatte, und Gesine erinnerte sich, dass vor allem sie das war, stimmte ihr Vater dieses Lied an.

»... Hacke, Spitze, hoch das Bein!« Gesine hatte es nie erwarten können, endlich den letzten Punkt des ritualisierten Sonntagsdreiklangs aus Gottesdienst, Geest und Gaststätte zu erreichen.

»Wartet's ab«, imitierte Gesine leise ihren Vater, »denn später gibt es ... strammen Max.«

Die Bilder tanzten plötzlich wieder so klar vor ihren Augen, als seien sie erst gestern entstanden: Heinrichs strahlendes Gesicht, Annas warmes Lächeln, ihre eigenen rosigen Wangen. Vieles, was tatsächlich gestern passiert war, kam Gesine hingegen schon Stunden später so diffus und irreal vor, dass sie sich kaum daran erinnern konnte.

»Ein Hut, ein Stock, ein Regenschirm ...«

TAG 140

»*Er du sikker?* Bist du dir wirklich sicher?«

Troels saß auf der Bettkante und streckte den Rücken durch. Zwei Stunden hatten sie ununterbrochen geredet, aber jetzt merkte er, wie unangenehm seine Sitzhaltung wurde.

»*Nå, komm nu, gamle nar.*« Bente klopfte auf das Kissen neben sich. Da, wo neulich noch Charlotte gelegen hatte. Troels streifte sich die Schuhe ab und legte sich neben seine Schwester ins Bett.

Troels war traurig, dass sie auszog. Wieder einmal. Bente liebte ihren Bruder und fürchtete doch auch seine Nähe. Einsamkeit kann ansteckend sein, hatte sie einmal zu Charlotte gesagt.

»Du weißt doch, irgendwann komme ich immer zurück. Zu dir, nach Klampenborg, in mein Rungstedlund.« Bente versuchte ein Lächeln. Sie hoffte so sehr, dass es diesmal anders sein würde. Dass sie jetzt endlich einen Ort gefunden hatte, an dem sie leben wollte. Mit dem einen Menschen, der ihr am wichtigsten von allen war.

»Ich liebe sie, das weißt du doch.«

Bente sah, wie sich Troels eine Träne von der Wange wischte. Er nickte.

»Wenn ich das nicht wüsste, würde ich dich gar nicht gehen lassen. Du machst schon das Richtige.«

Bente freute sich über Troels vagen Optimismus, auch wenn er die eigenen bohrenden Gedanken nicht bändigen konnte. Ihr kam es vor, als steckten zwei Menschen in ihrem Körper. Eine Teenagerin, die es kaum erwarten konnte, in das größte Abenteuer ihres Lebens zu starten. Und eine alte, kranke Frau, die wusste, dass dieser Aufbruch vielleicht die letzte verzweifelte Chance war, glücklich zu werden. Wobei sie genau wusste, wie eng verwandt Glück und Verzweiflung sind.

»Ich bin doch viel zu alt für so was.«

»Natürlich bist du das, *gamle nar*. An was hielt sich Frau Blixen noch immer?« Troels überlegte. »Ah, Mut, Humor und Liebe, stimmt's?«

Bente nickte.

»*Sådan er det*. So ist das.«

TAG 152

Raureif lag über den Gräbern. Ein kalter Ostwind zog über den Friedhof hinweg. Charlotte stand in ihrem dunkelblauen Daunenmantel vor Friedrichs Grab und zog die grüne Wollmütze noch ein wenig tiefer über die Ohren. Fast fünf Monate lang war sie nicht mehr hier gewesen. Nur sechs Monate, dachte sie. Es schien ihr, als seien inzwischen Jahre vergangen.

Sie dachte an den gestrigen Abend, die vergangene Nacht. An ein volles Haus, leere Weinflaschen und an eine Küche, in der sie noch so viel Arbeit erwartete, dass sie die Tür heute früh erst einmal zugezogen hatte. Auf der Suche nach ihren Autoschlüsseln hatte sie auch in der Bibliothek nachgesehen und dabei Mogens geweckt. Verschlafen hatten ihr seine blauen Augen aus dem Schlafsack entgegengeblickt. Neben ihm atmete leise seine Freundin.

»Schlaf weiter, es ist noch früh.« Mogens hatte nur genickt, sich auf die Seite gedreht und seine Freundin wieder in den Arm genommen. Charlotte fand die Schlüssel schließlich in der kleinen Glasschale auf der Vitrine.

Der kalte Wind hatte ihr direkt ins Gesicht geweht, als sie die Haustür öffnete. An der Garderobe hing immer noch Matthias' alter gelber Schal aus ihrer Schatzkammer. Sie hatte ihn genommen und ihn sich um den Hals gebunden.

Der Gärtner, der sich um Friedrichs Grab kümmerte, hatte

beeindruckende Arbeit geleistet. Die roten Beeren der Stechpalme glänzten matt unter dem dünnen Schnee, die Buchsbaumsträucher waren beherzt zurückgeschnitten. Charlotte strich gedankenverloren über den Grabstein.

Auch hier auf dem Friedhof spürte sie ihr lautes Herz. Schon den ganzen Morgen gab es den Takt vor. Weckte sie nach wenigen Stunden Schlaf, trieb sie zu früher Stunde aus dem Haus, ließ sie mit geöffnetem Autofenster durch diesen Weihnachtsmorgen fahren und nicht weit von der weißen Barockkirche entfernt parken. Und selbst hier, vor Friedrichs Grab, gab es noch keine Ruhe.

So wie gestern Abend hatte Charlotte Weihnachten noch nie gefeiert. Als ausgelassene Party, als heiteres Beisammensein, als Fest mit der Familie. Und der Wahlfamilie, wie sie in Gedanken ergänzte. Alles in dieser Nacht schien mit Leichtigkeit ineinanderzufließen: das Essen, das Lachen, der Wein, die Gespräche.

Charlotte hatte gewusst, dass die holtgrevsche Choreografie eines Heiligabends, so wie sie sie kannte, nicht wiederholt werden konnte. Schließlich hatte sie schon lange diesen Abend alleine mit Friedrich verbracht. Ein Stückchen Gans mit Rotkohl, Bachs Weihnachtsoratorium in der Aufnahme von Karl Richter, ein Glas Portwein zur Bescherung, ein Kuss auf die Wange zur guten Nacht.

Nun war Friedrich tot und plötzlich las Franziska mit Inbrunst und, wie Bente später im Bett meinte, einigem schauspielerischen Talent die Weihnachtsgeschichte vor. Dann servierte Troels Ris à l'amande, eine Art Milchreis mit einer versteckten Mandel. Gesine höchstpersönlich hatte eine Flasche Champagner als Preis für denjenigen ausgelobt, in dessen Portion der Kern zum Vorschein kam. Kiki, Mogens' Freundin, die keinen Alkohol trank, stellte den edlen Schaumwein schließlich der Allgemeinheit zur Verfügung.

Nachdem Charlotte ein paar Teller und Schalen in die Küche gebracht hatte, blieb sie im dunklen Flur stehen und blickte in das hell erleuchtete Wohnzimmer. Sie sah strahlende Gesichter, die in wechselnde Gespräche vertieft waren. Niemand saß mehr da wie zu Beginn des Abends. Franziskas Kinder Emma und Alexander spielten mit Kiki irgendetwas auf ihren iPads. Mogens und Johannes stritten lachend darüber, ob jetzt Segeln oder doch das Kajaken die beste Art war, sich auf dem Wasser fortzubewegen. Franziska nahm Bente ins Kreuzverhör, was diese mit übereinandergeschlagenen Beinen und lautem Lachen entspannt über sich ergehen ließ. Holger fragte Gesine, wie er die Kulturstiftung künftig unterstützen könne, während Troels sich mit Sabine über Gartenarbeit unterhielt.

Mit Matthias hatten sie alle gemeinsam am frühen Abend geskypt. Er prostete ihnen mit einer Flasche Bier zu und wünschte der plötzlich gewachsenen Familie ein schönes Weihnachtsfest. Charlotte hatte ihm angesehen, dass er diesen Abend gerne mit ihnen hier in Hamburg und nicht allein in peruanischen Wellblechcontainern verbracht hätte.

Vom Tisch aus hatte Bente zu ihr herübergewinkt. Charlotte hatte gelächelt und war ins Wohnzimmer zurückgekehrt. Hier, an Friedrichs Grab, an diesem kalten Weihnachtsmorgen, schien ein schier endloser, warmer Strom aus Gedanken, Blicken und Gesten Charlotte zu fluten. Ihr war, als habe der spitze Stern aus Blattgold, den Johannes am Nachmittag auf den Weihnachtsbaum gesteckt hatte, noch nie so hell geleuchtet wie gestern Abend. Der spitze Stern, der Friedrich, kurz vor einem anderen Weihnachtsfest, zur Vernunft gebracht hatte. Aber das war lange her.

Charlotte betrachtete die roten Beeren der Stechpalmen auf dem Grab. Der Raureif an diesem klaren Wintermorgen war verschwunden, nun funkelten sie. Strahlten sie an, so als würden sie sich mit ihr freuen.

TAG 189

Am Mittag hatte ein Lkw Bentes Möbel geliefert. Dazu Kisten mit Büchern, eine Auswahl des kostbaren Porzellans und Abzüge ihrer unzähligen Fotografien. Vor allem um Letzteres hatte Charlotte ihre Freundin gebeten. Sie wollte nicht nur ihr eigenes Zimmer umgestalten, sondern hatte auch für Flur und Wohnzimmer Ideen im Kopf. Schon viele Jahre lang drückten die dunklen, schweren Ölgemälde, die den Treppenverlauf in den ersten Stock säumten, auf ihr Gemüt. Sabine und Gesine waren sofort einverstanden gewesen, als Charlotte von ihren Plänen berichtet hatte. Am Frühstückstisch besprachen sie, wie sie das Haus umgestalten wollten. Sabine bekam freie Hand bei der Renovierung. Sie überraschte die Runde mit radikalen Plänen. Beginnen wollte sie mit der Wandfarbe. Das jahrzehntealte Weiß der Raufasertapete erinnerte Sabine an ihre Barmbeker Wohnung. Sie dachte zunächst an etwas Hellbeiges, zog dann aber sogar ein zartes Rosa in Betracht.

»Ja, ja, am Ende des Lebens«, Gesine biss kraftvoll in ihr Brötchen mit Marmelade, »landen wir doch alle wieder im Kinderzimmer.«

»Du musst es ja wissen.«

Sabine und Gesine lachten. Zwischen den beiden herrschte ein neuer Ton. Der gemeinsame Abend voller Sticheleien, als sie zu dritt zu *Mendocino* getanzt hatten, schien Ewigkeiten her zu sein. Sabine hatte Charlotte erzählt, was in ihrer Abwesenheit passiert war: die Gedächtnislücken, die manchmal hilflose Suche nach Worten, die Stimmungsschwankungen, Gesines Kampf mit sich selbst. Aber Charlotte ahnte, dass sie ihr nicht alles gesagt hatte. Und vielleicht war das auch gut so.

Die neue Zimmerfarbe war allerdings nicht Sabines wichtigstes Anliegen. Sie hatte Troels mit glühenden Wangen von ihrem Traum erzählt, einmal im Leben ein eigenes Gewächshaus zu besitzen. Gemeinsam waren sie am ersten Weihnachtstag durch den Garten gegangen, auf der Suche nach einem guten Standort. Doch bei Temperaturen um den Gefrierpunkt und grauem Himmel blieb die Frage nach dem idealen Sonneneinfall bloße Theorie. Charlotte wusste zwar von Sabines Lust am Gärtnern, diesen speziellen Wunsch hatte sie ihr gegenüber aber nie geäußert. Umso mehr freute sie sich darüber, ihrer Freundin den Traum erfüllen zu können. Erste Skizzen des Gewächshauses hatte sie gestern auf dem kleinen Tisch in Sabines Zimmer entdeckt. Vieles schien bereits liebevoll ausgetüftelt, nachdem Sabine sich in Baumärkten und Gärtnereien informiert hatte.

»Ich glaube, das gute Teil hier wurde schon lange nicht mehr benutzt.« Charlotte lachte, nachdem sie Friedrichs alte Werkzeugkiste auf Sabines Tisch gestellt hatte. »Du musst hier aber nicht in deinem Zimmer herumschrauben, im Keller ist genug Platz.«

»Ich weiß.« Sabine stand am Fenster und blickte in den Garten. Charlotte stellte sich neben sie.

»Von hier aus hättest du alles wirklich gut im Blick.«

Sie spürte, dass sie auf etwas getreten war: Sabines Notizbuch. »Hier. Deine windigen Orte.«

Sabine nickte und ließ ihre Freundin das Heft durchblättern. Charlotte stutzte. Der letzte Eintrag datierte von Anfang Oktober. Seitdem waren die Kästchen mit den verschiedenen Wetterstationen und den Windrichtungen leer geblieben. Sie legte das dünne Heft zurück auf die Fensterbank. Anfang Oktober, überlegte Charlotte, war sie bei Bente in Klampenborg gewesen. Irgendwas musste also in der Zwischenzeit passiert sein. Schon wieder so eine Sache, die sich während ihrer Abwesenheit zugetragen hatte. Sie sah Sabine an, dass es ihr gut ging. Wonach sollte sie also fragen?

Als Charlotte vor zwei Tagen mit Johannes an der Elbe spazieren gewesen war, hatten sie kurz über Sabine gesprochen. Auch wenn Charlotte sich Johannes manchmal auskunftsfreudiger gewünscht hätte, schien ihr, als sei die alte Vertrautheit zwischen den beiden wiederhergestellt. Vielleicht sogar mehr als das. Johannes' Augen hatten schon lange nicht mehr so hell gestrahlt.

»Soll ich morgen mit in den Baumarkt kommen?«, fragte Charlotte an der Zimmertür.

Sabine lächelte. »Ich habe morgen Vormittag noch einen Termin in Barmbek. Ich fahre dann direkt von dort los. Treffen wir uns um halb zwölf vor dem Eingang?« Von nebenan hörten sie ein Poltern.

—

»Friedrichs Schreibtisch behalte ich auf jeden Fall.« Gesine saß auf dem Boden und sortierte die Aktenordner aus, als Charlotte in Friedrichs altes Arbeitszimmer kam. Vom Nachttisch glänzte etwas Grünliches zu ihr herüber. Als sie näher kam, lag da der smaragdbesetzte Ring, den Charlotte am Abend von Friedrichs Tod in ihrem Wohnzimmer gefunden hatte. Sie nahm ihn in die Hand und hielt ihn gegen das Licht.

»Brauchst du den noch?«

Gesine blickte von ihren Aktenordnern hoch. Einen Moment lang zögerte sie, dann lächelte sie. »Wir wollen hier doch ein bisschen umbauen. Nimm den Ring als Anzahlung.«

Charlotte nickte und legte ihn zurück auf den kleinen Tisch.

»Brauchst du die noch?« Gesine zeigte auf die Ordner.

»Nur, wenn ich irgendwann das Haus verkaufen will. So lange überwintern sie auf dem Dachboden.« Charlottes Augen funkelten angriffslustig.

Gesine quittierte den Satz mit einem schiefen Lächeln. »Ich bin Holger wirklich dankbar, dass er sich künftig über den … na … Freundeskreis ein bisschen mehr in der Stiftung einbringen will. Irgendwie fühle ich mich dort seit Theresas Tod ein wenig von Menschen umzingelt, die Gutes meinen und Böses tun.«

»Wer weiß, vielleicht fällt mir ja auch noch etwas ein. Das viele Geld von Friedrich muss schließlich sinnvoll ausgegeben werden.«

»Du klingst schon wie die anderen.«

»Mit dem kleinen Unterschied, dass ich auch etwas Gutes tun würde.

Gesine nickte. »Sie topfen keinen Winterjasmin mehr ein.«

Charlotte schaute ihre Schwester fragend an.

»Vor unserer alten Kirche. Die alten Tonkübel sind leer. Ich war vor ein paar Wochen einmal da.«

»Was hast du denn dort gemacht?« Charlotte setzte sich auf den Schreibtisch, während Gesine unter ihr die Schubladen leer räumte.

»Ich musste an unsere Eltern denken. Ich denke oft an sie in letzter Zeit, weißt du?« Gesine griff nach Charlottes Hand und hielt sie fest. Um die Spannung etwas zu lösen, rutschte Charlotte an den Rand des Tisches. Als sie merkte, dass auch diese Haltung nicht angenehm war, setzte sie sich neben Gesine auf den Teppich.

»Glaubst du, dass sie glücklich waren?«, flüsterte Gesine.

»Wer?«

»Unsere Eltern.«

»Ich kenne niemanden, der glücklicher war als Papa und Mama.«

Und hier, zwischen alten Aktenordnern und Friedrichs Regal mit der Sammlung von Containerschiffen im Miniaturformat, spürte Charlotte, wie Gesines Körper zu zittern begann. Erst leicht, dann immer heftiger. Schließlich nahm sie ihre Schwester in den Arm. Und zu Charlottes Überraschung ließ Gesine es zu. Sie konnte sich nicht erinnern, wann das zuvor jemals passiert war.

»Ich habe Angst, Charlotte ... ich habe so große Angst«, brach es aus Gesine heraus. Charlotte versuchte ihre Schwester zu beruhigen, aber sie weinte immer weiter.

»Ich habe so große Angst«, flüsterte sie, »ich habe große Angst, einfach so zu verschwinden ...«

—

Lange hielt Charlotte Gesine im Arm, bevor sie zurück in ihr Schlafzimmer ging. Dort stand Bente inmitten der Umzugskisten und schob die Kartons hin und her.

»Nimm mich mit nach Hamburg«, hatte Bente ihre Freundin vor ein paar Wochen überraschend gebeten. Und Charlotte hatte sie fest umarmt.

Sie hatten sich gegen getrennte Schlafzimmer entschieden. Stattdessen sollte Matthias' altes Kinderzimmer zu einer Art Fotolabor umgebaut werden. Bentes Augen hatten geleuchtet, als Charlotte ihr diesen Vorschlag machte. Auch für Friedrichs altes Schlafzimmer hatte sich beim Abendessen schließlich eine Verwendung gefunden, als begehbarer Kleiderschrank für alle vier. »Damit vertreiben wir endgültig alle bösen Geister«, hatte Bente gerufen und selbst Gesine hatte darüber lachen müssen.

»Sie ist allein«, Bente streichelte Charlottes Arm, »deine Schwester ist allein.« Bente hatte sich aufs Bett gesetzt und Charlotte zu sich herangezogen, nachdem sie von Gesines Zusammenbruch im Zimmer nebenan gehört hatte.

»Und sie hat Angst.« Charlotte wusste, dass es Bente ähnlich ging. Obwohl sie die Chemotherapie gut überstanden hatte, nagte die Krankheit weiter an ihr. Sie wusste, dass der Krebs jederzeit zurückkehren konnte. So, wie er das schon einmal getan hatte.

»Ich bin dir übrigens noch eine Antwort schuldig.«

»Eine Antwort worauf?«

»Warum ich damals nicht zurückgekommen bin.« Charlotte nahm Bentes Hand. »Es hatte nichts mit dir zu tun. Niemals mit dir. Ich hatte Angst, damals. Angst vor mir, Angst vor einem Leben, das ich mir selbst nicht vorstellen konnte. In den letzten Monaten habe ich dann verstanden, wie wenig ich überhaupt wusste. Von mir, von diesem anderen Leben. Und von dir an meiner Seite. Es tut gut, endlich ein wenig klüger zu sein. Warte mal.« Charlotte sprang auf, um ihr Handy aus der Handtasche zu holen.

Sie suchte nach einem bestimmten Foto, das sie auf dem Teufelsberg in Berlin gemacht hatte. Damals, als sie langsam gelernt hatte, dass ihr Leben weitergehen würde. Nach Friedrichs Tod, nach ihrer langen, gemeinsamen Zeit.

Sie reichte Bente das Telefon. Das Foto zeigte eine Comicfigur in kreischgrüner Neonfarbe. Daneben stand in einer weiß unterlegten Schrift: »*No regrets in life! Just lessons learned.*«

Bente strahlte. »V*ent,* warte«, sagte sie und kramte ihr eigenes Handy hervor.

»Weißt du noch?« Sie zeigte ihr das Display.

Charlotte blickte auf ein Foto von sich selbst und sah, wie sich eine fahle, versteinerte Charlotte mit geschlossenen Augen unter blühenden Rhododendren der Sonne entgegenstreckte. Damals, in Blankenese, kurz nach Friedrichs Beerdigung.

Bente nahm Charlotte in den Arm. »Zumindest du wirst immer jünger.«

»*Gamle nar*«, antwortete Charlotte leise.

TAG 242

»Na, was lesen Sie denn da, junge Frau?«

Bente blickte hoch, in die helle Frühlingssonne. Jörn Wuhlisch setzte sich neben sie auf die Bank, die vor dem Eingang zum Ruderclub stand.

»Eine Geschichte, aus dem alten Dänemark. Sie handelt von Peter und Rosa.«

»Und wer sind die beiden?«

Bente rutschte unruhig hin und her. Es waren gerade die Morgenstunden hier am Wasser, die sie genoss. Lesend, den eigenen Gedanken nachhängend. Sie sah Wuhlisch an. Sein fester Blick signalisierte ihr, dass ihn die Geschichte wirklich interessierte.

»Also gut.« Sie legte den rechten Zeigefinger in das Buch, um die Stelle zu markieren, an der Wuhlisch sie gerade unterbrochen hatte.

»Die Geschichte spielt in einem kleinen Dorf am Großen Belt in Dänemark am Ende des Winters. Peter ist fünfzehn und wächst bei seinem Onkel, einem Pfarrer, und dessen Tochter auf. Rosa, im gleichen Alter wie Peter, ist der Mensch im Pfarrhaus, dem Peter von Anfang an am meisten vertraut.«

Wuhlisch räusperte sich. Bente schaute ihn fragend an.

»Das klingt so, als würde er von Rosa noch bitter enttäuscht werden.«

»Wart's ab, Jörn. Die Geschichte geht noch weiter.« Sie zwinkerte ihm zu.

»Schon gut, erzähl.«

»Sein Onkel möchte, dass auch Peter Pfarrer wird. Und so liest er sich durch die Bibliothek, versucht sich an den Bibeltexten und merkt schlussendlich, dass das doch alles nicht das Richtige für ihn ist. *Ich habe die Sterne betrachtet*, Bente las jetzt aus dem Buch vor, *das Meer und die Bäume und die Tiere und auch die Vögel – und ich habe gesehen, wie gut sie ausfallen, mit Gottes Entwurf verglichen, und wie sie genau so werden, wie er es mit ihnen vorgehabt hatte. Ihr Anblick muss für Gott erfreulich und ermunternd sein. Ja, so wie wenn ein Schiffsbauer ein Schiff erbaut, und es fällt so aus, dass es ein feines, seetüchtiges Schiff ist. Ich habe gefühlt, wenn ich daran dachte, dass mein Anblick Gott das Herz schwer machen muss.*

»Also will Peter Seemann werden. Er meint, das sei Gottes Bestimmung für ihn.« Sie blätterte erneut in dem Buch. »Hier.«

Im Großen und Ganzen spielten die Menschen, ihre Beschaffenheit und ihr Verhalten ihm selber gegenüber in Peters Bewusstsein eine geringe Rolle, sie kamen in seiner Vorstellung gleich nach den Büchern. Das Wetter, Vögel und Schiffe, Fische und Sterne waren für ihn von weit größerer Bedeutung.

»Dann klingt das ja vernünftig, was der Junge machen will.« Wuhlisch schaute aufs Wasser hinaus und schwieg. Gerade als Bente dachte, er habe das Interesse an der Geschichte verloren, schaute er sie wieder an.

»Und was ist mit dem Mädchen, Rosa?«

»Die ist ziemlich hin- und hergerissen. Eine Zeit lang war Peter ihr zu dumm und einfältig, dann zu wild und unangepasst. Jetzt mit fünfzehn spüren beide eine gewisse Anziehungskraft, man liegt auch einmal gemeinsam im Bett, aber ansonsten bleibt man sich lediglich freundschaftlich zugetan.«

»Und, wird Peter jetzt Seemann von Gottes Gnaden?«

»Peter vertraut sich Rosa an. Er erzählt ihr, dass er nicht Pfarrer, sondern Seemann werden will, und bittet sie, ihm zu helfen. Er will in Helsingør aufs Schiff. Sobald der Öresund vom Eis befreit ist, soll es losgehen. Aber Helsingør liegt nun nicht gerade um die Ecke, sondern fast zweihundert Kilometer ostwärts, kurz vor Schweden. Schnell wird ein Besuch bei Rosas Patin fingiert, die in Helsingør wohnt und zu der Peter Rosa begleiten soll. Aber, ach, der arme Junge. Schon am nächsten Morgen verrät Rosa Peters Pläne an ihren Vater. Der Pfarrer ist natürlich traurig und sehr enttäuscht. Dennoch darf Peter Rosa zu ihrer Patin begleiten. Vorher wollen sie aber gleich am Großen Belt noch testen, ob das Eis, so wie sie es gehört haben, schon schmilzt. Sie laufen also auf das bereits knisternde Eis und betreten gemeinsam eine große Scholle, die sich vom Festeis löst.«

»Oha«, brummte Wuhlisch. »Das geht nicht gut aus, oder?«

»*Det er som man tager det*, wie man's nimmt, Jörn. Peter und Rosa stehen allein auf dieser Eisscholle, allein mit Himmel und Meer. Dann bricht das Eis, und die beiden werden von der starken Strömung hinuntergerissen.« Bente sah auf. Sie winkte Charlotte zu, die sich in ihrem Kajak dem Ufer näherte.

»Das verstehe ich unter nicht gut ausgehen«, sagte Wuhlisch trocken.

Bente schlug das Buch noch einmal auf. *Und da floss die wunderliche, unbekannte Empfindung, keinen festen Grund unter den Füßen zu haben, in seinem Bewusstsein zusammen mit einem überwältigenden, neuen Gefühl von Weichheit und Fülle in seinen Armen, von ihrem Leib an seinem eigenen. Sie lächelte ihn an.*

»Tot ist tot, oder?« Wuhlisch stand auf, um Charlotte mit dem Kajak zu helfen.

»Sag mal, was liest denn deine Hübsche da für'n morbiden Kram?«, sagte er so laut zu Charlotte, dass auch Bente ihn hören konnte. Langsam näherten sie sich der Bank, auf der sie lächelnd saß. Charlotte entdeckte im Gras die *Kamingeschichten* und gab ihrer Freundin einen Kuss. Wuhlisch knuffte sie in die Seite.

»Du musst keine Angst vor ihr haben, Jörn«, sagte Charlotte. »Sie mag nur gerne gut erzählte Geschichten.«

Danke

für gute, hilfreiche und immer wertschätzende Blicke auf Wörter und Geschichten: Stefanie Zeller und Katharina Rottenbacher

für freundlichen Einsatz und professionelle Unterstützung: Meike Herrmann und Alice Herzog

für Hilfe på dansk: Hanne Walbum und Martin Henriksen

für sachdienliche Diagnosen auf medizinischem Gebiet: Johanna Jäger

für hilfreiche Schneisen im juristischen Dickicht: Kai Detig und Clemens Kohnen

für Frostspanner und andere Unterstützung: Dörte Hansen

für wunderbarste Ablenkung an grauen Corona- und Schreibtagen: Maike Petersen, Thilo Lenz, Frank Steinert, Marcel Tillmann, meine Doppelkopf-Runde

für alles: Carsten Thiele